Ernst-Ulrich Hahmann
Buntes Allerlei

für meine Mutter Charlotte

ERNST-ULRICH HAHMANN

BUNTES ALLERLEI

WAHRES, GESCHICHTLICHES, SAGENHAFTES, SCHICKSALHAFTES
KRIMINELLES, UTOPISCHES, ESOTERISCHES

Erzählungen / Kurzgeschichten / Gedichte / Berichte

BoD
Books on Demand

Bibliografische Information der Deutschen Nationalbibliothek.

Die Deutsche Nationalbibliothek verzeichnet diese Publikation in der Deutschen Nationalbibliografie: detaillierte bibliografische Daten sind im Internet über http://dmb.ddb.de abrufbar.

Alle Rechte vorbehalten. Die Bild- und Dokumentenrechte liegen bei dem im Quellenverzeichnis genannten Personen bzw. Einrichtungen.

Umschlagentwurf und Layout: Ernst-Ulrich Hahmann

©2019 Hahmann

Herstellung und Verlag
BoD - Books on Demand, Norderstedt

ISBN 9 783732 29405

9,95 Euro

Inhaltsverzeichnis

„Die Hexe! - Sie soll brennen!"	9
Die Vision	22
Der Alptraum	35
Der Lietebaum *(Gedicht)*	44
Kameraden der Landstraße	45
Der Anschlag	54
Space Shadow	57
Ein Engel auf Erden *(Gedicht)*	68
Die Hölle Unter Tage	69
Der Banküberfall	75
Ein rätselhafter Unfall	76
Rudolf, der Schreckliche wurde er genannt *(Gedicht)*	81
Der Foliant	83
Der Geizhals	84
Die Begegnung	86
Schmetterlinge - Boten der Götter *(Gedicht)*	90
Eine böse Überraschung	91
Ende einer Ausfahrt	94
Gesundheitsratschläge zum Radfahren - und Spaß macht's auch noch	95
Land aus Feuer und Eis *(Gedicht)*	98
Die wandernden Steine	99
Insel Helgoland	104
Schatten der Vergangenheit	105
Alte Geschichten und Sagen *(Gedicht)*	111
Tropenromantik - nicht ohne Gefahr	113
Venedig	115
Weniger ist oft mehr	117
Die Bibliothek *(Gedicht)*	120
Der Brand	121
In der Todeszelle	124
Eine Busfahrt mit Tücken	128
Gedanken eines Freundes! *(Gedicht)*	132
Der Engel nach Weihnachten!	133

Otto bleibt Otto!	135
Der erste Deutsche im Weltall – ein ehemaliger DDR-Bürger	138
Zärtlichkeit *(Gedicht)*	154
Die Krähe - eine der bekanntesten Vogelarten unserer Heimat	155
Die Sonne auf die Erde holen	159
Jenseits der Lichtschwelle	163
Mecki - der Igel *(Gedicht)*	170
Eine stürmische Nacht	171
Feuertanz	177
Der Pummpälz	177
Lilly Groß und Klein *(Gedicht)*	180
Von Paulus, dem Räuber am Beyer	181
Positives Denken	186
Eva und der Teufel Alkohol	191
Alles ist Klang *(Gedicht)*	198
Eine andere Welt	199
Der Urschmerl	207
Der Kampf um die Burg auf dem Frankenstein	210
Wunderschöne Augen *(Gedicht)*	215
Ein sinnloser Tod	216
Abkürzungen / Erläuterungen	223
Quellennachweis der Bilder	225
Genutzte und weiterführende Literatur	227

Achtsamkeit!

Achtsamkeit heißt den Moment, den Augenblick im Leben
bewusst in sich aufzunehmen.
Dabei geht es nicht um das Denken, Handeln und Streben,
sondern um das einfache Dasein des Eben.

Es geht um die eigene Weisheit,
und ob man zur Annahme und Akzeptanz ist bereit.
Nur dann ist man geneigt
zum Loslassen zu jeder Zeit.

Nicht der Vergangenheit nachtrauern
und auch nicht auf die Zukunft lauern.
Es zählt nur der Augenblick,
der dir die Achtsamkeit für das Leben schickt.

Erst wenn du lernst die Signale des Körpers zu verstehen
werden innere und natürliche Verbindungen entstehen.
Nicht bestimmte Empfindungen gilt es zu beschwören,
sondern einfach aufmerksam das Jetzt zu hören.

Achtsamkeit ist die Zauberkraft,
die das bewusste Leben schafft.
Nur durch die Klarheit und die innere Gelassenheit
sind wir für die vielen kostbaren erlebten Augenblicke bereit.

Ernst-Ulrich Hahmann (2012)

„Die Hexe! - Sie soll brennen!"

„Hexe! ... Hexe! ..." ging es anfangs leise, dann immer lauter durch die Menschenmenge, die sich auf der staubigen Straße entlang wälzte.

„Schlagt sie tot! Verbrennt die Brut!"

Äste wurden aus den angrenzenden Hecken gerissen, Latten aus Gartenzäunen herausgebrochen, Steine vom Boden aufgehoben und aus den naheliegenden Hütten Äxte, Dreschflegel und Mistgabeln geholt.

Nur mühsam konnten die Stadtsoldaten die rasende Menge im Zaum halten.

Geradezu führte der Weg die aufgebrachte Menschenmenge, voran ein Schwarzgekleideter und die Stadtsoldaten bis an das Ende des Ortes Schwabach. Hier stand, hinter hohen Haselnusshecken ein armseliges Häuschen versteckt. Das morsche Strohdach schimmerte durch das buschige Gestrüpp.

Ein verrufener Ort.

„Hexe! ... Hexe! ... Schlagt sie tot! ... Schlagt sie tot!"

Eine junge Frau, mit feuerroten Haaren, öffnete die Tür und schaute erschrocken auf die tobende Menge.

Stöcke, Steine, Erdbrocken, alles, was zur Hand war, wurde gegen die junge Frau geschleudert.

„Da ist sie ...! Die Hexe! Schlagt sie tot!"

Ein Stein traf die Frau an den Kopf. Tropfen Blutes traten aus der entstandenen Wunde auf ihre Stirn und rannen als dünner roter Faden über die rechte Wange herunter. Die Frau wankte und musste sich am Türrahmen festhalten, um nicht zu stürzen.

Der Schwarzgekleidete und zwei Stadtsoldaten drängten die Frau in das Haus zurück.

„Wir müssen das Haus durchsuchen. Du bist der Hexerei beschuldigt", wandte sich der Schwarzgekleidete an die leicht verletzte.

Mit hochgezogenen Brauen und mit erstaunen verfolgte die Frau die Durchsuchung der einzelnen Zimmer, ja des ganzen Hauses durch die Stadtsoldaten. Diese rissen die Schränke auf, räumten Schubladen aus und schufen ein wüstes Durcheinander.

Empört wollte die Frau sich auflehnen. Sie ließ ein Schimpfkanonade nach dem anderen auf die Köpfe der Soldaten los und beschuldigte sie mit Herrenknecht.

„Halts Maul!" wurde sie barsch angefahren. „Du wirst noch dein blaues Wunder erleben, du Hexe!"

Als die Soldaten ins Schlafzimmer polterten, richtete sich ein Mädchen mit langen blonden Zöpfen im Bett auf, ließ sich aber gleich wieder zitternd niedersinken und zog die dünne Bettdecke bis zum Hals.

„Raus aus dem Bett, du Göre!"

Mit angstvollem Gesicht sprang das Kind aus dem Bett und lief nur bekleidet mit einem dünnen Nachthemdchen zur Mutter, die schützend die Hände um die Kleine legte.

Was konnte sie auch anderes machen?

Nichts.

Sie musste sich alles gefallen lassen, ob sie es wollte oder nicht.

Vor dem Haus tobten die Menschen und verlangten immer wieder die Hexe zu erschlagen oder zu verbrennen.

Vor lauter Wut, dass die Soldaten in der Wohnung nichts gefunden hatten, befahl der Schwarzgekleidete. „Nehmt die Brut mit. Bringt sie zum Verhör ins Rathaus. Dort werden wir die Wahrheit schon aus ihr rauskriegen."

Die junge Frau nahm all ihren Mut zusammen und trat mit der Tochter an der Hand aus dem Haus, ins Freie. Aber all ihre Beherztheit sank vor dem Geschrei, dem Geheul, mit dem sie empfangen wurden. Das Blut wich aus ihren Wangen und flutete ängstlich in wilder Hast nach dem Herzen zurück.

Das kleine Mädchen begann zu weinen und hielt krampfhaft die Hand der Mutter fest. Durch eine nahende Ohnmachtschauer vernahm das Kind dumpf das widrige abscheuliche Geheul und die schrecklichen Rufe: „Hexe! Hexe! Hexe! Schlag sie tot!"

Die Stadtsoldaten bahnten einen Weg durch die Menschenmenge um die junge Frau, mit dem Kind auf dem Arm, zum Stadtgefängnis führen zu können.

Die Zelle war dunkel und düster.

Durch das vergitterte Fenster konnte man in der grellen Sonne den Marktplatz liegen sehen. Das bunte Treiben fesselte die Aufmerksamkeit der Eingesperrten und lenkte sie von den schlimmsten Gedanken ab. Männer und Frauen, Alte und Junge traten an die Verkaufsstände und Buden. Ware und Geld wurden geprüft, bis sie schließlich den Besitzer wechselte.

Am nächsten Tag, es war bereits in den Mittagsstunden, ging es mit der jungen Frau zum Verhör.

Zurück in der Gefängniszelle blieb die kleine Tochter. Bevor sich die Zellentür schloss, rief das Mädchen mit weinerlicher Stimme: „Komm bald wieder Mama? Ich habe allein solche Angst."

„Sei unbesorgt, ich bin bald wieder da", und sie strich ihr zärtlich über den blonden Haarschopf.

Der Himmel war strahlend blau, die Sonne brannte heiß vom Firmament. Selbst die Steine der Häuser strahlten Hitze aus, und die Luft in den Gassen flimmerte wie dunstiger Nebel und ließ die Augen schmerzen.

Die Vorhalle des Rathauses, die Treppen und die Korridore waren bereits überfüllt. Männlein und Weiblein drängten in lebhafter Erregung zur Gerichtshalle hin.

Im kühlen Gerichtssaal erhob sich an der Schmalseite des langen, schweren eichenen Tisches der bärtige, vom Alter gekrümmte Richter in seiner schwarzen Amtstracht. Sein dickes, rotes Gesicht vergrub sich halb in der steifen Krause, die sein Hals umgab.

„Ruhe!" gebot jetzt dieser und richtete sich in seiner ganzen Würde auf.

Es wurde wirklich still in der Halle, selbst das Gemurmel der Menschen verstummte.

„Bekennt ihr, euch der Hexerei schuldig?" wandte sich der Richter dann mit barscher Stimme an die junge Frau.

„Nein", schluchzte diese und schaute den vor ihr stehenden mit rot verweinten Augen an.

„Wisst ihr", fuhr der Richter im strengen Ton fort, „dass wir genug Zeugen haben, denen ihr durch eure Hexerei Schaden zugefügt habt?"

„Ich bin unschuldig", beteuerte kleinlaut die junge Frau.

Dem Richter riss der Geduldsfaden und er rief zugleich die Zeugen auf. Diese kamen alle aus der Nachbarschaft der Frau, und wie es nicht anders sein konnte, beschuldigten sie, sie der Hexerei.

In den Aussagen ging es immer wieder darum, dass die Frau sich ständig bei ihnen Geld geborgt hätte und auf die Aufforderung hin das Geld wieder zurückzuzahlen keine Anstalten dazu gemacht habe. Im Gegenteil, sie stieß noch wüste Beschimpfungen und Verwünschungen aus. Geld hätten sie jedoch keines wieder gesehen.

Ein alter Mann glaubte sich bestimmt zu erinnern, dass in derselben Nacht, in der er verhext worden war, ein schwerer und rätselhafter Druck auf ihm gelegen habe und er in einen tiefen Schlaf gesunken sei. Mitten daraus sei er erwacht, als hätte eine ferne und klagende Stimme seinen Namen gerufen. Am nächsten Morgen konnte er dann seinen Arm nicht mehr bewegen. Wenn er den Arm in die Höhe hob, fiel er wie ein unnützes und kraftloses Ding nieder, gleich als wäre er in der Wurzel verdorrt.

Weil der Mann aber bisher immer ganz gesund gewesen war, munkelte man allerlei von Zauberei, und als man gar hörte, dass es Streit zwischen ihm und der Hexe gegeben habe, war die Sache klar - es musste Zauberei gewesen sein.

Eine Nachbarin sagte aus, dass die Hexe ihr die Gicht an den Hals gewünscht habe, und sie auch wirklich die Gicht noch am gleichen Abend bekam.

Anschuldigung auf Anschuldigung folgte.

Bedächtig und wie nach jedem einzelnen Wort tastend, begann der Richter schließlich zu sprechen: „Bekennt ihr euch jetzt der Hexerei schuldig?"

„Nein! Ich bin unschuldig!"

Der Richter begann zu lächeln und sprach mit zynischer Stimme: „Du Hexe, du weißt wohl, wie das elfte Gebot heißt, bei mir bist, du Biest, aber an den Falschen geraten. Der Spaß wird dir noch vergehen."

Er ließ die junge Frau zur Folter bringen. Hier setzten die Folterknechte ihr Daumen- und Beinschrauben an, hängten sie an ihren Armen auf und belasteten ihre Beine mit schweren Gewichten. Auf dem Streckbett konnte sie die Traktur nicht mehr aushalten, sie gab alles zu.

In dem finsteren Kerker fand sie sich bei ihrer Tochter wieder. Den Körper zerschunden und Schmerzen in den Gliedern.

„Müssen wir jetzt sterben?", flüsterte das Mädchen ängstlich.

Die junge Frau sah trotz der Finsternis die großen dunklen Augen ihrer Tochter leuchten, und den Schrecken darin.

Das Kind rückte, ohne ein Wort zu sagen noch näher.

„Sag ein Vaterunser", gab die Mutter nach langem Zögern als Antwort zurück.

Dann lagen beide still. Die junge Frau immer bedacht, das Kind mit dem eigenen Körper zu zudecken und zu wärmen.

„Dass du da bist, Mama", hauchte das Mädchen einmal zärtlich.

Die Zeit verrann, nur die Dunkelheit blieb sich immer gleich. Das Flackern der Kerzen erhellte ab und zu den Kerker bis in seine Spitzen mit mattem Schein, bis sie zuckend verloschen. Und mit dem Verlöschen des fahlen Lichtes schwand wieder ein bisschen Mut, ein Stückchen Hoffnung.

Wie ein Lauffeuer verbreitete sich die Nachricht im Lande, dass in Schwabach eine Hexe brennen sollte.

Am Tag der öffentlichen Gerichtsverhandlung und der Urteilsverkündung mussten die Stadtsoldaten den kurzen Weg vom Gefängnis bis zum Richtplatz ständig von Schaulustigen freihalten.

Seit den frühen Morgenstunden riss der Menschenstrom, der in die Stadt strömte, nicht mehr ab.

Den Baumeister Veit Stoß aus Nürnberg zog es ebenfalls in das rund 12 km entfernte Schwabach, um die Hexe brennen zu sehen. Er führte seinen Gaul aus dem Stall und spannte ihn vor den Leiterwagen, der unter dem großen Hoftor stand.

Da ging im Nachbarhaus eines der oberen Fenster auf und ein bärtiger Mann fragte: „Wohin, Herr Nachbar?"

„Nach Schwabach, dort wird heute eine Hexe verbrannt. Wenn du mitfahren willst, es ist noch Platz!"

Der Nachbar verschwand schnell im Zimmer und bald saßen beide in der Schoßkelle des Wagens.

Veit Stoß schnalzte und schwippte mit der Peitsche einen kunstvollen Triller in die Luft.

Die Pferde zogen an und nickten mit den Köpfen, dass die Messingbeschläge in der Sonne blitzten. Sie fuhren in südlicher Richtung aus der Stadt, in einen schönen luftigen Augusttag hinein.

Die bunten Blätter des Mischwaldes rauschten rechts und links des staubigen Weges. Eine Meise schwang sich von Zweig zu Zweig und trällerte ein Lied.

Als sie eine Weile, schweigsam nebeneinandersitzend, den Gesang der Waldvögel gelauscht hatten, konnte der bärtige Nachbar seine Neugier nicht mehr zügeln und fragte: „Was hat die Hexe eigentlich angefangen?"

„O, die ist so unschuldig wie wir zwei!", antwortete Veit Stoß mit nachdenklicher Miene.

Der Nachbar schüttelte ungläubig den Kopf und meinte erstaunt: „Etwas muss doch dahinter sein, sonst wird sie doch nicht als Hexe verbrannt."

„Nichts ist dahinter!", fuhr der Baumeister fort. „Es ist nur schade um diese junge Person."

„Das kann doch nicht sein?"

„Doch! Ihr Mann ist ein armer Teufel, ein Tagelöhner und ein Kind haben sie auch, ein Töchterchen."

„Was hat das mit der Hexe zu tun?"

„Das Geld, was der Mann nach Hause brachte, reichte oft nicht aus um die Familie satt zu kriegen. Um zusätzliches Essen kaufen zu können, borgte sich die Frau Geld in der Nachbarschaft."

„Das kann doch jedem Menschen passieren."

„Du hast recht. Jetzt kommt aber das Übel an der ganzen Sache. Die Nachbarn forderten das Geld zu ungelegenen Zeiten zurück, und die Frau konnte es nicht zurückzahlen. Sie hatte kein Geld."

„Deswegen ist sie doch keine Hexe!"

„Warte ab. Da die Nachbarn nicht nachließen ihr Geld zurück zu fordern, wart die Frau hitzig und fluchte ihnen allerlei in ihrem Jähzorn an den Hals."

„Na und?"

„Als sie wieder einmal einer Nachbarin, in ihrer Unbesonnenheit, die Gicht an den Hals wünschte, da traf es sich, dass diese tagsüber schwer auf dem Felde arbeiten musste. Abgespannt und erhitzt kam sie nach Hause. Unvorsichtig zog sie an diesem Tag, noch dazu, ein dünnes Kleid in der Abendkühle an, und wie es nicht anders sein konnte erkältete sie sich. Das Ende vom Liede war, sie bekam die Gicht durch ihre eigene Schuld."

„Jetzt verstehe ich. Nun muss es ihr die arme Tagelöhnerfrau mit ihrem dummen Gerede angehext haben."

„Genau."

Klipp, klapp, klipp, klapp ... ertönte das Geklapper einer Mühle, erst leise, dann immer lauter. Nach der nächsten Wegbiegung sahen sie die Mühle vor sich liegen. In der Tür des Gebäudes stand, schräg an einen Türpfosten gelehnt, der Müller. Eine Hand steckte in der Hosentasche, mit der anderen hielt er den Pfeifenkopf aus Eichenholz. „Wohin des Weges?", rief er den beiden auf dem Wagen zu.

„Nach Schwabach! Dort soll heute eine Hexe verbrannt werden!"

Sie konnten die Antwort des Müllers nicht verstehen, denn das stürzende Wasser und das Geklapper des Mühlrades übertönte nicht nur die Stimme des Müllers, sondern auch den Hufschlag der Pferde.

Der schöne lichte Mischwald wurde durch Föhren- und Fichtenbäume abgelöst. Sie fuhren durch den Wald und atmeten in tiefen Zügen die reine Luft. Nicht lange dauerte es, bis sie wieder in das offene Land kamen. Vorbei ging es an Wiesen, Äckern und weiten Feldern. In langen Reihen standen hier zahlreiche Kirschbäume. Auf den Schafweiden wuchsen rosenrote Plattererbsen, blaue Gauchheil, blutrote und zitronengelbe Adonisröschen.

Die Straße nach Schwabach wurde immer belebter.

Das Rumpeln der Räder und Pferdegetrappel der Fuhrwerke wurde noch übertönt durch das Schimpfen, Fluchen, Schreien und Lachen derjenigen, die zu Fuß nach Schwabach unterwegs waren.

In der Stadt herrschte bereits Chaos und es wurde von Stunde zu Stunde größer. Überall drängten sich, angespült von der Woge der Neugier die Schaulustigen. Selbst in den schmalen Nebengassen herrschte ein buntes Treiben.

Ausrufer und Gaukler sorgten für Unterhaltung.

Als die beiden Nürnberger mit ihrem Pferdefuhrwerk zum Stadttor hineinfuhren, war kaum noch ein Vorankommen in dem Gedränge und Menschengewühl.

Vor dem Wirtshaus standen Wagen an Wagen, unter ihnen Kutschen und Leiterwagen.

Durch Zufall fanden sie noch einen freien Platz, ganz am Ende der Reihe, wo sie ausspannen konnten.

Um den redseligen Gastwirt hatte sich eine Menschentraube gebildet, gespannt hingen die Blicke der Menschen an den Lippen des Wirtes. Der erzählte mit blumenreichen Worten von den Taten der Hexe, die heute verbrannt werden sollte. Er berichtete von der ungewöhnlichen Krankheit eines Mannes und dass diese Krankheit von der Hexe gekommen sei, weil sie dem Manne Übles wollte.

Veit Stoß und sein Nachbar fragten sich nach dem Gerichtsplatz durch. Je näher sie ihm kamen, desto dichter wurde das Menschengewimmel.

Man winkte sich zu. Namen wurden gerufen. Fragen schwirrten durch die Luft. Ganz Schwabach und Umgebung schien auf den Beinen zu sein, um dem seltsamen Schauspiel beizuwohnen. Mit großer Spannung sah man der Verbrennung der Hexe entgegen. Jeder wusste, dass es auf „Zauberei", nach der Bamberger Halsgerichtsordnung, nur die Todesstrafe geben konnte.

Etwa in der Mitte der Stadt weitete sich die Straße links und rechts zu einem eckigen Platz aus - dem Gerichtsplatz. Noch war es nicht zwei Uhr, und es wimmelte hier bereits von Neugierigen. Die Zuschauer standen Kopf an Kopf. Es war ein Gemurmel und Gesumme wie in einem Bienenkorb.

Ein Schmied, ein schon bejahrter Mann mit runden flinken und lebensfrohen Augen in einem bartlosen runzligen Gesicht, begrüßte sie wie alte Bekannte. Über dem rußigen Hemd trug er einen nicht mehr ganz sauberen Lederschurz.

In der Zwischenzeit, nach der Armensündermahlzeit im Stadtgefängnis, hörte die junge Frau wie sich im lauter werdenden Schritte der Zelle nähernden.

Ein Schlüssel drehte sich knarrend im Schloss.

Die schwere hölzerne Tür schwenkte auf.

Mehrere Männer traten ein. Einer von ihnen ein riesiger Kerl mit rundem Schädel und einem Stiernacken war ganz in Rot gekleidet. Um das rote Wams trug er an einem breiten schwarzen Gürtel ein kurzes Messer geschnallt, und auf dem Kopf eine spitze rote Mütze. Er wurde von zwei kleineren Männern begleitet, ähnlich gekleidet wie er, aber sie wirkten längst nicht so furchterregt. Hinter ihnen sah sie mehrere Männer, die Kutten trugen. Mönche waren es.

Ängstlich fuhr die Frau zurück und hob abwehrend die beide Arme vor das Gesicht.

Der Riese im roten Wams lachte und sprach mit dröhnender Stimme: „Mach sie keine Geschichten Gevatterin. Es hilft ihnen doch nichts. Gleich wird sie dahin geschickt, wo sie hingehört, zu ihrem Herrn, dem Teufel."

Einer der Mönche trat heran. Er streifte ihr ein langes Gewand aus Sackleinen über, das bis auf die Füße reichte.

Die Henkersknechte banden sie am Hals, in der Mitte des Leibes und an den Händen.

„Los jetzt!", befahl dann der rotgekleidete Riese.

Die Mönche gingen als Erste hinaus. Sie sprachen irgendwelche Litaneien.

Zwei Stadtsoldaten mit Hellebarden schritten rechts und links von der Rothaarigen, der Riese mit seinen zwei Helfern beschlossen den Zug.

So verließen sie die Zelle.

Der Weg führte durch einen langen Gang mit gewölbter Decke, ging eine steile Wendeltreppe hinauf, durchquerte einen weiten Gang und mündete schließlich im hellen Sonnenschein.

Brutal ergriffen die Henkersknechte die junge Frau und schmissen sie auf den bereitstehenden Karren, auf eine Kuhhaut.

Holpernd fuhr das Fuhrwerk zwischen einem Spalier von Zuschauern hindurch. Händler, Handwerker, Arbeiter, Bettler, Marktweiber und elegante Damen und Herren säumten den Weg.

War der Wagen vorbei, folgten ihr Verwünschungen wie: „Lass dir zeigen, wo der Eingang zur Hölle ist, Hexe!", „Ins Feuer mit ihr!. vorwärts!" und „Keine Schonung mit der Hexe!"

Als der offene Karren, auf dem die junge Frau mit roten Haaren saß, in den Gerichtsplatz einbog, verstummte für einige Sekunden der Lärm. Die Menschen schauten sie an, als wäre sie ein wildes Tier.

Allzu nahe greifende Arme stießen die Henkersknechte zurück.

Die Sonne zeichnete die scharfen Schatten des Holzgerüstes des Leiterwagens auf das holprige Pflaster. Hühner pickten eifrig nach den Futterresten zwischen den Beinen der Schaulustigen. Ein kleiner Junge fiel mit seinem nackten Hintern ungeschickt auf die Steine und fing an zu weinen. Die Mutter hob ihr Kind auf und wiegte es, beruhigende Worte murmelnd, in ihren Armen.

So also sah eine „Hexe" aus, feuerrotes Haar, den Blick starr, die Schultern schmal und geneigt, die Hände gebunden.

Beim Anblick der „Hexe" lief Veit Stoß ein Schauer über den Rücken. In den Augen des jungen Weibes lag Traurigkeit. Kein Schimmer von Angst war in ihren Zügen, nur diese bedrückende Stummheit.

Mitten auf dem Gerichtsplatz stand eine hölzerne Tribüne, auf der die prächtig gekleideten Würdenträger der Stadt, Adlige und einige Kirchenfürsten saßen.

Der bärtige, vom Alter gebeugte Richter in seiner schwarzen Amtstracht erhob sich von seinem Platz, doch bevor er etwas sagen konnte, flehte ihn die junge Frau an: „Lieber Herr, ich bitte euch, fristet mir mein Leben um Gottes willen. Ich bin unschuldig!" Auch an den Weinküfer Reck von Nürnberg und zu allen, die sie kannte, sagte sie so.

Keiner von ihnen zeigte eine menschliche Regung, im Gegenteil sie würdigten ihr keines Blickes oder schauten sie voller Ekel und Abscheu an.

„Schweigt Hexe!", fuhr der Richter, dessen Miene kalt und hart wirkte, sie an und begann ein langes Schreiben laut vorzulesen: *„Sie hat bekannt, sich von einer Nachbarin fünfzehn Pfennig, von einer anderen acht Pfennig geborgt zu haben. Und wenn diese ihr Geld zurückforderten, so hat sie den Frauen die Gicht angehext, desgleichen auch wegen anderer Feindschaft, so dass sie wohl fünfzehn Menschen die Gicht angehext hat. Sie hat bekannt, dass der Teufel mit zwei schwarzen Pferden zu ihr gekommen ist und sie und ihre Tochter über die Mauer hinaus führte."*

Während man all die Bekenntnisse verlass, da war es, als sackte die junge Frau auf dem Wagen zusammen. Stumm saß sie da, mit geschlossenen Augen, ein Schluchzen schüttelte ihren Körper. Die Worte des Richters drangen wie ein entferntes Rauschen an ihr Ohr. Plötzlich hob sie mit einem Ruck den Kopf und sprach mit gepresster Stimme: „Nein, nichts davon gestehe ich! Ich hab's der großen bitteren Marter wegen alles bekannt. Ich habe nichts davon getan!"

Der Richter rief daraufhin zwei Zeugen auf, die beim Verhör dabei gewesen sein sollten, und sprach zu ihnen: „Schwört auf die Bibel, dass ihr die Wahrheit sagt, und nichts als die Wahrheit."

„Wir schwören!"

„So sprecht.

„Was der Herr Richter verlesen hat, entspricht in allen Punkten der Wahrheit", sprach der erste Zeuge.

„Und was hast du zu sagen?" wandte sich der Richter an den Zweiten.

„Sie hat all die Sachen bekannt, ohne Marter."

Nun verlas der Richter mit langsamen bedächtigen Worten das endgültige Urteil. „Die Hexe, sie hat den Feuertod zu sterben und ist auf dem Scheiterhaufen zu verbrennen." Dann wandte er sich noch einmal an die Hexe mit der Frage: „Habt ihr noch etwas zu sagen?"

Kein Wort kam aus dem Mund der Frau, und alle glaubten der Teufel hätte ihr den Mund verschlossen.

Langsam fühlte die Frau den Bann, der um sie lag, die Bürde des Schweigens. Es würde ihr doch sowieso keiner Glauben schenken.

Schon gar nicht die hohen Herren.

In ihren Augen lag Traurigkeit. Kein Schimmer von Angst war in Ihren Zügen, nur diese bedrückende Stummheit.

„Das Urteil ist gesprochen!", verkündete der Richter mit lauter Stimme. „Die Hexe muss brennen! Henker waltet eures Amtes!"

Die ganze Zeit, während er sprach, hatte auf dem Platz völlige Stille geherrscht. Tumultartiger Lärm erhob sich nun und die Menge brüllte: „Auf den Scheiterhaufen mit ihr! Verbrennt die Hexe!"

Neben sich hörte Veit Stoß den Schmied murmeln: „Sie hat sicherlich alles gestanden, nur damit man sie nicht noch mehr martert vor ihrem seligen End."

Unterdessen hatten die Henkersknechte aus trockenem Holz einen Scheiterhaufen mit einer Sitzgelegenheit errichtet. Zuletzt setzte der Henker, der eine rote Kapuze über den Kopf gezogen hatte, sich zur Probe selbst auf den Holzsitz und überprüfte durch Auf- und Niederschaukeln der Beine die Festigkeit.

Die arme Frau, auf den Karren, die bisher wortlos die Arbeit des Henkers verfolgt hatte, sah mit andächtiger Gebärde gen Himmel, als ob sie verlange, das Feuer solle vom Himmel fallen und sie im Vorhinein verbrennen.

Die Henkersknechte stiegen auf den Karren, banden die schweigsame Frau los und führten sie herunter in den Kreis, den die Stadtsoldaten gebildet hatten. Hier legte ihr der Henker seine riesige Pranke auf die Schulter, denn kein anderer war der große rotgekleidete Kerl.

Einen Schrei von tierischer Wut und rasender Lust erhob die verblendete Masse. Immer enger schlossen sich die Menschen um den Scheiterhaufen zusammen.

Der Henker ergriff die Frau, als wäre sie leicht wie eine Feder und setzte sie auf die Sitzstatt. Die Henkersknechte packten ihre Arme und banden sie fest. Rissen ihr die weiten, herabhängenden Ärmel des Kleides ab, aus denen der Henker einen Ring anfertigte, den er ihr, wie einen Turban auf die feuerroten Haare setzte. Aus einem Fässchen nahm er Schießpulver und schüttete es von oben auf das Haupt und auch einen guten Teil auf ihren weißen Busen.

Veit Stoß verfolgte mit weit aufgerissenen Augen das Schauspiel. Sein Blut erstarrte in den Adern. Jeder, der einmal in einem menschlichen Gesicht den Ausdruck fürchterlichen Entsetzens wahrgenommen hat, wird wissen, was er empfand. Und genau das empfand Veit Stoß in diesen schrecklichen Minuten.

Schreck, qualvolles Entsetzen entstellten und verzerrten die an sonst gleichmäßigen Gesichtszüge der Frau.

Niemals hatte Veit Stoß im Antlitz eines lebenden Wesens Ähnliches erblickt. Ein Gespenst, ein Nachtgebilde, ein Schatten - und dennoch die tödliche Angst.

Vereinzelt begannen alte Weiber zu schluchzen, sie weinten voll erbarmen und hatten Mitleid mit dem Wesen da vorn.

Ehe der Henker das Feuer an den Scheiterhaufen legte, traten drei Geistliche zu ihr und einer, der Pater die Bibel in der Hand sprach zu ihr: „Liebe Frau, seid beständig im christlichen Glauben und sterbet als eine Christin!"

„Ich will sterben als eine Christin", antwortete die Frau mit zitternder Stimme.

„Wenn man das Feuer anzündet, so schreit mit Andacht und mit lauter Stimme mit uns: 'Jesus von Nazareth, König der Juden, erbarme dich über mich '", redeten die Geistlichen auf sie ein.

Nachdem sie das Kreuz über der Unglücklichen geschlagen hatten, traten die Geistlichen zurück und der Henker begann sein Werk. Ein Henkersknecht reichte ihm die brennende Fackel, die er an den Scheiterhaufen hielt.

Das trockene Holz begann zu glimmen und zu knistern. Hell zuckte es auf, wurde größer und griff rasch um sich. Das dürre Geäst hatte sofort Feuer gefangen. Die Flammen züngelten gierig nach der Frau, leckten nach ihren Füßen.

Als die ersten Flammen emporzüngelten, erhob sich ein triumphierendes Geschrei in der Menge, die den Richtplatz umstand. Die Absperrung wurde durchbrochen, und das Volk drängte herbei, um den Anblick der Qual der jungen Frau aus nächster Nähe erleben zu können.

Rauch stieg in die Höhe, wurde dichter und dichter.

„Herr, erbarme dich!", hörte man unter dem Knistern und Prasseln des Feuers immer wieder die Geistlichen mit tiefer Stimme beten.

„Herr, erbarme dich über mich!", antwortete es aus dem Feuer.

Höher und höher schlugen die Flammen und die Antwort aus dem Feuer wurde bald leiser und seltener, bis die Frau vor Rauch und Hitze nimmer zu sprechen vermochte.

Veit Stoß empfand die Wärme des nahen Feuers und ein widerlicher Brandgeruch raubte ihm den Atem.

Eine grelle zischende Stichflamme zuckte im Scheiterhaufen auf.

Grässliches, herzzerreißendes Geschrei, der Verzweiflungsschrei eines Menschen ließ die Zuschauer erstarren. Wie unter einem Peitschenhieb zuckten sie zusammen. Der Schrei ging ihnen durch Mark und Bein. Betreten schauten sich die Schaulustigen an, das hatten sie nicht erwartet. Viele von ihnen hielten sich die Ohren zu, sie konnten das schreckliche Schreien nicht mehr hören.

Das Geschrei ging in ein Wimmern über, bis auch das stille wart.

Mit bedrückten Gesichtern verließen viele der Zuschauer den Gerichtsplatz. Es gab unter ihnen aber auch welche die noch fröhlich lachen und scherzen konnten.

Auf dem Weg zum Wirtshaus schritt Veit Stoß schweigsam neben seinem Nachbarn her. Genauso wortlos spannte er die Pferde ein. Sie setzten sich in die Schoßkelle und schweigsam wurde der Weg nach Nürnberg genommen.

Zurück blieb die glimmende Glut eines Menschen, ein Häuflein Asche.

Die Priester aber sagten: „Die Frau habe bis zur letzten Sekunde ihres Lebens gezeigt, dass sie eine gute Christin war und christliche Andacht gehabt habe."

Ihr Töchterchen saß immer noch im Kerker, weil jedermann glaubte, es hätte ebenfalls Zauberei getrieben. Der Feuertod sollte ihr gleiches Schicksal werden.

Aber eine barmherzige Frau, die Markgräfin bat, das Kind nicht zu verbrennen, sondern es ihr in die Obhut zugeben. Sie wollte mit dem Kind reden, ehe es der Gerichtsbarkeit übergeben würde.

So wurde das kleine Mädchen vor dem Feuertod gerettet.

Die Vision

Die Hitzewelle, die schon seit Tagen das Land knechtete, wollte und wollte kein Ende finden. Der rotglühende Ball am azurblauen Himmel sandte seine heißen Sonnenstrahlen mit konstanter Boshaftigkeit auf die Erde herab. Erbarmungslos heiß wie tausend brennende Fackeln verwandelte sie die Stadt in einen glühenden Kessel.

Über den zahlreichen Häusern der Großstadt, die in einem weiten Tal lagen, hing flimmernd eine Dunstglocke. Zwischen den engen Straßenschluchten schwebten Hitzeschleier, die das Gefühl zurück ließen sich in einem Backofen zu bewegen. Bereits beim Nichtstun trieb es den Schweiß aus allen Poren des Körpers.

Ein Strom von Fahrzeugen, hektisch hupend, rollte durch die hitzeflimmernden Straßen.

Wen wunderte es da, das ein jeder dem sich die Gelegenheit dazu bot, der brütenden Hitze zu entfliehen, in den nahen Wäldern wenigstens etwas Kühlung vor dem glühenden Hauch der Lichtflut suchte.

Zu diesen Glücklichen gehörten Will und Usch. Sie waren bereits in den frühen Mittagsstunden mit ihrem PKW losgefahren. Die Straße, auf der das Auto mit surrendem Reifen dahin rollte, führte sie vorbei an mit verdorrtem Gras bedeckten Wiesen, an überreifen goldgelben Feldern und erreichte schließlich den Frische spendenden Wald. Dann und wann drang hier das sanfte Gurren der Waldtauben an ihr Ohr oder sie sahen tief im raschelnden Farn die braun glänzende Brust des Fasan's.

Wieselflinke Eichhörnchen schauten neugierig von den dichtbelaubten Rotbuchen hinab, unter denen die Straße hinführte.

Hier und dort hatten Hasen oder waren es wilde Kaninchen Schutz vor der Affenhitze im kühlen Schatten der Bäume und des Gesträuchs gesucht. Sie hatten sich zu Pelzkugeln zusammengerollt, von denen sich nur die Ohren abhoben. Vom Geräusch des Motors aufgeschreckt ergriffen die Kaninchen die Flucht. Sie hasteten, die weißen Schwänze hoch in die Luft, über bemooste Wurzeln durchs dichte Unterholz.

Nichts Böses ahnend brach am Waldrand Mutter Wildschwein durch das Dickicht. Sieben ringelschwänzige, zebrastreifige Frischlinge, erst wenige Tage alt, trabten im Gänsemarsch hinterher.

Pralles Leben überall.

Bienen summten und Hummeln brummten auf den Sommerwiesen. Hier in der Nähe der Kühle des Waldes war die Luft erfüllt vom Fiedeln und Schnarren, Zirpen und Knarren der Heuschrecken. Aufgeregt flatterten bunte Schmetterlinge von Blume zu Blume. Dort labte sich ein leuchtend gelber Zitronenfalter an der rosaroten Kleeblüte. Mit Riesensprüngen hetzte Meister Lampe über die blumenübersäte Wiese und flüchtete in Richtung des Waldes.

Über den Wiesen kreisten zwei Mäusebussarde. Ihre langgedehnten „Hia" - Schreie waren weit zu hören. Unermüdlich segelten sie im sonnigen Himmelsblau.

Wie ein schlängelndes Band wand sich die Straße durch die Landschaft in Richtung eines mit Nadel- und Laubbäumen bewachsenen Hügels.

Das eintönige Gebrumm des Motors und die leichten Erschütterungen des Sitzes, wenn der Wagen durch Unebenheiten der Straße fuhr, machte Usch schläfrig. Ob sie es wollte oder nicht, immer wieder fielen ihr die Augen zu.

Zusehends näherte sich das Auto den bewaldeten Hügel auf dessen Kuppe ein altes Haus, wie eine mittelalterliche Burg thronte. Die letzten Strahlen der untergehenden Abendsonne vergoldeten die Zinnen des Daches.

Am Horizont begannen sich dicke schwarze Wolken am Abendhimmel zusammenzuballen, die schnell näher kamen. Es waren die drohenden Vorboten eines heraufziehenden Wärmegewitters.

Eine sonderbare Stille schien der Luft mit einmal den Atem abzudrücken.

Drückende Schwüle.

Lautlos schwebte ein großer Schwarm Krähen über dem Auto dahin. Wie böse Geister, fast lautlos und mit sanftem Schlagen der schwarzen Schwingen ließen die boshaften Vögel sich im Geäst der nahen Bäume nieder.

Will konnte nicht sagen, was auf einmal mit ihm los war. Eine innere Unruhe bemächtigte sich seiner, die immer beklemmender wurde je näher sie dem bewaldeten Hügel kamen. Und nicht nur das, plötzlich fing der Motor des Autos an zu stottern. Es folgte ein dumpfes Geräusch, das Will durch Mark und Bein ging. Er konnte den Wagen gerade noch an den Straßenrand lenken, bevor der Motor seinen Geist ganz aufgab.

„Verflucht! Das hat uns bei dem heraufziehenden Unwetter gerade noch gefehlt!"

„Was ist los?", fragt Usch, die erschrocken aus dem Halbschlaf aufschreckte.

Will zuckte mit den Schultern. Seine Augenbrauen hatte er zusammengezogen und sah skeptisch auf die Anzeigen des Armaturenbrettes. „Ich weiß es nicht. Der Motor ist einfach ausgegangen. Beinahe so, als wäre kein Benzin mehr im Tank ... Und dann das dumpfe Geräusch."

„Aber das ist doch nicht möglich! Du hast doch erst getankt!"

„Ich weiß ... Das seltsame Geräusch, du hast es doch auch gehört, macht mir Kopfzerbrechen ... Hoffentlich springt die Karre wieder an, ich möchte bei dem heraufziehenden Sauwetter hier nicht übernachten."

„Ich auch nicht", antwortete Usch mit zitterndem Unterton in der Stimme.

Will drehte den Zündschlüssel herum und versuchte zu starten. Das Schnurren des Anlassers ertönte, der den Motor durchzog. Nur der Motor machte keine Anstalten anzuspringen, er gab nicht einmal ein gurgelndes Geräusch von sich. Immer und immer wieder versuchte Will das Auto zu starten. Aber alle seine Bemühungen waren vergeblich, er erreichte nur, dass die Fahrzeugbatterie schwächer und schwächer wurde.

Schweiß bildete sich auf Wills Stirn. Plötzlich wurde ihm bewusst, wie heiß es im Wagen war. Mit dem Unterarm versuchte er den Schweiß von der Stirn zu wischen. Aber bei der Hitze, die im Auto herrschte, war dies ein vergebliches Unterfangen. Der Schweiß lief ihm schließlich über die Stirn in die Augen. Er musste blinzeln, um noch etwas erkennen zu können.

Ungeachtet dieser Situation versuchte er verzweifelt immer wieder den Motor in Gang zu bringen. „Nichts", resignierte Will schließlich, „ich verstehe das nicht ..."

„Komm lass uns aussteigen. Hier drinnen ist es ja vor Hitze kaum noch auszuhalten." Usch's Worten folgte sofort die Tat. Sie öffnete die Beifahrertür und stieg aus.

Bevor Will das Auto verließ, löste er die Verriegelung der Motorhaube.

„Will! ... Mach schon ..., das Unwetter muss jeden Moment losbrechen!"

Als Will beim Aussteigen einen Blick zum Himmel warf, verstand er Usch's Sorge. Er öffnete die Motorhaube.

Usch trat neben ihn und schaute, als wenn sie Ahnung von Motoren hätte, interessiert zu.

„Ich verstehe das nicht." Will schüttelte den Kopf. „Genug Öl ..., genug Wasser ..., Benzin ist genügend vorhanden ... Auch sonst scheint alles in Ordnung. Der Motor müsste eigentlich anspringen."

„Er tut es aber nicht."

„Setz dich ans Steuer und versuch noch mal zu starten."

Usch nickte. Setzte sich hinter das Lenkrad und drehte den Zündschlüssel herum.

Nichts.

Kein Laut.

Der Motor gab keinen Mucks von sich.

„Es scheint alles wie verhext zu sein!", fluchte Will vor sich hin.

Nach einem weiteren Versuch meinte Usch: „Ich werde wohl den nächsten Reparaturdienst anrufen müssen." Sie öffnete das Handschuhfach, griff nach dem Handy und wollte die eingespeicherte Rufnummer suchen.

„Warte noch Usch!"

Usch hörte, wie Will am Motor herumhantiert, aber irgendwie klang das nicht erfolgversprechend.

Langsam begann Usch die Geduld zu verlieren und stellte gereizt die Frage: „Kann ich endlich anrufen?"

„Ja, ruf schon an!"

Sie schaute auf das Display des Handys. Seltsam, das Telefon schien ausgeschaltet zu sein, nur konnte sie sich nicht erinnern, wann sie dies getan haben sollte, noch dazu, wo sie kurz vor ihrer Abfahrt noch telefonierte. Sie schaltete das Gerät ein und wollte den PIN-Code eingeben, da stutzte sie.

Das Gerät war völlig tot!

Irgendwie schien sich das Schicksal gegen sie verschworen zu haben. Manchmal kommt auch alles auf einmal ging es Usch ärgerlich durch den Kopf.

„Ich verstehe das nicht", meinte sie ratlos. „Nichts scheint zu funktionieren ..., der Wagen ..., das Handy ..."

„Nicht einmal das Autoradio ...", ergänzte Will, der sich mittlerweile wieder hinter das Steuer gesetzt hatte und an den Bedienelementen herumhantierte. „Irgendwie scheint hier, wer etwas gegen uns haben."

„Was machen wir jetzt?", fragte die Frau mit bangem Unterton in der Stimme.

„Irgendwo muss es doch hier in der Gegend eine Ortschaft geben."

Die Raben hoch in den Bäumen blickten hinab auf den Wagen, der kaum ein Dutzend Meter von ihnen entfernt stehen geblieben war. Mit ihren kalten Augen registrierten die Vögel, was dort unten geschah.

„Will! ... Da oben! ... Ein Haus! ... Vielleicht kannst du von dort Hilfe holen."

Will stieg aus dem Auto, und als er sich umsah, musste er feststellen das mittlerweile die Abenddämmerung hereingebrochen war, die durch die dichten Regenwolken noch beschleunigt wurde. „Warte hier, ich bin gleich wieder da."

Der Weg führte auf einem sich dahinwindendem Pfad nach oben. An einigen Stellen waren die Unebenheiten mit Kies ausgeglichen. Alte Eichen und Eschen die zu beiden Seiten wuchsen schienen zum Leben zu erwachen. Die Kronen der Bäume waren so ineinander verflochten, dass man nur ab und zu das gespenstische Dunkel des Himmels sehen konnte.

Seltsame Geräusche klangen an sein Ohr.

Dort, das da, sah das nicht wie eine Vogelscheuche aus.

Hier schien gar ein Gespenst durch den Wald zu schleichen.

Was war das dort?

Wills Herz begann rasend zu schlagen. Aus der inneren Unruhe wurde ein beklemmendes Gefühl. Hier ging etwas nicht mit rechten Dingen zu, schoss es ihm durch den Kopf. Es war eine bestimmte Ahnung, ein Gefühl mehr nicht. Er musste stehen bleiben und ein paar Mal tief durchatmen.

Fürchtete er sich etwa?

Quatsch.

Plötzlich riss die Wolkendecke für einen Moment auf und der Vollmond erhellte den Weg aus Kieselstein.

Was war das dort?

Gänsehaut lief Will über den Rücken.

Gerade voraus, in einer kleinen Waldschneise erblickte er im blassen Mondlicht, das für einen Moment eine Lücke in der Wolkendecke gefunden hatte, einen alten Mann von grässlichem Aussehen. Dieser hatte dicke buschige Augenbrauen und eine markante Nase. Die Augen glichen rotglühenden Kohlen. Sein Gesicht war hager und wies tiefe Furchen auf. Graues viel zu langes Haar fiel ihm in wirren Locken über die Schulter. Die Kleidung, von Urgroßvätermachart, war schmutzig und zerfetzt.

Schnell überwand Will seine Beklemmung und er rief: „He ...! Alter ...! Wo ..."

Da verschwand der Mond hinter den dicken Gewitterwolken. Mit der Finsternis verschwand die Gestalt wie ein Spuk in der Dunkelheit der Nacht.

Jetzt wurde es Will doch unheimlich zumute und wie von Furien gehetzt, stürmte er, nicht nach rechts oder links sehend, die letzten fünfzig Meter zum Haus hinauf.

Das letzte Stück des Weges schien kein Ende nehmen zu wollen.

Je mehr er sich dem Hause näherte, desto unheimlicher wurde der Eindruck desselben. Die zwei im gelben Licht schimmernden Fenster leuchteten wie die Augen eines riesigen Ungeheuers.

Außer Atem stürzte Will die Steintreppen zur Haustür empor. Soviel er auch suchte, einen Klingelknopf konnte er nicht finden, nur einen rostigen Eisenring, der an der Eingangstür befestigt war. Er ergriff den Ring und führte drei kräftige Schläge gegen die Pforte.

Nichts rührte sich im Haus.

Wie lange Will lauschend dagestanden hatte, mit flachem Atem, ohne die geringste Bewegung konnte er später nicht mehr sagen.

Die ersten Sturmböen trafen Will wie gewaltige Schläge und diese rissen Will aus der Erstarrung.

Jetzt schlug er immer und immer wieder mit dem Eisenring gegen die Tür, rief: „Hallo?" Letztlich wummerte er mit beiden Fäusten dagegen.

Dumpf hallten die Schläge wieder.

Wie zum Hohn verlosch auch noch das gelbliche Licht in den Fenstern.

Als Will nur den Widerhall seiner Schläge gegen die schwere Eichentür hörte, verstärkte sich das bedrückende Gefühl, das schmerzlich war und sein Herz umgab. Er konnte sich dieses Gefühl nicht erklären. Es war wie ein dumpfes Ahnen.

Das Heulen des Windes wurde stärker und übertönte alle die anderen Geräusche.

„Machen Sie doch auf!", rief er verzweifelt. „Ich möchte nur telefonieren, sonst nichts!"

In der Ferne zuckten Blitze auf. Windböen peitschten die verwilderten Büsche und Bäume in der Nähe des Hauses. Die ersten Dicken Regentropfen klatschten herab. Ein greller Blitz flammte auf, wild gezackt und weit verästelt. Sein weißes Licht hatte nicht die Wärme von Sonnenstrahlen. Kalt und nüchtern machte er eine Momentaufnahme der Nacht.

Das Haus zeichnete sich dunkel und massiv gegen den vom Blitz erhellten Himmel ab.

Ein lauter Donnerschlag folgte, dann war nur noch das immer stärker werdende Rauschen des Regens zu hören.

Erneut pochte Will mit den Fäusten gegen Tür und rief verzweifelt: „Hallo! ... Ist da wer? ... Aufmachen!"

Endlich, es schien eine Ewigkeit vergangen zu sein, hörte er das Zuschlagen einer Tür und schlurfende Schritte hallten über den Flur des Hauses.

Will bekam plötzlich rasendes Herzklopfen. Er trat hastig zurück, als der Schlüssel im Schloss mit schnappendem Geräusch umgedreht wurde.

Knarrend in den Angeln öffnete sich die Tür einen schmalen Spalt.

Aus der Dunkelheit des Flures ertönte: „Was wünschen Sie?" einer sich forsch gebenden Männerstimme.

Will war erleichtert, der Mann hat offenbar selber Angst.

„Mein Auto steht unten auf der Landstraße. Ich weiß nicht, was mit ihm ist. Der Motor ist plötzlich ausgegangen und trotz aller Startversuche nicht wieder angesprungen" antwortete Will.

„Mmm", kam es aus der Dunkelheit.

„Haben Sie ein Telefon?"

Wieder nur ein „Mmm".

„Ich möchte nur die nächste Werkstatt anrufen."

Der Spalt verbreiterte sich und in der Tür erschien in gebeugter Haltung ein älterer Herr. Er rieb sich die Augen, gähnte hinter vorgehaltener Hand und sprach: „Soso". Die kleinen Augen, die unter spitz zulaufenden Augenbrauen lagen, musterten Will mit stechendem Blick von oben bis unten. Er schien mit seiner Betrachtung zufrieden zu sein als er ihn ohne die geringste Gefühlsregung zu zeigen barsch anschnauzte: „Kommen Sie rein! ... Aber nur kurz ... Und das kostet was ..."

Na, hoffentlich nicht das Leben, dachte Will unwillkürlich und erschrak sofort über seinen eigenen Gedanken.

Die dünnen Lippen des Alten bewegten sich kaum, als er kalt sagte: „Folgen sie mir." Sich umdrehend verschwand er in der Dunkelheit des Flures.

Obwohl Will für einen Moment froh war dem immer stärker werdenden Regen entkommen zu sein hatte er irgendwie Angst davor das Haus zu betreten. Als hinter ihm die Tür mit einem dumpfen Knall ins Schloss fiel und er im Dunkeln stand, spürte er wie ihm erneut Gänsehaut den Rücken hoch und runter lief. Der Lärm des einrastenden Schlosses trieb ihm den Schweiß auf die Stirn. Die Innenflächen der Hände wurden feucht und kalt. Sofort fielen ihm eine Reihe phantastischer Geschichten ein, die er gelesen, aus Erzählungen kannte oder im Fernsehen sich angeschaut hatte. Das machte die Sache jedoch noch schlimmer, denn seine aufgepeitschte Phantasie malte sich allerhand schreckliche Dinge aus.

Und draußen schüttete es jetzt wie aus Eimern.

„He! Alter wo bist du?" rief Will in die Dunkelheit, denn er hörte nichts, geschweige sah noch etwas von diesem.

Der Alte war spurlos verschwunden.

Durch den dunklen Flur tappend erreichte Will eine Tür. Tastend suchte er mit den Händen nach der Klinke. „Verdammt, irgendwo muss sie doch sein?", fluchte er ungehalten. Endlich hatte er sie gefunden. Vorsichtig drückte er die Klinke nieder und zog die Tür langsam auf. Ein großer, mit magischem Licht erleuchteter Raum, der mit Teppichen und seidenem Gewebe ausgekleidet war, blendete seine an die Dunkelheit gewöhnten Augen.

Erstaunt schaute er sich im Raum um. Auf der gegenüberliegenden Seite gab es zwei Türen, durch starke Gobelins verhängt. Rechts erblickte er zwei große Fenster, und links einen wuchtigen Kamin. In der Mitte des Raumes standen ein schwerer runder Tisch aus Eichenholz und vier antike Stühle.

„Seltsam, seltsam", flüsterte Will vor sich hin.

Der ältere Herr, der eben im Flur wie vom Erdboden verschwunden war, tauchte scheinbar aus dem Nichts heraus, neben dem Kamin auf. Ein langes, hohles, boshaftes Lachen erklang aus seinem Mund, dabei leuchteten seine Augen teuflisch.

Wie gelähmt stand Will für einen Moment da, so wurde er von dem Antlitz des Alten gefesselt. Die ausgeprägten männlichen Züge trugen eine gewisse Ähnlichkeit mit dem Gesichtsausdruck eines Stieres, eines Ziegenbocks oder Ebers. Er wusste es nicht, auf jeden Fall wirkte es auf ihn verschlossen, eigensinnig, gierig, brutal und gefährlich. Und dann die aufgeworfene Oberlippe, als wäre sie infolge von Zahnschmerzen angeschwollen.

Will biss sich auf die Lippen, um nicht aufzuschreien. Er begann zu zittern, fror auf einmal und sein Körper überzog sich mit Gänsehaut.

„Raus hier! So schnell wie möglich raus hier!" gab er seine Gedanken laut kund. Nur mit Gewalt konnte er sich von dem unheimlichen Anblick losreißen, umdrehen und zur Tür eilen. Vergeblich suchte er hier nach einer Klinke. Die Innenseite der Tür war glatt. Es gab keine Kanten, keine Rillen, wo seine suchenden Finger einen Halt gefunden hätten. Vergeblich versuchte er die Fingernägel um den Rand der Tür zu zwängen und zu ziehen. Die Fingernägel brachen ab, nur die Tür rührte sich nicht. Im Gefühl der Ohnmacht schlug Will mit den Fäusten gegen die Tür und rief verzweifelt: „Ich will hier raus! Lasst mich raus!"

Als Antwort zog ein Grollen und Rauschen durch das Haus. Erst leise, dann immer lauter.

Will hielt inne, drehte sich um und zuckte erschrocken zusammen.

Der Unheimliche hob, hohle Wortlaute ausstoßend beide Arme. Ein warmer rötlicher Schein hüllte die Gestalt jetzt ein. Die stechenden Augen veränderten sich. Sie wurden rot und leuchteten wie glühende Kohlen. Grellrote Strahlen schienen in den nächsten Sekunden wie Flammenblitze aus ihnen heraus zu schießen und ein Lächeln geheimnisvoller Lust spielte um die, wie von einem Schlag angeschwollenen Lippen.

Schwindel erfasste Will. In seinem Kopf wirbelte alles durcheinander und er musste unwillkürlich die Augen schließen. Finsternis begann seinen Geist zu umkrallen. Das vom Nebel der Dunkelheit umhüllte Bewusstsein versuchte verzweifelt, gegen dieses Nichts anzukämpfen. Endlich hellte sich der Nebel vor seinen Augen auf, wurde durchsichtig und vor ihm formierte sich ein grün schimmerndes etwas im Raum. Es war ein schwebendes Wesen, das weder Gestalt noch Konturen besaß, ein Geist, ein Gespenst das ein grausig grünes Licht verbreitete.

Lautlos tanzte die spukhafte Erscheinung im Kreis, senkte sich bis zum Boden und schwebte wieder bis zur Decke des Raumes. Sie entfernte sich nicht, kam aber auch nicht näher und ließ sich in ihrem Treiben weder von Wills schrillem Aufschrei unterbrechen, noch von dem dröhnenden Gelächter der kleinen glatten orange getönten von innen herausleuchtenden Gestalt neben dem Kamin stören.

In Wills Kopf summte es wie in einem Bienenstock. Plötzlich hatte er das Gefühl, das ihn irgendetwas aus der grünen Wolke heraus unverwandt fixierte.

Waren da nicht zwei stechende Augen, ein riesiger Totenkopf?

Nein! Nein! Er sah nichts. Dort ist niemand. Er musste sich getäuscht haben, und trotzdem verspürte er etwas Unerklärliches auf sich zukommen.

Das grüne Gespenst zerteilte sich, zerfloss und es entstand ein Bild - eine schreckliche folgenschwere Vision lief im selben Moment vor seinen Augen, wie ein Film, ab.

Verschwommen sah er eine Frau in einer engen Toilette sitzen. Das Bild wurde schärfer und er erkannte Usch. Die langen, kastanienbraunen Haare hingen ihr wirr ins Gesicht, ihr Blick war starr und die Augenlider zuckten nervös. Der rechte Ärmel, ihrer geblümten Bluse, war hochgeschlagen und der Oberarm mit einem roten Seidentuch abgebunden. In der linken Hand hielt sie eine Spritze, die im diffusen Licht blinkte.

Im selben Moment begriff Will das Entsetzliche - Drogen ... Instinktiv schaudernd vor Entsetzen schrie er: „Usch! ... Usch! ... nicht!"

Usch schaute einen Moment lang hoch, runzelte die Stirn und blickte verwundert umher, als hätte sie die Worte gehört.

„Nicht Usch! Das ist der Tod!" schrie Will verzweifelt. Grauen erfasste ihn, ein namenloser, unheimlicher Schrecken, der seinen Griff immer enger um sein Herz zu schließen schien.

Usch lächelte sonderbar, schüttelte den Kopf und stach die Nadel ein ... Sekunden später fiel die Spritze mit klirrendem Geräusch auf den Boden der Toilette. Die junge Frau rutschte vom Klosettsitz, glitt auf den kalten Fliesenboden und blieb dort reglos in seltsam gekrümmter Haltung liegen ...

Eine faulige, Verwesung atmende Kälte schwebte durch den Raum.

Wills Herz schien zu erstarren. Die Haare standen ihm zu Berge und die Dunkelheit des Todes hüllt ihn ein. Eine dunkle träumerische Stimme flüsterte ihm zu: „Fern, fern hinter den großen Wäldern, am Ende der Welt, liegt ein kleiner wunderschöner Garten. Saftiges Gras wächst hier hoch und dicht, und dazwischen die großen weißen Schierlingssterne. Während der kühle, kristallene Mond hernieder schaut, singt die Nachtigall die ganze Nacht. Ein Eichbaum breitet seine Riesenarme über die Schläfer."

„Das ist der Garten des Todes", zuckte es im Unterbewusstsein durch Wills Gehirn.

„Ja, des Todes", flüsterte die Stimme. „Der Tod ist so schön. Schön ist es, in der zärtlichen braunen Erde zu liegen, wenn das Gras über einen wogt und der Stille zu lauschen. Kein gestern haben und kein Morgen."

Innerhalb weniger Sekunden begriff Will, dass seine Frau die Pforte zum Garten des Todes aufgestoßen hatte. Die Kräfte verließen ihn. Fieberwahn bemächtigte sich seiner. Tausende schreckliche Trugbilder verfolgten ihn, grauenhafte Fratzen.

Weitaufgerissene Mäuler, tiefrote Glosen, gellendes Lachen.

Ein krachender Donnerschlag.

Der Spuk, der nur wenige Minuten gedauert hatte, verschwand so schnell, wie er gekommen war.

Will nahm noch einen stechenden Geruch war, dann fiel er in eine tiefe wohltuende Ohnmacht.

Die Zeit verstrich.

Da, die am Boden liegende Gestalt bewegte sich wieder.

Vor Wills Augen löste sich die Schwärze langsam auf, rote Sonnen zerplatzen vor den Augen. Der dumpfe Schmerz in seinen Gliedern riss ihn in die Wirklichkeit zurück. Er lag auf dem Rücken, mitten im Zimmer. Sein Körper schien nur noch aus Übelkeit zu bestehen. Brechreiz schüttelte ihn.

Verschwunden war der alte Herr und von dem grünen Geist war auch nichts mehr zu sehen.

Mühsam richtete sich Will auf, erhob sich vom Boden und schwankte wie ein Trunkener, verzweifelt nach Luft ringend, weil er das Gefühl hatte, ersticken zu müssen, zur Tür. Erstaunt stellte er fest, dass diese offen stand, als wäre sie nie verschlossen gewesen.

In der dunklen regenfeuchten Nacht konnte er wieder freier atmen und sein Blick wurde klarer.

Was war das nur gewesen?

Alles war so realistisch!

Geschah es in der Realität - genau in diesem Augenblick, dass was er gesehen hatte?

Nein, das konnte doch gar nicht sein.

Das fürchterliche Geschehen hatte Will derart verschreckt, dass er blass und am ganzen Körper zitternd aus dem seltsamen Haus stürmte. Er dachte an keine Autowerkstatt mehr. Nur fort, so schnell wie möglich fort wollte er von diesen unheimlichen Ort. Nicht darauf achtend, wohin seine Füße traten, stürmte er den regennassen, mit kleinen und großen Pfützen übersäten Kiesweg entlang.

Ständig wie ein Irrer vor sich hinmurmelnd: „Der Tod ..., er kommt ..., er ... kommt ..!" erreichte er bleich wie ein Gespenst und außer Atem das Auto und riss mit letzter Kraft die Tür auf.

Usch blickte ihn entgeistert an und sprach. „Mein Gott, Will! Was ist denn mit dir los? Wie siehst du denn aus?"

Am ganzen Leib zitternd ließ er sich in den Sitz fallen. Seiner Frau keinerlei Beachtung schenkend drehte er wie unter zwang den Zündschlüssel, der noch im Zündschloss des Autos steckte.

Es sprang sofort an.

„Das gibt es doch nicht", flüsterte Will vor sich hin und musterte Usch mit einem seltsamen Seitenblick.

„Will, du bist so bleich, als wäre der Teufel hinter dir her?"

„Nein, nicht der Teufel. Ich habe etwas viel Schrecklicheres gesehen ..., deinen Tod."

Usch fuhr zusammen, wurde kreidebleich im Gesicht und flüsterte unsicher: „Meinen Tod, wie furchtbar."

„Ja, deinen Tod. Es war eine schreckliche Vision ..., du bist ... an einer Überdosis Heroin gestorben."

Während Usch schweigend zuhörte, strich sie ihrem Mann sanft über die Stirn. Nur gut das Will in der Dunkelheit nicht sehen konnte, wie bei seinen Worten das Gesicht seiner Frau Leichenblässe überzog. Ihre Finger knüllten krampfhaft ein Papiertaschentuch zusammen.

„Ich habe das Gefühl, dass dieses Erlebnis eine Warnung ist. Vielleicht wird dir in nächster Zukunft genau das passieren ... und das macht mir eine Wahnsinnsangst. Ich glaube, ich werde nie mehr ruhig schlafen können ..."

„Du darfst keine Angst haben", meinte Usch. „An solche Geschichten darf man nicht glauben."

Sie gab ihm einen zärtlichen Kuss.

Von der Gewitterfront war nichts mehr zu sehen, nur dunkle Wolken jagten noch am nächtlichen Sternenhimmel dahin. Ab und zu gelang es dem Mond mit seinem fahlen Licht durch sie hin durchzudringen. Hier und dort blinkten helle Sterne durch die dahinhetzenden Wolkenfetzen.

Es war eine unheimliche und schaurige Nacht, in der man wirklich das Fürchten lernen konnte, und Will hatte das Fürchten kennengelernt.

Die Reifen des Autos surrten über den Asphalt. Die weißen Lichtkegel der Scheinwerfer zerriss die Dunkelheit. Rechts und links neben der Landstraße tauchten die Bäume eines Mischwaldes auf und verschwanden wieder in der Finsternis der Nacht.

Die Armaturenbeleuchtung tauchte die Gesichter der beiden in bleiches Licht.

„Du bist ja auf einmal so schweigsam, Usch?", unterbrach Will die Stille.

„Ich muss erst einmal mit dem fertig werden, was du da vorhin gesagt hast. Es ist so schrecklich." In Gedanken grübelte Usch jedoch darüber nach, ob ihr Mann etwas von ihrem wohlbehüteten Geheimnis wusste.

Will aber war viel zu sehr mit dem Auto beschäftigt, er konzentrierte sich voll auf das Fahren und so bemerkte er Usch's Verlegenheit nicht.

Noch Wochen später wenn Will an das Geschehene dachte übermannte ihn das Gefühl aus einem Alptraum zu erwachen. Er versuchte sich immer wieder einzureden: Wenn jeder Alptraum Realität würde, wäre die Hälfte der Menschheit ein Leben lang vor Angst gelähmt ..., und dies konnte nicht sein.

Ein halbes Jahr mag wohl ins Land gegangen zu sein.

Will Weidling war allein zu Hause und wollte gerade in die Garage gehen. Er hatte bereits die Wohnungstür erreicht, als das Telefon im Korridor läutete.

„Wer will denn da etwas von mir?", brummelte er ungehalten in seinen nicht vorhandenen Bart. Mit zögernden Schritten ging er die wenigen Meter dann doch zum Telefon, hob den Hörer ab und lauscht in die Hörmuschel.

„Polizeirevier drei", sagte eine ruhige Männerstimme, „ich muss ihnen eine traurige Mitteilung mache ..."

Wills Gesicht wurde blass und blasser je länger er zuhörte.

„Nein ...! Nein ...!" stieß er erregt hervor. „Das kann doch nicht sein. Nicht meine Frau!"

Entsetzen malte sich auf seine Gesichtszüge.

„Nein ..." kam es nur noch krächzend über seine Lippen, „dass sie ..." Der Telefonhörer glitt aus Wills Hand. Seine Beine gaben nach und er sank nach Atem ringend in den nächsten Sessel.

Der herabhängende Telefonhörer schwang an der gewundenen Schnur wie ein Pendel hin und her.

Will verspürte Schwindel. Er kam von dem Schock, den der Telefonanruf bei ihm verursacht hatte, denn das, was er so eben erfahren hatte, war so ungeheuerlich. Er versuchte sich eine Zigarette anzuzünden. Die Finger zitterten jedoch so stark, dass die Schachtel zu Boden fiel.

Mit leeren Augen starrte er vor sich hin, denn er konnte es immer noch nicht begreifen, was ihn die Kriminalpolizei eben mitgeteilt hatte.

Usch war Tod. Ja, seine Usch war Tod. Man hatte sie in der Toilette einer Künstlerkneipe gefunden. Eine Einwegspritze steckte noch in ihrem Arm. Sie hatte eine Überdosis Heroin erwischt. Der Notarzt war sofort verständigt wurden, aber es gab keine Rettung mehr für sie. Usch war auf dem Weg ins Krankenhaus gestorben.

Siedend heiß fiel ihm in diesem Moment das schreckliche Erlebnis wieder ein, dass ihm vor einiger Zeit widerfahren war. Vergeblich hatte er versucht, es aus seinem Bewusstsein zu verdrängen. Ja es war wirklich vergeblich gewesen, denn die raue Wirklichkeit holte ihn jetzt ein. Usch hatte ihm die ganze Zeit etwas vorgespielt. Heimlich nahm sie Rauschgift und er hatte nichts davon bemerkt, selbst nach der beklemmenden Vision, einem Fingerzeig des Schicksals, war er nicht misstrauisch geworden.

Bekannte fanden Will im Sessel sitzend und immer wieder apathisch vor sich hin murmelt: „Wenn es wirklich so etwas wie eine Vorsehung für die Menschen gibt, dann hat sie auf grausame Art und Weise zu mir gesprochen."

DER ALPTRAUM

Langsam schlenderte Felix Kruschke den langen Gang vor dem Gerichtssaal auf und ab. Durch die Fenster fiel heller Sonnenschein, der den Schatten der Fensterkreuze auf den steinernen Fußboden malte.

So was Blödsinniges! An diesem Tag, an dem seine Ehe geschieden wurde, sollte es eigentlich regnen.

Also - was jetzt?

Nach Hause gehen, eine Schlaftablette nehmen und sich in hoffentlich schöne Träume schaukeln?

Nein! ...

Ins Kino gehen und schön heulen?

Nein!

Ja, die nächste Kneipe anpeilen und den Kummer ersäufen, das wäre das Richtige ...

In diesem Augenblick entdeckte er die Kneipe, auf der gegen überliegenden Straßenseite. Genau! Warum nicht einen doppelten Kognak trinken? Oder sogar einen Dreifachen.

Ohne lange weiter zu überlegen verließ er das Gebäude und machte sich auf den Weg. Bereits nach kurzer in der Kneipe angekommen blieb es nicht bei dem Doppelten oder Dreifachen. Es wurde eine ganze Flasche. Verdammt noch mal, ohne diesen Stoff würde er krepieren.

Als die Dunkelheit hereinbrach, verließ Felix Kruschke, mit torkelnden Schritten, die Kneipe. Er hatte Schwierigkeiten einen Fuß vor den anderen zu setzen.

Dumpfes Donnergrollen ließ sich aus der Ferne vernehmen, und die Luft kühlte merklich ab.

„Du, ich glaube, ich muss mich setzen" führte er Selbstgespräche und begann zu kichern. „Ddddas lezze Glas Kaknak war, glaub ich ssuviel ..."

Ein Blitz zuckte über den Himmel. Der Donner war diesmal erheblich lauter als vorhin. Die ersten dicken Regentropfen fielen.

„... oder warsser Whiksy?" Noch während er vor sich hinmurmelte, zerriss erneut ein greller Blitz die Dunkelheit. Unmittelbar darauf das Krachen des Donners.

Felix Kruschke hatte die Geschäftspassage, mit den, von Glanz und Glimmer umrahmten, chromgefassten Schaufensterscheiben erreicht.

Die paar Schritte bis zu einer der vielen gläsernen Nischen der Schaufensterpassage schaffte er noch. Dann rutschte er in der windgeschützten Ecke auf den Boden. Zwischen den leeren Cola Flaschen und den achtlos verstreuten Essensresten auf dem schmutzigen Gehwegpflaster, sah er, in seiner schäbigen Jacke und dem gestreiften Hemd, wie ein Obdachloser aus. Es fehlte nur noch das Lumpenpäckchen und die übliche Blechbüchse.

Vergeblich versuchte Felix Kruschke sich hochzuziehen. Wieder und immer wieder sackte er zusammen, bis er schließlich das ergebnislose Unterfangen aufgab. Mit dem Rücken saß er gegen die Hauswand gelehnt. Die heraufziehende Kälte fraß sich durch seine Jacke, bis auf die Haut. Er neigte sich nach vorn. Lange hielt er es in dieser Stellung nicht aus, sein Kreuz begann zu schmerzen. Er musste sich wieder anlehnen. So wechselte er laufend seine Körperhaltung.

Ein gewaltiger Donnerschlag ließ ihn zusammenzucken, der kurz darauffolgende Blitz blendete seine Augen und tauchte die hochaufragenden Glitzerfassaden in grelles Licht. Der Regen prasselte jetzt nur so nieder.

Niemand von den vorbeihastenden Menschen schenkte diesem Häufchen Unglück Beachtung. Sie gingen ihren Geschäften nach, und dieser „Obdachlose" hatte nun wirklich nichts damit zu tun.

Felix Kruschke Schmerzen wurden immer schlimmer. Der bittere Geschmack im Mund und das quälende Hämmern in seinem Kopf machten ihn verrückt.

Nach und nach wurde es auf der Straße ruhiger. Die Nacht war heraufgezogen, und eine Straßenlampe nach der anderen flammte auf. Die hellerleuchteten Schaufenster spiegelten sich auf dem regennassen Straßenpflaster.

Weit nach Mitternacht hielt eine schwarze Limousine mit quietschenden Reifen in einer Pfütze vor der gläsernen Nischen der Schaufensterpassage. Zwei schlaksige, hochgewachsene Männer mit den dazu passenden Gesichtern, Windhund Gesichtern, sprangen heraus und liefen in schnellen Schritten auf das Häufchen Unglück zu. Sie packten Felix Kruschke mit eisernen Griffen.

Dieser war so benommen und überrascht, daß die in schwarze Ledermäntel gekleideten Gestalten ihn in den Wagen stoßen konnten, ehe er wusste, wie ihm geschah.

Mit durchdrehenden Rädern setzte sich das Auto sofort wieder in Bewegung und entfernte sich in rasanter Fahrt.

Felix Kruschke musste während der Fahrt laufend aufstoßen, er hatte Angst, die Männer voll zu speien. Das Würgen in seiner Kehle wurde stärker und stärker.

„Wohin ... bringt ... Ihr mich? Was ... wollt ... Ihr?" stammelte er vor sich hin.

Keine Antwort.

Stumm blickten die beiden Männer gerade aus. Ihr Ziel war ein riesiger Komplex grauer Neubauten am Stadtrand.

Der Kies knirschte unter den Reifen, als der Wagen vor einem großen Eisentor anhielt.

Sofort hörte das Würgen auf. Felix Kruschke konnte tief durchatmen. Mit einem Seitenblick bemerkte er wie der Fahrer des Wagens einem Wachmann seine Papiere zeigte.

Der Mann in der graublauen Uniform erwiderte kurz: „Hinten rechts, das zweite Gebäude am Zaun."

Der Fahrer gab Gas.

Das schwere Eisentor fiel hinter ihnen mit einem lauten Schlag ins Schloß.

Aus! Vorbei! schoss es Felix Kruschke durch den Kopf. Hier ist das Leben zu Ende, hier kommst du nie wieder raus.

Ein bedrückendes Gefühl.

Der Regen klatschte jetzt nur so herunter. Die Scheibenwischer des Autos schafften kaum die Wassermassen.

In langsamer Fahrt erreichten sie das zweite Gebäude.

Die Männer stiegen aus. In die Mitte hatten sie Felix Kruschke genommen, und sie schleiften ihn über steinerne Treppen, einen langen Korridor entlang, hinein in einen schmalen, fensterlosen Raum.

An der Decke hing eine gelbliche Kugellampe. In ihrem Licht erstrahlte der Raum in einem nüchternen Weiß. Der Fußboden war mit grünem Linoleum ausgelegt. In der Mitte des Raumes stand einsam und verlassen ein Gabelstapelstuhl mit gepolsterter Sitzfläche. Rechts, in der Ecke war ein gusseisernes, emailliertes Waschbecken an der Wand befestigt.

Plob ..., Plob ..., Plob ... tropfte es nervenaufreibend aus dem verchromten Wasserhahn.

Eine Fliege hatte sich in das Innere der Kugellampe verirrt. Summend flog sie hin und her. Felix Kruschke hatte das Gefühl, daß ihr Summen immer lauter wurde, bis zur Unerträglichkeit.

Die Männer stießen ihn zum Waschbecken und öffneten den Wasserhahn. Als das kalte Nass über sein Gesicht und die Haare lief, wurden seine Gedanken klarer, der Alkoholnebel verzog sich etwas.

„Das reicht", sagte einer der Fuchsgesichtigen, und sie setzten ihn auf den Stuhl.

Felix Kruschke war am Ende seiner Kraft. Sein gerötetes Gesicht wirkte aufgedunsen. Die Hände zitterten. Suchend irrten seine blutunterlaufenen Augen im kahlen Raum umher. „Verdammt noch mal, wo haben die mich hingebracht?", stammelte er vor sich hin. „Egal, Hauptsache ich bekomme irgendwo eine volle Pulle her. Ohne meinen Stoff krepiere ich" fügte er mit zitternder Stimme hinzu: „Aber das wäre wohl das Beste - mein Leben ist sowieso beschissen!" Seine Halsschlagadern zuckten nervös. Er begann am ganzen Körper zu zittern.

Als plötzlich hinter ihm eine schwere Tür ins Schloß fiel, versuchte er sich umzublicken.

Die Männer in den schwarzen Ledermänteln hatten den Raum verlassen, dafür hatten zwei andere den Raum betreten. Einer von ihnen, der in der blaugrauen Uniform blieb unmittelbar neben der Tür stehen. Der andere, ein großer Mann, etwa 1,90 Meter groß, hatte einen weißen Kittel an und trug in der rechten Hand eine Akte. Neben dem Stuhl blieb dieser stehen. Mit seinen Wikingeraugen, um die sich tausend Krähenfüße bildeten, blickte er auf das elende Häufchen Mensch.

Felix Kruschke hockte zusammengekauert auf dem Stuhl. Er hatte den Kopf auf die Brust geneigt und man konnte den Beginn einer Glatze durch das dunkle, schüttere Haar schimmern sehen. Mit zittrigen Händen strich er über seine geschlossenen Augen. Er spürte den Blick des Arztes. Ja, in diesem weißen Kittel konnte nur ein Arzt stecken.

Aber wieso ein Arzt?

Angst begann ihn zu würgen. Wo vor wusste er nicht. Er wusste im Augenblick gar nichts mehr.

Der große Unbekannte, mit den dunkelblonden, leicht gelockten Haaren, und einer Spur von Grau an den Schläfen, hatte ein diabolisches Grinsen aufgesetzt.

Felix Kruschkes Schädel dröhnte. In seinen Gliedern, in seinem ganzen Körper war eine seltsame Schwere. Die Dumpfheit wich nur langsam. Abgerissene Gedanken zuckten durch sein Gehirn wie Lichtblitze durch dichten Nebel, und zusammen mit seinem Denkvermögen wuchsen auch die Schmerzen, wurden immer stechender.

Blitzende Graugrüne oder waren es etwa blaugrüne Augen des Arztes, fesselten seinen Blick.

Felix Kruschke blickte in ein rundes Gesicht, in dem plötzlich Goldzähne auffunkelten, als dieser ihn anschrie: „Warum haben Sie Ihre Frau verlassen? Warum saufen Sie? ... Los, ich will eine Antwort!"

Das Herz schlug mit harten, schmerzenden Schlägen gegen Felix Kruschkes Rippen. Auf der Stirn bildete sich kalter Schweiß und er rutschte auf dem Stuhl in sich zusammen. Sein Gehirn weigerte sich, weiterzudenken.

Der Arzt reichte dem Wachmann neben der Tür, die Akte und schritt dann mit den Händen auf dem Rücken vor Felix Kruschke auf und ab.

„Ich gebe Ihnen eine Frist", sagte dieser beim Näherkommen. Blieb dann jedoch stehen und wippte auf den Sohlen seiner blank gewichsten Schuhe. Wie ein glühender Blitz aus heiterem Himmel traf ihn gleich darauf der Schlag des Arztes mit der flachen Hand ins Gesicht.

Felix Kruschke schrie auf und atmete schwer.

„Den Grund? Sag mir den Grund?"

Schweigen.

„Der nächste Schlag sauste durch die Schwärze, die ihn plötzlich umgeben wollte. In seinen Ohren hallte der eigene Schrei wieder.

„Das ist ein Vorgeschmack für morgen früh. Vergessen Sie es nicht! Ich will dann eine Antwort! Dies war erst der Anfang!" er machte eine Handbewegung zum Hals.

Ein seltsames Gefühl beschlich Felix Kruschke, als ob er schon längst tot sei. Vor seinen Augen lief immer wieder sein Leben ab, wie ein Film im Schnelldurchlauf: Die Misshandlungen vom Vater, die Beerdigung der Mutter, die Scheidung von seiner Frau. Es wurde immer unerträglicher für ihn. Dazu kam noch der schreckliche Alkoholentzug. Fieberschauer schienen seinen Körper zu durchrasen, die Ohren sausten und der Magen zog sich in furchtbaren Krämpfen zusammen.

Zwei Fäuste packten ihn.

Felix Kruschke wehrte sich mit wilden Entsetzen, stemmte die Füße gegen den Boden, aber es half nichts. Sie rutschten auf dem mit Ölspäne gereinigten Fußboden weg.

Er wurde hochgerissen und aus dem Zimmer geschleift.

Vor ihm lag ein langer Korridor.

Plötzlich war er allein.

Aber wie so?

Wie ein böser Traum kam ihm das alles vor. Ja, es musste ein böser Traum sein und so beherrschte ihn in diesen Moment nur noch der Gedanke - so schnell wie möglich weg von hier.

Einfach abhauen.

Auf normalem Weg von hier fortzukommen schien unmöglich zu sein. Die Tür waren verschlossen und vor Jeder stand ein Wachmann.

Aber was war mit den Fenster?

Waren diese gesichert oder nicht?

Sie waren nicht gesichert.

Felix Kruschke trennten nur wenige Schritte vom nächsten Fenster, das mit einmal eine magische Anziehungskraft auf ihn ausübte. Vorsichtig nach den nächsten Wachmann umsehend tappte er auf Zehenspitzen lautlos zu dem Fenster, mit Blick, auf die zwei Stockwerke tiefer liegende Straße.

Mühelos ließ sich der große Flügel öffnen.

Unten, auf dem Kopfsteinpflaster zerstoben Regentropfen und bildeten an den Straßenrändern kleine Wasserlachen.

Sekundenlang überkam Felix Kruschke ein leichtes Gefühl der Angst.

Ein Windstoß, begleitet von einem Regenschauer, drückte gegen den geöffneten Fensterflügel, dass er klirrte.

Der heraufdämmernde trübe Morgen und die Furcht vor dem unheimlichen Arzt trieben ihn vorwärts. Mit einem kurzen Sprung war Felix Kruschke auf dem Fensterbrett. Für den Bruchteil einer Sekunde verharrte er regungslos in Hockstellung, dann streckte er die Hände nach vorn.

Im Augenblick, da er zum Sprung ansetzte, bog unten ein Pferdefuhrwerk um die Straßenecke. Wie hypnotisiert starrte der Kutscher auf die Gestalt, die sich hoch oben aus dem, im Morgengrauen liegenden, Fenster löste. Doch schon im nächsten Moment musste er seine ganze Aufmerksamkeit den Pferden zu wenden, die sich vor Schreck hoch aufgebäumten und durchzugehen drohten.

Felix Kruschke sah das Aufbäumen der Tiere. Gleich darauf sauste die Erde auf ihn zu. Für Sekundenbruchteile glaubte er einen Engel, mit weitausgebreiteten weißen Flügel heranschweben zu sehen, der sich in ein Menschenkind verwandelte. In eine junge Frau mit dem süßesten spitzbübischen Lächeln, das er gut kannte, mit den Grübchen in den Wangen und winzigen Fältchen in den Augenwinkeln.

Ein harter, knallharter Aufprall, der folgte und ein stechender Schmerz im Fußgelenk waren alles, was er in diesen Moment empfand. Dann war es vorbei, die Erscheinung verschwunden, und rings um ihn herrschte Finsternis und eine unheimliche Stille ...

Plötzlich, was war das?

Um sich schlagend, schweißgebadet erwachte Felix Kruschke. Im ersten Moment wusste er nicht, wo er war. Die Bilder des entsetzlichen Traumes, die ihn geweckt hatten, standen noch lebhaft vor Augen.

Nur langsam fand er in die Wirklichkeit zurück. Neben ihm schlummerte eine weibliche Person.

Es war seine Ehefrau. Sie hatte sogar noch im Schlaf ihr spitzbübisches Lächeln auf den Lippen.

„Gibt es etwas, Liebling?" richtete sie sich schlaftrunken auf.

„Nichts ... Es gibt nichts. Schlaf ruhig weiter. Ich hatte nur einen schrecklichen Traum."

Sich auf die andere Seite drehend schlief sie sofort wieder ein.

Nur Felix Kruschke konnte keinen Schlaf mehr finden. Auch wenn er sich immer wieder einredete das es nur ein Traum war, ließ ihn dieser bis zum frühen Morgen nicht mehr los.

Was wollte ihm da sein Unterbewusstsein, bei der nächtlichen Ruhe zuflüstern?

Er konnte es nicht sagen.

Vielleicht ein Hinweis dafür, das auch Träume Wahrheit werden könnten?

Felix Kruschke wusste es beim besten Willen nicht.

Für ihn war es nur ein Traum, ein schrecklicher Alptraum und es sollte auch nur einer bleiben.

Bild 1: Der Lietebaum bei Möhra.

Der Lietebaum

Imposant sieht man ihn auf der Höhe stehen,
den Lietebaum, den man kann schon von der Ferne sehen.
Als Lindenbaum groß geworden, welch eine Pracht,
gibt er auf das Weidevieh als Hutebaum schon jahrelang acht.

Gepflanzt vom Bauer Wagner, der aus Niederschmalkalden kam her,
erfreut der Lietebaum, als Hundertjähriger, die Menschen sehr.
Was kein anderer Baum mit seiner Anmut schafft,
er wirkt entspannend, besänftigend und stärkt die innere Kraft.

Der Herzeberg bei Möhra ist schon ein geschichtsträchtiger Bereich,
ein kleiner Kobold, der Pummpälz besaß hier sein Reich.
Auch Martin Luther hatte hier einst seinen Weg genommen,
um nach der Wartburg hinzukommen.

Viele Generationen schon den Weg auf den Berg hinauf fanden,
belohnt mit einem herrlichen Weitblick, wenn sie dann oben standen.
Sanfte Hügel, grüne Wiesen bekam das Auge zu sehen,
Waldungen, Teiche, Anblicke der Natur die zum Herzen gehen.

Der Hundertjährige ist schon respekteinflößend, nicht wahr?
Mit weitausladenden Ästen, gleichmäßig und frei stellt er etwas dar.
Durch beeindruckende Schönheit und seiner mystischen Kraft,
der Lietebaum, als Linde Gelassenheit für das Sein erschafft.

Kameraden der Landstrasse

Um 9.00 Uhr steht bereits die Sonne hoch am wolkenlosen Himmel. So wie es aussieht, wird es heute sicherlich ein herrlicher Tag.

Keiner von uns ahnt zu dieser Zeit, dass dieser prächtige Tag wieder Mal ein besonderer Tag im stillen Einsatz des Nachrichtenmannes werden soll.

„Stellungswechsel nach y", so kommt knapp vor 8.00 Uhr der Befehl von der vorgesetzten Dienststelle.

Wem schlägt bei diesem Wort das Herz nicht höher, ist dieses Wort doch gleichbedeutend mit dem Wort „Vorwärts!"

„Vorwärts" heißt der Magnetismus und die Triebfeder, die den deutschen Soldaten unvergleichliche Dinge leisten lässt.

Jetzt um 9.00 Uhr befinden wir uns bereits auf dem Marsch, aber welche Arbeit musste in dieser kurzen Zeitspanne von einer Stunde, geleistet werden?

Leitungen abbauen und übergeben, Verpflegung empfangen, die Kraftfahrzeuge auftanken und vieles mehr.

Einem Ameisenhaufen glich das Zeltlager der Kompanie.

Der Kompaniechef hatte das Stichwort gegeben: „8.45 Uhr Abmarsch! Fahrzeuge stehen in Marschkolonne auf der Straße von x nach z! Zugführer zu mir!"

Jeder kannte seine Handgriffe und es lief wie geölt.

Der Spieß und der Schirrmeister taten noch ihr Übriges, das Tempo zu erhöhen, denn wehe, wenn 8.45 Uhr der Laden nicht gerollt wäre.

Doch wie sollte es auch anders sein, immer ist es geschafft worden, war auch die Zeitspanne noch so knapp.

Pünktlich zur befohlenen Zeit hob der Chef den rechten Arm und die Winkerkelle rief jedem Kraftfahrer zu: „Marsch!"

Eng zusammengedrückt sitzen im Betriebs-, im Funk- und im Fernschreibwagen nun die Nachrichtenmänner. Es sind die Männer mit den braunen Kragenspiegeln, von denen nie ein Heeresbericht oder eine Sondermeldung etwas zu berichten hatte.

Fast eine Stunde rollt die Kolonne ohne Halt. Heute scheint der Stellungswechsel einwandfrei zu klappen.

Doch was ist das da vorn auf der Landstraße?

In einer unübersehbaren Kolonne marschieren bespannte Truppen, auf den Feldern rückt die Infanterie vor.

Ein Gruseln läuft da dem Kraftfahrer schon den Rücken runter. Sie müssen jetzt wieder ihre Fahrkünste zeigen.

Die rechte Straßenseite gehört der marschierenden Division, auf der linken Seite spielt sich der gesamte Kraftverkehr ab. Wer schon einmal auf den schmalen und schlechten Straßen Russlands stundenlang nur links gefahren ist und dabei regen Gegenverkehr hatte, weiß, was das für den einzelnen Fahrer bedeutet. Hier muss Millimeterarbeit geleistet werden.

Alle sind froh, dass bisher noch kein Unfall passierte.

Trotz dieser Bedingungen geht die Fahrt recht gut voran, wenn auch nur langsam.

Plötzlich ein Unteroffizier mit der Winkerkelle.

„Halt! Straßenverstopfung!"

Die Kolonne hält auf der inneren Hälfte der linken Straßenseite.

Nach einer halben Stunde rückt die Kolonne vor uns ein Stück weiter und wir gliedern uns in die lange Reihe der Wartenden ein, damit die linke Straßenseite frei wird für den Gegenverkehr.

Fluchend muss sich dies auch der neben uns haltende Batteriechef der Artillerie gefallen lassen.

„Wie lange müssen wir nun warten?" diese Frage stellt jeder jedem.

Mitten in der Division stehen wir nun, die Luftnachrichtenmänner, bespöttelt die Betriebsfernsprecher und Funker ob ihrer schönen sauberen Stiefel, grau und verstaubt die Baufernsprecher.

Die Baufernsprecher auf ihren offenen Bauwagen bekommen zur Genüge den Staub der Landstraße zu kosten.

Unbarmherzig brennt die Sonne hernieder. Kein Baum, kein schützender Strauch in der Nähe.

Manchen treibt es bereits den Schweiß aus den Poren, wenn er daran denkt, welchen Temperaturen er während des Tages im Fahrzeug ausgesetzt ist. Die Hitze staut sich und der Schweiß läuft von der Stirn. Die Uniform klebt vor lauter Feuchtigkeit am Körper.

Da stellt doch wirklich ein Landser die Frage: „Warum bleibst du nicht in deinem Fahrzeug?"

Prompt bekommt er von mir die Antwort: „Geh du mal hinein. Ich glaube, in einem Treibhaus ist es noch kühler."

So stehen die Kolonnen in der brütenden Hitze. Das Thermometer zeigt 55 Grad Celsius im Schatten, aber hier in der Steppe, über die sich ein Meer von Staub erhebt, gib es keinen Schatten.

Es werden ein, zwei sogar drei Stunden und mehr.

Am Himmel kommen uns endlich kleine weiße Wolken zu Hilfe und verdecken zeitweise die Sonne etwas.

Im Straßengraben sitzen die Männer der Luftwaffe mit denen des Heeres zusammen und tauschen ihre Erlebnisse aus. Der eine verteilt seine letzten Zigaretten, die hier mehr wert sind als Geld. Der andere erzählt von zu Hause irgendeine Besonderheit und erfreut damit seine Kameraden, ganz gleich ob bekannte oder bisher im Leben noch nicht gesehene. An einer anderen Stelle wird schallend über einen Witz gelacht.

Hier sind und waren alle Kameraden der Landstraße geworden und es spannen sich Verbindungen an, die noch nach diesem Krieg bestehen werden. Auf jeden Fall bekommt jetzt die Feldpost um ein paar Briefe mehr Arbeit.

Doch plötzlich kommt wieder Bewegung in die Kolonne.

Es geht weiter.

Wie vom Blitz getroffen springt alles auf, denn wehe dem, der den Anschluss verpasst und aus der Kolonne gedrängelt wird.

Und so marschiert unsere motorisierte Einheit inmitten der Division.

Das Tempo geben die Pferde vor den schweren Geschützen an.

Doch kaum sind die Motoren angeworfen und die Fahrzeuge einige Meter gerollt, da kommt schon wieder: „Halt!"

Und das geht den ganzen Tag so.

Ja man soll eben den Tag nicht vor dem Abend loben oder um mit Wilhelm Busch zu sprechen: „Erstens kommt es anders, und zweitens, als man denkt!"

Am Anfang geht es gut und schnell voran und jetzt heißt es: „Mit Geduld und Spucke fängt man eine Mucke".

Nur gut, dass wenigstens die Hitze nach lässt.

Der Himmel beginnt sich langsam zu bewölken.

Von den schwitzenden und verstaubten Landsern wird jede neue Wolke freudig begrüßt. Sie sehnen jedes Regentröpfchen herbei. Der Schweiß hat ihnen helle Streifen in die verkrusteten und verbrannten Gesichter gegraben.

Doch die Landser werden noch über den Regen fluchen.

Wasser, das Gold der Wüste, ist hier in Russland ein gar über Geselle, finster und heimtückisch wie der bolschewistische Soldat.

Der Zeiger der Uhr rückt unbarmherzig weiter.

Es ist bereits 17.00 Uhr und die Kolonne war erst ca. 30 Kilometer vorwärtsgekommen.

Am fernen Horizont erheben sich düstere, graue Gewitterwolken.

„Hoffentlich kommen sie nicht zu uns", denkt sich ein jeder.

Wir scheinen Glück zu haben. Im Süden zieht es vorbei.

Doch nach einer Weile kommt es grauer herauf, als es vorhin vorbeigezogen war.

Wir möchten das Tempo beschleunigen, um nicht vom Gewitter erwischt zu werden.

Aber wie?

Halt! Da führt doch ein Überweg hinauf auf die Felder, auf die durch die Panzer gefahrenen Spuren.

Schnell hinauf und flott geht die Fahrt weiter.

Der Himmel wird immer finsterer und in der Ferne flackern Blitze auf.

Der Wind erhebt sich, wird stärker und stärker.

Windböen peitschen verwilderte Büsche und verkrüppelte Bäume.

Die ersten schweren Regentropfen schlagen gegen die Windschutzscheiben.

Staub wirbelt hoch auf.

Plötzlich ist das Gewitter da. Ein greller Blitz zuckt aus den düsteren Wolken und schlägt irgendwo in der Nähe ein.

Es gibt einen lauten Knall.

Die schweren Kraftfahrzeuge arbeiten sich mühsam vorwärts. Räder fangen an zu mahlen. Sie wühlen sich in den durch den Regen, aufgeweichten Boden.

Mit einem Mal gibt es schon wieder einen Halt. Keiner weiß mehr, der Wievielte es ist.

Der vorderste Wagen, es ist der Schwerste und somit auch das langsamste Fahrzeug, kommt nicht mehr weiter. Seine Hinterräder versinken im aufgeweichten Boden.

Da heißt es, alles raus in den strömenden Regen.

Und schieben.

Bild 2: Trotz Schlamm und Schnee ging es weiter gen Osten, immer der aufgehenden Sonne entgegen.

Unbarmherzig peitscht das Nass in die von der Anstrengung verzogenen Gesichter.

Motor und Mensch in vereinter Kraft schaffen es.

Der Wagen kommt wieder flott.

Doch der Regen hatte den Boden immer tiefer aufgeweicht. Durch das Halten sind nun auch andere Fahrzeuge in den abgrundtiefen Schlamm eingesunken. Trotz aller Mühen gelingt es nicht, sie wieder freizubekommen.

Iwans verbündeter Nummer eins - General Schlamm - hält unseren weiteren Vormarsch besser auf als hundert Russenelitedivisionen. Was er erst einmal gepackt hat, das gibt er so schnell nicht wieder her.

Der Schlamm ist grundlos und zäh.

„Alles in die Fahrzeuge, bis das Gewitter aufgehört hat!", befiehlt der Leutnant.

Blitze zucken am Himmel auf.

Ein Donnerschlag folgt dem anderen.

Es schüttet solche Wassermassen herunter, dass man kaum mehr 20 Meter weit sehen kann.

Nur hier in Russland kann man solch starke Gewitter erleben, von denen dies eins ist.

Nach einer halben Stunde ist es Gott sei Dank vorbei.

Und schon geht es weiter.

Motoren und Menschen in höchster Anspannung der Kräfte.

Mit Stroh, Holzknüppeln und Knüppelteppichen wird eine Fahrbahn geschaffen.

Wagen hochgewunden, Bretter untergebaut.

Geschoben und wieder geschoben.

So werden glücklich die schweren Fahrzeuge nach drei Stunden alle vom Feld auf die Straße geschafft.

Doch welche Angabe, hier von Straße zu sprechen. Es ist ein Schlammstreifen mit etwas festem Untergrund.

Da an eine Kolonnenfahrt auf diesem Boden nicht mehr zu denken ist, kam der Befehl: „Jedes Fahrzeug einzeln abfahren, auf der etwa 17 Kilometer entfernten befestigten Straße sammeln!"

Und schon geht es los, eine Fahrt, die keiner vergisst, der dabei ist.

Pechrabenschwarz die Nacht, und wir befinden uns auf einer Straße, die eine sein sollte, aber keine ist. Mir fehlen für deren Beschreibung die Worte.

Hektisches Treiben in der Dunkelheit, kräftige Flüche und Kommandos dringen durch die Nacht. Hier und da blinkt gedämpftes Licht auf, das schnell wieder verlischt.

Alle Bemühungen in der Dunkelheit vorwärtszukommen, sind vergeblich.

Immer mehr Fahrzeugverantwortliche sehen die Aussichtslosigkeit dieses Unternehmens ein. Die Fahrzeuge sammeln sich in kleinen Gruppen, Heer und Luftwaffe, alles bunt Durcheinander.

Unsere Uniformen sind völlig durchnässt und über und über mit Dreck verschmiert. Die Stiefel in reine Lehmklumpen verwandelt.

Die Dienstältesten stellen die Wachen aus, denn wo in Russland bestand keine Gefahr durch die Partisanen, deren Waffe die Hinterlist ist.

Es versucht jeder etwas zu ruhen, der Infanterist neben dem Luftnachrichtenmann, der Nachschubfahrer neben dem Artilleristen, das Pferd neben dem Kraftfahrzeug.

Doch kaum fängt es an zu dämmern, ergreift es schon jeden wieder mit seiner unheimlichen Macht, dieser Drang nach „Vorwärts!"

Einigen Fahrern gelingt es mit Umsicht und viel Geschicklichkeit ihr Fahrzeug einige Kilometer vorwärts zu bringen, dann sitzen sie jedoch wieder fest.

Die anderen schaffen es nur zu Metern.

Wenn es am Abend vorher schon viel Arbeit und Kraft gekostet hatte, die Fahrzeuge auf die Straße zu bringen, so kann man jetzt sagen, Fortsetzung folgt.

Und sie folgt, wie in einem Roman, immer spannender und immer schwieriger.

Ein Abschleppkommando wird aus den Dreiachsern zusammengestellt. Kaum hatten sie einige Wagen herausgezogen, so sitzt dieser nach wenigen Metern in einem anderen Schlammloch schon wieder fest.

Die tiefen Furchen in der Fahrbahn werden durch Wasserlachen verdeckt und nicht selten sitzt ein Wagen darin so unglücklich fest, dass er die ganze Straße versperrt.

So geht es den ganzen Tag, die ganze Nacht und noch einen ganzen Tag lang.

Wie lang ist noch die Strecke?

Die Meinungen schwanken zwischen acht bis 15 Kilometer. Am Ende sind es 18 Kilometer.

Die Bergung der Fahrzeuge und das Vorwärtskommen artet in eine regelrechte Schlammschlacht aus.

Hier auf dieser Straße gibt es keine Unterschiede mehr zwischen Vorgesetzten und Unterstellten. Der Kompaniechef schiebt seinen Wagen genauso mit aus dem Schlammloch wie der Landser neben ihm. An einer anderen Stelle leitet der Leutnant das Abschleppkommando, in Hemdsärmeln, vollkommen vom Schlamm verdreckt. Dort schleppt der Funkoberfeldwebel, barfuß, die Drillichhosen nach oben geschlagen, wie Gandhi einherschreitend, Bretter herbei. Die Dienstgrade sind verschwunden, wie immer dann, wenn die höchsten Anforderungen nur in gemeinsamer Anstrengung gelöst werden können.

Die Marschverpflegung für einen Tag ist alle geworden. Uns brummt und knurrt der Magen. Da die Feldküche nicht nach vorn konnte, gibt es keine warme Verpflegung.

Nur gut, dass die Kompanie noch einige Bestände hat, auf die jetzt zurückgegriffen werden kann.

Ich, als Spieß muss mich auf die Socken machen, den Verpflegungswagen zu suchen.

Aber wo steckte der?

Nach langem Suchen entdecke ich ihn hinter einer Anhöhe, in langsamer Fahrt. Dort scheint die Strecke besser zu sein als hier.

Da hätte mal jemand den Spieß traben sehen sollen, ihn, der sonst immer so stolz einherschreitet.

Endlich habe ich den Verpflegungswagen eingeholt.

Mit einer Zeltplane voll Munition für den Magen marschiere ich wieder zurück.

Schnell erfolgt die Ausgabe der Verpflegung.

Nach Stunden hat jeder wieder ein beruhigendes Gefühl im Magen, der nicht mehr knurrt.

Es gilt die Verpflegung einzuteilen. Sonst wird sie für einige heute die einzige Mahlzeit sein.

Die Sonne steigt höher und höher und die Luft beginnt vor Hitze zu flimmern.

Mit der Hitze kommt der Durst. Wasser darf aber nicht getrunken werden, denn es geht die Parole herum, es sei von russischen Fallschirmjägern vergiftet worden.

So gibt es hier einmal wieder mehr Schwierigkeiten zu überwinden, als sie mannigfaltiger nicht sein konnten.

Keinen Unterschied machen die Tücken der russischen Straßen gegenüber dem bewaffneten Kampf. Durch ihren schlechten Zustand bilden sie ein natürliches Hindernis zum Schutz der verschiedenen Befestigungsanlagen des bolschewistischen Feindes.

Ist die Zuführung der Verpflegung auf der Straße nicht mehr möglich, dann wird diese für die einzelnen Truppenteile durch Flugzeuge herangeschafft und abgeworfen.

Am nächsten Tag ein neues Hindernis und dies ist die Übergangstelle über den nächsten Fluss. Alle wollen über diese schmale Brücke hinüber. So stauen sich im Nu kilometerlang die Fahrzeuge rechts und links des Weges. Das Gefährliche der Piste hier ist, dass sie zwischen einem Minenfeld hindurchführt, das mit weißen Streifen gekennzeichnet ist.

Und wieder verwandelt ein Wolkenbruch die unbefestigte Straße in einen Morast.

Dann geht auch noch eine Mine hoch, die eine Fontäne von Dreck und schwarzem Rauch in die Luft jagt. Dadurch werden die Pferde eines Nachschubwagens in Panik versetzt. Sie bäumen sich auf, ziehen mit äußerster Kraftanstrengung den Wagen aus dem Morast und fetzen die weißen Markierungsbänder durch.

Alle halten vor Entsetzen den Atem an.

Die Explosion einer Mine zerreißt ein Pferd in Stücke und das andere bricht blutend zusammen.

Das Fahrzeug fängt Feuer.

Hektik bricht aus. Ein jeder versucht, sich aus der Nähe des brennenden Fahrzeuges zu bringen, das mit Munition beladen ist und zum Glück gelingt es allen, keine Sekunde zu spät.

Die Munition für Kleinkaliberwaffen und die Granaten beginnen sogleich zu detonieren.

Nach dem Schreck dieses Tages erreichen wir, nach langen weiteren Mühen und mit Verspätung, das nächste Dorf. Kalmücken mit struppigem Haar sehen zu, wie wir an ihren gelb gestrichenen Hütten vorbeiziehen. Hier sind wir immer noch 70 Kilometer von unserem neuen Standort entfernt. Dort sollten wir bereits bis gestern Mittag um 12.00 Uhr den neuen Gefechtsstand aufbauen.

Das Nachkommando hat auf einem 200 Kilometer langen Umweg bereits den neuen Standort erreicht.

Jetzt geht uns auch noch der Kraftstoff aus, der bis hierher und nicht weiter langte.

Fernmündlich wird neuer angefordert.

Eine ungewollte Zwangspause muss eingelegt werden.

Ein Schlächtereizug, der vorbei kommt, spendet uns etwas Fleisch.

Die Russen hatten entgegenkommenderweise auf dem Bahnhof einige Waggons mit Erbsen stehen lassen. Damit sind wenigstens die Versorgungsprobleme mit einmal gelöst.

Am nächsten Tag trifft der Kraftstoff ein. Schnell sind die Fahrzeuge aufgetankt und es geht frohen Mutes auf einer Straße mit festem Untergrund weiter.

Das Ziel, der neue Gefechtsstand, ist ja nicht mehr weit.

Nach drei weiteren Stunden Marsch haben wir es endlich geschafft. Aber es gibt noch keine Ruhe für die Leute, es beginnt sofort die eigentlichen Aufgaben des Nachrichtenmannes. Das am Tage vorher durch die Stabsangehörigen provisorisch aufgebaute Leitungsnetz wird fachmännisch verlegt und der Betriebsdienst durch die Betriebsgruppe übernommen.

Still sitzt nun wieder der Nachrichtenmann an der Taste, am Fernsprecher und wirkt als Unbekannter und Ungenannter. Nur ein müdes Lächeln hat er übrig für den russischen Bomber, der versucht, seine Funkstelle zu treffen.

In der dienstfreien Zeit steht er Posten, um seine Kameraden vor Überraschungen durch die Partisanen, die überall in der Gegend ihr Unwesen treiben, zu schützen. Manch einzeln fahrender Kraftfahrer wurde schon, hinter einem Lenkrad, durch sie in den Tod befördert.

So hat auch hier im Osten die Luftnachrichtentruppe, die Truppe ohne Namen, Leistungen zu vollbringen, die einmalig sind.

DER ANSCHLAG

Es kam mit der Morgenpost: ein ganz normal aussehendes Paket in braunem Packpapier eingewickelt und verschnürt mit derber Doppelschnur. Unterschied sich in nichts von den tausend anderen Paketen, wie sie die Postboten täglich austragen. Mit diesem aber hatte es eine besondere Bewandtnis - eine ganz besondere ...

Klaus, 22, Beruf Student, ledig, aber fest liiert, hatte das Päckchen vor sich auf dem Tisch liegen. Er betrachtete es von allen Seiten und las die Anschrift, die mit blauer Tinte geschrieben war. Ja, das Paket war für ihn, nur konnte er sich an einen Absender mit Namen Gladowsky nicht erinnern.

Das Päckchen in der Hand wiegend, flüsterte er vor sich hin: „Von wem mag es nur sein?" Er beäugte es von allen Seiten. Er schüttelte es. Hielt es an sein Ohr als könnte ihm das Päckchen den Inhalt verraten.

Klaus griff in die Hosentasche und holte sein Taschenmesser hervor, das er aufklappte. Die Klinge ansetzend zerschnitt er die derbe Doppelschnur und begann, das braune Packpapier zu entfernen.

Ein leises Zischen erschreckte ihn. Bevor ihm klar wurde, was es zu bedeuten hatte, zuckte vor seinen Augen ein greller Blitz auf, dem ein lauter Knall folgte.

Ein Druckwelle schleuderte Klaus quer durch den Raum in die nächste Zimmerecke, in der er regungslos, gekrümmt, liegen blieb.

Im Zimmer sah es fürchterlich aus. Die Möbel waren zu Bruch gegangen, die Fensterscheiben hatte es nach draußen gedrückt, und die Wände waren mit einer schwarzen Rußschicht überzogen.

Nicht nur das Zimmer sah fürchterlich aus, sondern auch Klaus. Er blutete aus einer klaffenden Stirnwunde. Seine Augenbrauen und Wimpern waren angesengt. Das rechte Bein lag in einer unnatürlichen Stellung. Ein Stöhnen ließ vermuten, daß in diesem Körper noch Leben war.

Bereits nach kurzer Zeit hörte man aus der Ferne den immer lauter werdenden auf- und abschwellenden Ton eines Martinhorns; irgendwer musste die Polizei oder die Feuerwehr verständigt haben. Mit quietschenden Reifen und lauten „Tü ..., Ta ..., Tü ..., Ta ..." hielt abrupt der Streifenwagen vor dem Gebäude.

Das Martinshorn verstummte, nur noch die beiden Rundumleuchten auf dem Dach des Fahrzeuges drehten sich im blinkenden Blau.

Zwei Polizisten stiegen aus, sahen sich kurz um, stürmten ins Haus und stiegen über die Trümmer der Wohnungstür. Entsetzt blieben sie stehen. In dem wilden Durcheinander erregte ein Stöhnen ihre Aufmerksamkeit.

„Da liegt einer. Ich glaube, der lebt noch. Werner ruf schnell über Funk einen Rettungswagen."

Gleichzeitig mit dem Rettungswagen traf Kommissar Schulz und der Spurensicherungsdienst der Kriminalpolizei ein.

Die Rettungssanitäter verabreichten Klaus eine Infusion an, stillten die Blutungen und schienten sein Bein. Dann hoben sie ihn aus der Blutlache vorsichtig auf und legten ihn mit drei auf die Krankentrage.

Das Blitzlicht eines Fotoapparates zuckte auf. Die Kriminalisten hatten ihre Arbeit aufgenommen. Sie hielten die Zerstörung des Zimmers und die Reste des verhängnisvollen Paketes im Bild fest.

Kommissar Schulz verfolgte mit seinen Blicken den Abtransport des Schwerverletzten, dann wandte er sich wieder seiner Arbeit zu.

Seit der Explosion war noch keine Stunde vergangen, als bereits das erste Ermittlungsergebnis vorlag.

„Hört mal her!" wandte sich Kommissar Schulz an seine Mitarbeiter, „wie es aussieht, bestehen hier Parallelen zu dem Sprengstoffanschlag von vorgestern; die gleiche Art des Paketes, die gleiche Sorte des Sprengstoffes, der gleiche Reißzünder, die gleiche brutale und heimtückische Vorgehensweise. Männer, damit dürfte klar sein, daß wir es hier mit dem gleichen Täterkreis zutun haben. Der oder die Attentäter dürften Mitglieder der gleichen Terrororganisation sein, die sich bereits zu dem anderen Sprengstoffanschlag bekannt hat."

Im gleichen Moment betrat ein Polizist, der draußen tätig gewesen war, mit einem Brief in der Hand das Zimmer: „Kommissar, dies habe ich im Briefkasten des Studenten gefunden."

Mit spitzen Fingern faltete Kommissar Schulz den Briefbogen auseinander. Es dauerte eine Weile, bis er den Text gelesen hatte. Er blickte auf und wandte sich seinen Mitarbeitern zu: „Hier habe ich den Beweis dafür, daß meine Schlussfolgerungen richtig waren. Es ist die gleiche Gruppe, die auch für das andere Attentat verantwortlich ist. Dies hier ist ein Bekennerschreiben." Dabei wedelte er mit dem Briefbogen in der Luft.

Space Shadow

Das funkelnde Licht unvorstellbar weit entfernter Sterne und Spiralnebel reflektieren sich auf dem langgestreckten, bläulich schimmernden Metallkörper, der durch die unermessliche Wüste des interstellaren Raumes fliegt.

Ungehemmt produziert der Raketenreaktor Tachyonen, überlichtschnelle Teilchen, die durch die Antriebsaggregate über einen glattpolierten Hohlspiegel am Heck der Rakete in das absolute Vakuum jagen. Sie treiben das Forschungsraumschiff, mit Überlichtgeschwindigkeit, vorwärts. In Flugrichtung wird ein greller leuchtender Stern zusehends größer. Wie von Geisterhand gelenkt, fliegt die SPACE SHADOW ihm entgegen.

Die Steuerzentrale, ein riesiger halbkreisförmiger Raum mit Dutzenden von blinkenden Instrumententafeln und leuchtenden Bildschirmen, befindet sich im Bug des Schiffes. Es herrscht eine unheimliche Stille, die durch die drei leblosen Gestalten, in den Konturensesseln, noch unterstrichen wird.

Dicke Metallplatten schützen die durchsichtige Beobachtungskuppel.

Plötzlich knackende Geräusche. Bisher dunkle Leuchtdioden blinken im prächtigen Farbenspiel. Flimmernde Kurven zucken über grünlich fluoreszierende Bildschirme. Die Zeitautomatik schaltet im Bordcomputer das Kursprogramm für den Anflug auf das vor ihnen liegende Sonnensystem ein.

Die SPACE SHADOW dreht sich langsam um die Querachse, bis der Hohlspiegel in Flugrichtung zeigt. Die herausgeschleuderten Tachyonen bremsen jetzt den rasenden Flug. Er wird stetig langsamer und verringert sich in kurzer Zeit auf Unterlichtgeschwindigkeit.

Die schwarzen Wimpern, der im mittleren Konturensessel liegenden Gestalt, zittern leicht. Professor Charles Thompson schlägt die Augen auf. Fassungslos starrt er auf die Bildschirme und versucht das Geschehen zu begreifen. Erst nur schemenhaft, dann immer deutlicher erinnert er sich: Mit zehnfacher Erdbeschleunigung rasten sie aus dem Sonnensystem hinaus, mit dem Ziel, die Lichtmauer zu durchbrechen.

Seine Augen sahen den blauen Globus - die Erde - mit seinen graublauen Wölkchen und der türkisblauen Atmosphärenschleife schrumpfen. Der messinggelbe, wie mit kreisrunden Pockennarben übersäte Mond verschwand in der Schwärze des Alls. Die Sonne wurde kleiner und kleiner und bald funkelte sie nur noch wie ein ferner Stern zwischen vielen anderen. Auf einer merkwürdig ellipsenförmigen, aber genau berechneten Flugbahn schoss die SPACE SHADOW mit Überlichtgeschwindigkeit an grellweißen Sternen unbekannter Sonnensysteme vorbei, in das Nichts der Unendlichkeit. Große und kleine Himmelskörper kreuzten die Flugbahn.

Der präzise arbeitende Bordcomputer errechnete blitzschnell notwendige Ausweichmanöver und verhinderte jegliche Kollision.

Mit ihrem Flug straften sie dem physikalischen Grundgesetz, die höchste jemals zu erreichende Geschwindigkeit habe das Licht, der Lüge. Fragen wie: „Gibt es ein Jenseits der Lichtmauer?", oder „Läuft die Zeit dort wirklich rückwärts?" sollten geklärt werden.

Mit steigender Geschwindigkeit hatte er mit einer Farbänderung der Sterne, sogar mit einer enormen Verschiebung gerechnet. Nichts der gleichen trat ein. Die Sicht durch das Kristallglas der Beobachtungskuppel, vor dem Übergang in den Bereich der Überlichtgeschwindigkeit, war atemberaubend schön gewesen. Ungetrübt schweifte der Blick über die unbeschreibliche Pracht von vielen Millionen Sternen. Nur anhand der Instrumente konnte er die wachsende Geschwindigkeit feststellen. Erst mit Überschreiten der Lichtgeschwindigkeit waren die Sterne unsichtbar geworden, und sein Geist fiel in ein unendliches Nichts.

Der Druck der herausgeschleuderten Tachyonen trieb die SPACE SHADOW durch die Unendlichkeit des Universums. Die auf Hochtouren laufenden Antigravitoren verhinderten jeglichen Beschleunigungsandruck auf die menschlichen Körper und hielt eine erdähnliche Schwerkraft im Raumschiff aufrecht. Die Zeit hatte ihre Bedeutung verloren.

„Können wir die Sonne schon sehen?", bringt die Stimme Leslie Shepherds den Professor in die Wirklichkeit zurück. Sie hat als nächste das Bewusstsein wieder erlangt. „Oder haben wir uns in der unermesslichen Weite des Alls verirrt?"

„Kann ich noch nicht sagen", antwortet er und betätigt eines der Symbole auf Berührungsbildschirm des Steuerpultes.

Anspannung, Ungewissheit und Unsicherheit beherrscht die Stimmung in der Steuerzentrale.

Die dicken Metallplatten der Beobachtungskuppel gleiten langsam in ihre Versenkungen und geben den Blick auf einen schwach schimmernden Lichtstreifen frei.

„Was ist?", fragt Leslie Shepherd ungeduldig.

„Na, mal langsam mit den jungen Pferden! ... Siehst du dort die unzähligen Sterne, die sich zu einem hellstrahlenden Gewirr verdichten?"

„Ja, ich sehe sie."

„Das ist das Zentrum der Milchstraße."

Schweigend betrachten sie das faszinierende Bild, den samtschwarzen Kosmos mit den fernen Galaxien, die wie ferne Nebelflecken aussehen. Das endlose, düstere, menschenleere Weltall, das voller Sterne ist, die wie Brillanten glitzern, fasziniert und lockt immer wieder die Menschen. Zwei von ihnen sind so vertieft in die Betrachtung der Sternenwelt, daß ihnen entgeht, wie Bewegung in die dritte Gestalt kommt.

Commander Ted Marshall öffnet zögernd die Augen und schaut sich mit einem nicht begreifen wollenden Blick um. „Wo bin ich?" sind die ersten Worte.

„Im Anflug auf unser Sonnensystem" klärt ihn Prof. Thompson auf.

Leises Summen füllt die Stille der Kommandozentrale, das Blinken der Instrumentenbeleuchtung spiegelt sich auf den gespannten Gesichtern der Besatzungsmitglieder wieder, die ihren eigenen Gedanken nachhängen.

Spürbares Vibrieren geht durch den Rumpf des Schiffes.

Leslie Shepherd stößt erschrocken hervor: „Was ist das?"

„Doch nicht etwas mit dem Antrieb?", äußert Prof. Thompson aufgeregt.

Nur Commander Ted Marshall bleibt die Ruhe in Person und klärt sie auf: „Die SPACE SHADOW führt erneut ein Bremsmanöver durch, wir fliegen dann nur noch mit knapp 100 000 km/sec auf unser Sonnensystem zu.

Die automatische Steuerung funktioniert störungsfrei und verlangsamt kontinuierlich den Flug.

Größer und größer wird der Ball, der gelbleuchtende Himmelskörper in Flugrichtung - ein großartiges Schauspiel, das sich den Dreien nach dem endlosen Flug durch die Sterneneinsamkeit bietet.

„Unsere Sonne ..., und dort kann ich bereits drei, nein vier Planeten erkennen. Einer von ihnen hat einen Ring, es ist der Saturn! Geschafft! Wir haben es geschafft!" ruft Leslie Shepherd in freudiger Erregung.

Die immer häufigeren Bremsmanöver verlangsamen den Flug der SPACE SHADOW. In einer riesigen Parabel umfliegen sie die Sonne. Nutzte ihre Gravitation als zusätzliche Bremswirkung, in dem sie dicht an ihr vorbeiflieg, um dann wieder von ihr fortzustreben.

„Und dort, daß muss der Jupiter mit seinen Monden sein", sagt Prof. Thompson, dem man die Erleichterung ansehen kann.

Ein kleiner Planet, der Merkur, kommt ins Blickfeld. Er dreht deutlich sichtbar um den glühenden Feuerball.

Die Venus gleitet vorbei.

„Gleich wird der rote Mars auftauchen", bemerkt Commander Ted Marshall lakonisch.

„Die Erde ..., aber wo ist die Erde?" Fragend blickt Leslie Shepherd den Commander an.

Er bleibt ihr die Antwort nicht schuldig: „Die Sonne schneidet gerade die Bahn der Erde und folgt ihr nach einer gewaltigen Kurve. Deswegen ist sie nicht zu sehen."

Erleichtert atmet Leslie Shepherd mit den Worten: „Da ist sie!" auf. Sie hat sich die ganze Zeit in ihrer Haut nicht wohlgefühlt.

„Wer?"

„Die Erde!"

Aufgeregt reden die Besatzungsmitglieder beim Anblick des Heimatplaneten durcheinander.

Die SPACE SHADOW, die jetzt noch knapp dreißig Millionen Kilometer von der Erde entfernt ist, fliegt ihr mit 61 km/sec entgegen.

Sekunden werden zu Minuten, Minuten zu Stunden.

Die Geschwindigkeit des Weltraumschiffes verringert sich ständig, bis es mit einer Restfahrt von 10 km/sec die ersten Gasmoleküle der Erdatmosphäre berührt. In zwölf Kilometer Höhe umkreist die SPACE SHADOW die Erde.

Auf dem mittleren Bildschirm sind die Konturen riesiger Landmassen eines Kontinents zu erkennen.

Je länger der Commander das Bild betrachtete, desto unruhiger wird er. Auf seiner Stirn bildet sich eine steile Falte, dann äußert er überrascht: „Professor, das kann doch nicht sein. Der Planet vor uns scheint nur einen riesigen Kontinent zu besitzen. Halt! Dort sind noch zwei Kleinere!"

„Also doch nicht die Erde!", meldet sich sofort Leslie Shepherd zu Wort.

Der Professor kniff die Augen zusammen und blinzelt in die helle, weiße Sonne, um dann wieder sinnend den blauen Globus zu betrachten. Unübersehbare Gebirge, Urwälder und Steppenlandschaften gleiten unter ihnen dahin. Zahlreiche Flüsse durchqueren die weiten Ebenen. Die riesigen Flächen der Ozeane zeugen vom ungeheuren Wasserreichtum.

Ein faszinierendes Bild.

„Ist das nun die Erde oder nicht?", fragt Leslie Shepherd zaghaft.

„Ja, es ist die Erde, und zwar so wie sie in grauer Vorzeit ausgesehen haben muss. Amerika, Asien und Afrika bilden noch einen Kontinent" antwortet der Professor.

„Dann stimmt die Theorie mit der Reise in die Vergangenheit also doch", sagt Commander Ted Marshall zufrieden.

„Genau!" bestätigt der Professor. „Je schneller unsere Geschwindigkeit wurde, je langsamer verging die Zeit. Beim Erreichen der Lichtgeschwindigkeit blieb sie stehen. Es gab einfach keine Zeit mehr. Und dann geschah das, worüber bisher in der Wissenschaft heftig gestritten wurde. Die Zeit begann beim Überschreiten der Lichtgeschwindigkeit wieder zu wandern, erst langsam und kaum merklich, aber zurück."

Skeptisch schaut Leslie Shepherd den Commander an und fragt verzagt: „Sollten wir überhaupt landen? ... Wer weiß was uns auf der Erde erwartet."

Für einen Augenblick ist der Commander sichtlich irritiert, dann schüttelt er alle Bedenken ab: „So ein Unsinn! Das fehlt noch, daß ich mich von deiner pessimistischen Stimmung anstecken lasse. Beginn des Landemanövers in zehn Minuten!"

„Ich habe so ein komisches Gefühl, Commander. Die Vergangenheit ..., ich weiß nicht. Ich weiß nur, daß ich plötzlich Angst habe" lässt Leslie Shepherd nicht locker.

Spöttisch lächelnd entgegnet Ted Marshall: „So ein Quatsch kann doch nur eine Frau reden. Nur durch die Landung können wir den Beweis erbringen, ob wir wirklich in der Vergangenheit angekommen sind".

„Na, na, was soll das Gerede", greift der Professor beschwichtigend ein.

Über der riesigen Landmasse geht das Forschungsraumschiff SPACE SHADOW nieder und setzt zur Landung an.

5.000 Meter ..., 3.000 Meter ..., 1.000 Meter.

Immer langsamer sinkt der riesige Flugkörper der Erde entgegen.

100 Meter ..., 50 Meter ..., 10 Meter.

Eine immer größer werdende Staub- und Qualmwolke wirbelt unter dem Schiff hervor.

3 Meter ..., 2 Meter ..., 1 Meter.

Unbeweglich hängt die SPACE SHADOW über der Erdoberfläche. Die Landestützen fahren aus, dann setzt sie mit einem harten Ruck auf.

„Geschafft!" klingt es jubelnd durch den Kommandostand.

Senkrecht, gen Himmel gereckt hat das Raumschiff auf einer welligen Ebene aufgesetzt. Keine zweihundert Meter entfernt ragt die grüne Wand des Urwaldes empor. In der Ferne ziehen sich die Höhenzüge eines Gebirges hin.

Als Leslie Shepherd, für die anderen überraschend die Frage stellt: „Wir gehen doch noch auf Erkundungsgang?" ist von ihrer Angst nichts mehr zu merken.

Ein Lächeln umspielt die Lippen des Professors, als er antwortet: „Na, so mutig, junge Frau."

Leslie Shepherd wird rot bis in die Haarwurzeln.

„Nein. Morgen ist auch noch ein Tag."

Lange liegen die Drei noch wach. Immer wieder quält sie die Frage: „Was wird der morgige Tag bringen?"

Mit den ersten Strahlen der aufgehenden Sonne betreten sie, mit einem Gefühl großer Erregung, die Erdoberfläche. Mühselig bahnen drei Menschen sich den Weg durch hohes borstiges Gras und dichte Farnwände. Umgehen eine Ansammlung meterhoher Schachtelhalme und stehen plötzlich vor der grünen Wand des Urwaldes. Über den Baumwipfeln schweben riesige Libellen. Mit schwirrendem Geräusch erhebt sich ein Schwarm großer Vögel, der in Richtung des Gebirges davonfliegt.

Aber das Walddickicht selbst scheint, ohne Leben zu sein.

Im Schweiße ihres Angesichts kämpfen sie sich durch das Halbdunkel des grünen Gewölbes. Farne und verschiedene Moose wachsen nicht nur unter den smaragdgrün schimmernden Bäumen, sondern auch auf ihnen. Alte entwurzelte Stämme mit ihrem dürren Gezweig und dichtes Unterholz hält sie immer wieder auf. Nach einer kurzen Verschnaufpause geht es durch ein Wirrnis verfilzten Unterholzes weiter. Morsche und umgestürzte Bäume versperren immer öfter ihren Weg. An manchen Stellen bilden sie eine undurchdringliche Barriere. Das Geäst der Bäume ist wie ein dichtes Flechtwerk.

Plötzlich ein schwaches Schleifen und Knacken im Unterholz.

Wie angewurzelt bleiben sie stehen und lauschen. Da sich das Geräusch nicht wiederholt, schwindet ihre Aufmerksamkeit. Der Weg führt sie durch ein Dickicht von Schlinggewächsen und vermoderten Baumstämmen.

Grünes Halbdunkel.

Erneut ist das Schleifen und Knacken zu hören, diesmal lauter, dann geht alles blitzschnell. Der grünlichschillernde, meterlange Leib einer Riesenschlange schießt auf den Professor zu. Zwei Ringe des Schlangenleibes schlingen sich um den Oberkörper. Der Kopf der Schlange verbeißt sich im Oberarm und mit dem Schwanz sucht sie fühlend nach einem festen Halt, um den Leib noch enger zusammenziehen zu können.

Der Professor schreit.

Wie gelähmt steht Leslie Shepherd da und beobachtet mit ängstlicher Miene das Geschehen. Kalter Angstschweiß bildet sich auf ihrer Stirn.

Obwohl Commander Ted Marshall nur ein, zwei Sekunden braucht, um den Schrecken zu überwinden, wirbeln in dieser lächerlich kurzen Zeit tausend Gedanken durch seinen Kopf. Mit einem riesigen Satz springt er blitzschnell an das Biest heran. Packt den Hals mit beiden Händen und drückt dem mächtigen Tier das empfindliche Gelenk zwischen Kopf und Wirbel fest zusammen. Seine Augen sind dabei geschlossen, das Blut beginnt in seinen Ohren zu rauschen. Beide Daumen liegen hinter dem Kopf der Schlange, der Zeigefinger und der Mittelfinger sind in den weichen Hals verkrallt. Er drückt mit aller Kraft, die Mut und Verzweiflung geben kann, und spürt - sehen kann er nichts - wie sich ruckartig die Umschlingung löst.

Das grässliche Schreien bricht plötzlich. Der Professor fällt zu Boden und krümmt sich heftig.

Die Schlange peitscht mit ihrem geringelten Leib das Unterholz und versucht, Commander Ted Marshall abzuschütteln. Dabei brechen armdicke Äste wie Glas herunter.

Der Waldboden wird aufgewühlt.

Als die Kräfte Ted Marshalls nachlassen, gelingt es ihm noch, die Schlange weit von sich zu schleudern. Wie ein Spuk verschwindet sie im Dickicht des Waldes.

Erbleichend hat Leslie Shepherd den ungleichen Kampf verfolgt. Das leise Stöhnen des Professors löst ihre Erstarrung. Sie kniet sich neben die wimmernde Gestalt und versucht zu helfen.

Aus dem Mund des Professors sickert ein dünner Faden Blut.

Commander Ted Marshall unterbricht sie in ihrer Tätigkeit: „Los anfassen. Wir müssen ihn zurücktragen. Ich nehme die Arme und du die Beine".

In bedrückter Stimmung geht es den gleichen Weg zurück, dabei immer auf unliebsame Überraschungen gefasst.

Nur mühsam geht es voran.

Je länger sie den Körper des Professors tragen, desto schwerer scheint er zu werden. Mit letzter Kraft erreichen sie die rettende Einstiegsluke des Raumschiffes.

In diesem Augenblick bricht aus dem Dickicht des nahen Waldes ein gewaltiges Urwelttier hervor. Es wälzt sich gleich einer ungeheuren Maschine durch das hohe Gras, grässliche und schrille Töne ausstoßend, als gelte es, die Menschen allein schon durch das Gebrüll in Furcht und Schrecken zu versetzen. Dabei genügt bereits der bloße Anblick, um sowohl Commander Ted Marshall als auch Leslie Shepherd in Angst und Schrecken zu versetzen.

Ein riesenhaftes graugrünes Gespenst, ein gigantischer Saurier, stürmt heran. Aufrecht stehend überragt er die Köpfe der Bestürzten um zehn Meter. Der Boden zittert unter der gewaltigen Lawine, die sich da heranwälzt. Mit einem erneuten Trompetenstoß verdoppelt das Tier seine Laufgeschwindigkeit, in der unmissverständlichen Absicht, die vermeidlich leichte Beute mit den stark gespreizten und gebogenen Krallen ausgerüsteten Zehen der gewaltigen, in den Gelenken eingeknickten Hinterbeinen, zu zermalmen.

Im letzten Moment gelingt es dem Commander, mit Leslie Shepherd und dem Professor in der Einstiegsluke zu verschwinden.

In blinder Wut stürmt der Saurier gegen das Raumschiff, den Kopf mit der gebogenen Nase hoch in die Luft gereckt, die großen Augen tückisch in die Ferne blickend und das lippenlose breite Maul entblößt mit einer langen Reihe nach innen gebogener Zähne.

Eine Erschütterung, wie bei einem Erdbeben läuft durch das Schiff. Leslie Shepherd verliert den festen Halt unter den Füßen und stürzt aus der noch geöffneten Luke. Mit den Händen kann sie sich gerade noch am Lukenrand festklammern. Krampfhaft hält sie sich fest, um nicht in die Tiefe zu stürzen. Deutlich kann Leslie den mit kleinen Hornplatten übersäten Rücken des Ungetüms, seine raue Haut, die stellenweise in schweren Falten herunterhängt, einen sonderbaren Auswuchs am Hals, die Wölbungen der gigantischen Muskelstränge und die breiten violetten Streifen längs der Körperseite erkennen. Alles verleiht diesem Ungeheuer eine unheimliche Lebendigkeit.

Die gewaltige Kraft eines Hurrikans scheint gegen die Außenwand des Raumschiffes zu prallen, als das Urvieh erneut angreift. Der dumpfe Schlag, dem ein betäubendes Krachen folgt, bringt die SPACE SHADOW gefährlich zum Schwanken.

Benommen und gebannt schaut Commander Ted Marshall für einen Moment auf die gigantische Erscheinung, aber seine Fassungslosigkeit verwandelt sich rasch in feste Entschlossenheit. Er setzt den Professor in einen Sessel, eilt zur Luke, zieht Leslie Shepherd in das Raumschiff und schließt die Luke.

Keinen Moment zu spät.

Erneut knallt das Tier gegen die Metallhülle. Das Schiff neigt sich gefährlich zur Seite, aber nach kurzem Zögern richtet es sich wieder auf.

„Festhalten! Ich starte!" übertönt die Stimme des Commanders den Lärm. Zehn, neun ...

Wieder ein Anprall. Das Raumschiff nimmt für einen Augenblick erneut eine gefährliche Schräglage ein.

Zwei, eins, null ...

„Start!"

Ein donnerartiges Getöse erfüllt den Raum.

Das Schiff erschaudert, gleitet aufwärts, erst langsam, dann immer schneller.

Unter ohrenbetäubendem Lärm, der zusammengesetzt scheint aus dem Heulen eines Orkans, den Explosionsstößen einer nie enden wollenden Sprengung und dem Brüllen eines wilden unbekannten Tieres zischen die Tachyonen aus dem Hohlspiegel.

Die SPACE SHADOW jagt steil in die Höhe und stößt mit zunehmender Geschwindigkeit in den blauen Himmel. Nach einer halben Stunde fliegen sie bereits mit 0,95 Licht in die Weite des Universums. Zurück bleibt ein tobendes Ungeheuer und die unwirtliche Vergangenheit der Erde.

„Das hätte aber ins Auge gehen können", wendet sich Leslie Shepherd erleichtert an den Commander: „Hoffentlich kommt der Professor durch".

„Außer ein paar gebrochenen Rippen scheint er nicht weiter verletzt zu sein. Er wird den Rückflug in die Gegenwart überstehen."

Sterne - starr, kalt und viel größer als gewöhnlich leuchten im nichtflimmernden Licht, in der Schwärze des Weltalls. Als scharf umrissener Feuerball wird die Sonne hinter dem Heck des Raumschiffes kleiner und kleiner und verwandelt sich in eine der vielen Sterne.

Die SPACE SHADOW ist wieder allein in der Sterneneinsamkeit.

EIN ENGEL AUF ERDEN

Nicht immer haben Engel Flügel,
weißes Gewand und goldenen Schein.
Sie leben oft auch auf den Erden Hügel,
und das ist für die Menschen fein.

Ein Engel, irdisch und ganz menschlich,
der öffnet weit des Herzens Tor.
Einfach da sein nur für Dich
und stets leiht Dir willig sein Ohr.

Ein Engel hat Geduld und Liebe,
sagt nie: Ich habe keine Zeit!
Was wäre dass, wenn er nicht bliebe.
Und wäre nicht zur Hilfe für dich bereit.

Ich wünsche Dir auch solchen Engel,
damit mit seinem behütendem Schein,
der unverbesserliche Bengel,
für immer in deinem Herz wird sein.

Die Hölle Unter Tage

Heiligabend 1944 näherte sich der Güterzug pfeifend dem Bahnhof Dorndorf. Hinter den mit Stacheldraht gesicherten Fenstern, der Güterwaggons schimmerten die bleichen knochigen Gesichter der Häftlinge.

Auf dem Dach des Bahnhofgebäudes wedelte an einer Fahnenstange die Hakenkreuzfahne schwach im Wind.

Das Empfangskomitee stand bereits auf dem Bahnsteig. Angehörige der Waffen-SS, baumlange, schlaksige Kerle in schwarzen Uniformen, das Symbol des Todes an der schwarzen Schirmmütze, an den Lederkoppeln geöffnete Pistolentaschen, aus denen die glänzenden Griffe der Pistolen ragten. In den knochigen Händen hielten sie Maschinenpistolen, Karabiner, Hundepeitschen, Gummischläuche oder einfache Knüppel.

Der immer langsamer werdende Zug war kurz vorm Halten, da wurden bereits mit metallischem Klacken die Sperrhaken der Türen umgelegt und die Waggontüren mit Geschrei aufgerissen. Auf ihren eisernen Rädern quietschend in den Führungsschienen öffneten sich die Schiebetüren.

SS-Männer sprangen in die Waggons und prügelten auf die ausgemergelten Gestalten ein, während sie immer wieder schrien: „Los, los alles raus! Schneller…!"

In dem Augenblick, als der Zug zum Stehen kam, hatten sich die SS-Leute in wahre Teufel verwandelt.

„Raus…! Alles raus…! Klamotten mitnehmen…! Ihr Verbrecherpack…, im Laufschritt marsch, marsch!" überschlug sich fast die brüllende Stimme des Kommandoführers.

Die SS-Schergen richteten die Mündungen ihrer Maschinenpistolen und Karabiner auf die abgemagerten und geschundenen Gestalten in den Waggons.

„Los…! Vorwärts, ihr Hunde!"

Zitternd vor Schreck, Hunger und Kälte, erschöpft nach so vielen Tagen zusammengepfercht sein in verdreckten Güterwaggons, taumelten die Häftlinge, nach ihren kleinen Bündeln greifend, aus den Waggons.

Geblendet von der plötzlichen Helligkeit.

„Los! Schneller! Wir werden euch schon beibringen, sich schnell zu bewegen! Ihr seid nicht hier um Urlaub zu machen!"

Unerwartet hagelte es erneut Schläge auf Rücken und Köpfe, in die Gesichter der vor Schreck kopflosen Häftlinge.

„Los, los ihr Verbrecher!"

„Raus, ihr Halunken!"

Und dazwischen immer wieder das Sausen und Klatschen der Peitschen und Knüppel, das Schreien der getroffenen Opfer, das rohe Lachen der brutalen Schläger.

„Hoffentlich seit ihr alle bald aus den Waggons raus!"

„Last eure verdammten Sachen liegen, die braucht ihr nicht mehr!

„Antreten zur Marschordnung, jeweils zu fünft nebeneinander!"

Halb benommen, mit nicht nur vor Kälte zitternden Gliedern, kaum noch auf den Beinen haltend traten die Häftlinge schlecht und recht zur Marschordnung an.

Die Blicke der Häftlinge wanderten zu den verschneiten Hügeln.

„Rhönberge", flüsterte jemand.

Endlich hatte es die SS geschafft die Häftlinge zu der befohlenen Marschordnung zusammenzutreiben.

Nach dem Abzählen, das mehrmals wiederholt werden musste, begann der Marsch durch eine von Schnee und Eis bedeckte Landschaft.

Ohne warme Kleidung und angemessenen Schuhwerkes machte die klirrende Kälte den Häftlingen schwer zu schaffen. Scharf schnitt der kalte Ostwind in die abgehärmten Gesichter und es dauerte nicht lange, da begannen bei einigen die Ohrläppchen und Nasenspitzen weiß zu werden.

Die ersten Anzeichen von Erfrierungen.

Hart knirschte der Schnee unter den genagelten Stiefelsohlen der SS-Männer.

„Schneller …! Schneller …! Wer zurückbleibt, wird erschossen!"

Wieder und wieder blieb einer der Häftlinge zurück, er konnte einfach nicht mehr. Diese wurden jedoch von den SS-Männern mit Gewehrkolbenschlägen vorwärtsgetrieben, begleitet von wüstem Gebrüll wie: „Wir machen euch schon Beine! Euch verfluchtes Pack!"

Langsam schleppten sich die abgezehrten, schmutzigen Gestalten mit den schweren Holzpantinen an den Füßen, in dünner gestreifter Häftlingskleidung, einzelne mit gestreiften Mänteln darüber, durch das nächste Dorf.

„Los …! Vorwärts ihr Hunde! Links, zwei, drei vier! … Wer zurückbleibt, wird umgelegt!"

Links und rechts der Kolonne SS-Leute, die mit Gewehrkolben immer wieder auf die Häftlinge einschlugen.

Die in der Mitte marschierenden blieben von den Schlägen und Fußtritten der SS-Männer einigermaßen verschont.

„Bewegt die Knochen! Ihr habt lange genug gefaulenzt!"

Wieder und wieder setzte es Schläge und Kolbenstöße.

Nach einem Fußmarsch von gut einer Stunde erblickten die ausgehungerten, durchgefrorenen Häftlinge ein gelbes Ortsschild, auf dem in schwarzen Buchstaben Springen stand.

Über den mit Schnee behangenen Baumkronen ragten zwei Fördertürme empor.

Schachtanlagen?

Keine Fabriken, keine Hallen?

Nur vereinzelte Bauernhöfe und ein paar Häuser, an denen die Häftlinge vorbei getrieben wurden.

Vorbei ging es auch an den Fördertürmen.

Ein mit Stacheldraht eingezäuntes Barackenlager folgte. Hier bog die Spitze der Marschkolonne in einen Seitenweg ein.

Links und rechts säumten hohe Tannen den Waldweg.

Nur mühsam bewegten sich die Häftlinge auf dem spiegelglatten Erdboden vorwärts, ständig von den Flüchen der SS-Männer angetrieben.

Ein älterer Häftling rutsche auf der Eisfläche aus und fiel hin. Sofort halfen ihm andere auf die Beine und hakten ihre Arme unter. Nur keinen liegen lassen, keinen zurück lassen hieß die Devise, denn die SS-Henker erschlugen jeden, der nicht mehr weiter konnte.

Unter dem linken Knie des Gestürzten färbte sich die gestreifte Hose rot, und mit einem Blick dankte er seine Kameraden.

Zwischen dem Grün der Tannen tauchten plötzlich die dunklen Konturen eines weiteren Förderturmes auf.

Ihr Bestimmungsort, nur wussten sie nicht, wo sie in diesem Moment befanden.

Schacht I des Kalibergwerkes Springen.

Gerade als die traurig anzusehende Kolonne die freie Fläche vor der Schachtanlage betrat, ertönte der helle Glockenschlag des Förderturms herüber.

„Halt! ... stehen bleiben! ... Abzählen!" erklangen die nächsten Kommandos.

„Stillgestanden ...! Zu fünft aufstellen!"

Immer derselbe Zirkus, man zählte und zählte während SS-Männer zwischen den Häftlingen hin und her eilten und mit Gewehrkolben ohne jeglichen Grund auf die hilflosen Gestalten einschlugen.

Bild 3: Schacht I des Kaliwerkes Springen. Hier fuhren die Häftlinge des Außenkommandos „Heinrich Kalb" in das Bergwerk ein.

„Fünfhundert Stück, Kommandoführer!", schrie ein junger Scharführer und schlug die Hacken zusammen.

In Gruppen wurden die Häftlinge zu dem Ziegelgebäude geführt. Über dem zwei Stockwerke hohen Haus drehten sich die Speichenräder des Förderturms.

„Rein mit euch!", brüllte der SS-Mann am Förderkorb. „Los! Los! Schnell ihr Schweine!" Er nahm die Maschinenpistole von der Schulter und stieß mit dem Lauf nach den Strafgefangenen.

Einen nach dem anderen drängte man in den Förderkorb, jedes Mal 10 bis 20 eng zusammenpferchend. Mit Gewalt musste die Gittertür zugedrückt und verriegelt werden. Dann rauschte der Korb in die Tiefe, und die Finsternis nahm die Häftlinge gefangen. Es war, als sinke der Boden unter den Füßen weg. Aber dieses unangenehme Gefühl verschwand, als der Korb mit größerer Geschwindigkeit in die Tiefe hinab sauste.

Sie waren fort vom Tageslicht, verschwunden, glitten hinab in eine ungewisse Dunkelheit. Tiefer und tiefer sausten sie abwärts, von dem leichten Anschlagen und Stoßen des Korbes durcheinander geschüttelt. Doch bei den auf sie einstürmenden Gedanken hatten sie jegliches Gefühl für die Zeit vergessen.

Waren es Sekunden oder Minuten, die sie schon in dem knackenden und rumpelnden Kasten steckten?

Sie wussten es nicht, merkten aber an der allmählich langsamer werdenden Fahrt, dass sie sich ihrem Ziel näherten. Die Reise in die Unterwelt konnte also höchstens einige Minuten gedauert haben.

Plötzlich gab es einen kleinen Ruck, ein nochmaliges Auf- und Abfedern des Korbes.

Sie hatten die 300-Meter-Sohle erreicht.

Das Schutzgitter wurde von außen zurückgezogen und vor den Häftlingen lag ein erleuchteter Tunnel.

Glitzernde Kristalle, leuchtende weißglitzernde Kristalle in bizarren Formen.

Weiße Stöße und eine weiße Decke.

Salz, überall Salz, Kalisalz!

Sie betraten eine völlig neue, sie ängstigende Welt.

Mit Stockhieben prügelten die SS-Männer die Häftlinge aus dem Förderkorb. Vergeblich die Versuche, sich mit erhobenen Armen davor zu schützen. Sie rannten kopflos in den Stollen.

„Kehrt, marsch!", brüllte ein SS-Mann. „Ich werde euch schon Disziplin und Ordnung beibringen!"

Wieder wurde abgezählt und den einzelnen Kapos, es waren in der Regel Kriminelle, die einen grünen Winkel und eine Armbinde mit der Aufschrift „Kapo" trugen, zugeteilt.

Was haben die mit uns vor? quälte die geschundenen Gestalten immer wieder nur der eine Gedanke.

„Antreten! In zweier Reihen antreten!" hallten Kommandos durch den Stollen.

„Vorwärts …! Marsch!"

Die Häftlingskolonne setzte sich in Bewegung. Der Weg führte durch den immer enger werdenden, nur spärlich erleuchteten, übermannshohen Gang, entlang der Schienen einer Seilbahn. Das an den weißen Wänden hinhuschende ungewohnte Schattenspiel täuschte die Augen der Häftlinge, dass sie des Öfteren in fußtief ausgehobene Kabelgräben stolperten.

Schläge mit Knüppeln trieben die Häftlinge auch hier vorwärts. Ein jeder versuchte diesen Schlägen auszuweichen und machte von seinen Ellenbogen kräftig gebrauch.

Immer tiefer ging es in den Berg hinein.

Außer den dumpfen Widerhall der schlurfenden Schritte der Häftlinge und der wüsten Flüche der SS-Männer von den Wänden und er Gewölbedecke war kein Laut zu hören. Wie ein Geisterspuk zog die Kolonne dahin, immer weiter, als wollte der Weg kein Ende nehmen.

An den Wänden huschten lange Schatten entlang.

Ein beklemmendes Angstgefühl beschlich die Häftlinge. Wir kommen hier nicht wieder raus … war alles, was sie in diesem Moment noch denken konnten.

Schleppenden Schrittes und mit hängenden Köpfen ging es vorwärts, im naiven Glauben doch noch einen Strohsack zu finden, auf dem sie ihre zerschlagenen Gliedmaßen und geschundene Körper ausruhen könnten.

Keiner der Häftlinge wagte aufzuschauen.

„Eingeschlossen … Über uns hängt der Sargdeckel", murmelte ein Häftling ängstlich vor sich hin.

Es war als drücke der Berg mit Tonnenlast auf die ausgemergelten Gestalten, als presse eine unsichtbare Macht mit dämonischer Gewalt Hals und Brust zusammen.

In einer, in das Kalisalz gehauenen Halle kam das Kommando: „Halt! … Alles halt!"

Oben, unten, an den Seiten alles Weiß. Nacktes Gestein erhellt durch das kalte Licht verstaubter elektrischer Glühbirnen. Die trockene Luft hatte hier einen eigenartigen Geruch.

„Eure Unterkunft!"

Und vor dem einzigen Eingang zur Halle bezogen die SS-Schergen Posten; die Waffen im Anschlag mit der Mündung auf die Häftlinge gerichtet.

In diesem Moment machten sich die Erschöpfung und Gleichgültigkeit bei den Häftlingen gegenüber allem bemerkbar. Sie sanken auf den Salzboden, nicht mehr fähig zu irgendeiner Handlung. Es entschwand die Angst vor dem Tod. Vorstellungen von Leben und Freiheit entfernten sich wie Nebel und alles war fremd und unwichtig. Sie fielen in einen seltsamen Halbschlaf, in eine gesegnete Narkose der Gleichgültigkeit gegenüber Schmerz und Leid.

Der Banküberfall

Die Kassiererin Helga Winter sah auf und zuckte erschrocken zusammen, als sie den großen, kräftigen Mann erblickte, der an ihren Kassenschalter herangetreten war. Er hatte ein hartes, vorgerecktes Kinn, eine unsaubere Haut und krauses blondes Haar. Bekleidet war der Kerl mit einem blauen Arbeitsanzug und auf dem Kopf trug er eine speckig, graue Schirmmütze.

Langsam, fast bedächtig legte der Mann eine braune Aktentasche auf den Schaltertisch, langte mit der rechten Hand hinein und zog einen großen 45er Colt heraus.

Abwehrend hob Helga Winter, eine schlanke Blondine, die Hände und schaute ängstlich auf die schwere Waffe: „Was soll ..."

„Halt die Klappe", unterbrach der Mann sie mit einer Stimme die so ausdruckslos, wie sein Gesicht war. Gleichzeitig schob er ihr einen Zettel zu, auf dem in ungelenken Buchstaben stand: ICH SCHIESSE SOFORT; WENN SIE ALARM GEBEN. ALLES GELD IN DIESE TASCHE!

Im Schalterraum herrschte plötzlich knisternde Spannung. Die einzige Kundin, ein altes Mütterchen, drehte sich um, sie wollte sehen, was da los sei. Beim Anblick der Pistole erstarrte sie zur Salzsäule.

Helga Winter suchte fieberhaft nach einem Ausweg. Sie bemühte sich, ihre Stimme ganz normal klingen zu lassen: „Wir haben nur ..."

„Verdammt! Sie sollen das Maul halten!" dabei fuchtelte der Bankräuber mit der Waffe vor ihrem Gesicht hin und her. „Das Geld, ein bisschen fix!"

Helga Winter nahm mit ihren Händen, deren Fingernägel rotlackiert waren, die Tasche und drehte sich langsam um. Mechanisch öffnete sie die Kasse und griff nach dem Geld.

„Schneller!"

Schweigend legte sie, mit zitternden Händen, ein Geldbündel nach dem anderen in die Tasche. Beim Gedanken an die Waffe, in der Hand des Mannes, schloß sie ihre blauen Augen. Jeden Augenblick glaubte sie den Knall, des losgehenden Colts hinter ihrem Rücken zu hören. Für einen Moment musste sie sich an der Tischkante festhalten, um sich ihr Zittern nicht anmerken zulassen.

Mit prall gefüllter Tasche drehte sie sich um und blickte direkt in den Lauf des Schießeisens. Auf ihrer Stirn bildeten sich Schweißperlen. Es war der kalte Angstschweiß.

Mit einem zufriedenen Lächeln ergriff der Bankräuber die Tasche und ging langsamen Schrittes mit den Worten: „Keine Dummheiten!" zur Tür zurück, dabei stieß er die vor Schreck erstarrte Rentnerin zur Seite.

Helga Winter zitterte, nein sie schlotterte förmlich vor Angst. Kreidebleich war ihr Gesicht. Wie durch Nebel hindurch vernahm sie die Stimme des Bankräubers. Helga versuchte zu nicken, wusste aber nicht, ob es ihr gelang. Ihr wurde Übel. Dann verschmolz alles - Sehen, Hören, Fühlen - in einem dunklen Wirbel. Die Knie wurden weich, und sie fiel, fiel immer weiter hinab in die Finsternis.

Helga Winter vernahm nicht mehr den aufheulenden Motor des davonfahrenden Autos. Sie hatte einen Nervenschock erlitten.

Ein rätselhafter Unfall

Im nüchternen Weiß strahlte das spartanisch eingerichtete Zimmer.
Helles Licht.
Grünes Linoleum.

Die Herz - Lungen - Maschine signalisierte mit gleichmäßigen Pieptönen, dass die regungslose nackte Gestalt noch lebte.

Sonst war alles ruhig.

Das Unterbewusstsein des da Liegenden schien mit einmal die gleichmäßigen Pieptöne wahrzunehmen. Die Augenlider begannen zu flattern und öffneten sich zaghaft. Gleißende Helligkeit, die den Raum durchflutete blendete für einen kurzen Moment die Augen. Der Mann, ja es wahr ein Mann, kniff sie automatisch zusammen und versenkte sein Gesicht in das Kopfkissen.

Es roch steril, irgendwie nach Krankenhaus.

„Schön, dass sie wieder da sind!", sagte eine weibliche Stimme.

Der Nackte, nur bekleidet mit einem dünnen Krankenhaushemd, zuckte bei dem Klang der Stimme heftig zusammen und stöhnte leise.

„Wo bin ich?" stellte er sich immer und immer wieder die Frage, dabei drehte er den Kopf ein wenig nach rechts.

Sofort stachen die Sonnenstrahlen des jungen Morgens, die durch das Fenster fielen, wie Lanzen in seine Augen.

Über sich erblickte er eine weiße Zimmerdecke.

Sofort brummte ein Wespenschwarm los. Dieses Geräusch steigerte sich zu einem dumpfen Dröhnen, den sein Schädel wie eine Glocke hallen ließ. Schmerzhaftes Stechen durchzuckte seinen Kopf. Stöhnend drehte sich der Mann wieder in die ursprüngliche Lage zurück.

„Wo bin ich nur?" klang dumpf die in das Kopfkissen gesprochene Frage durch den Raum. „Ist das hier ein Krankenhaus?"

Hatte der Mann die Stimme nur geträumt?

Er versuchte zu sprechen. Nur mühsam kamen flüsternd die Worte über die Lippen: „Bin ... ich ... zu ... Hause?"

„Sie sind nicht zu Hause, sondern auf der chirurgischen Intensivstation der städtischen Klinik", unterbrach die Stimme seine Gedanken. „Sie könne von Glück reden überhaupt noch am Leben zu sein ..."

Erneut versuchte der im Bett liegende den Kopf anzuheben. Langsam gewöhnten sich die Augen an das Licht und über die Lippen des sich aufrichtenden kam die Frage: „Wieso?"

Er schien sich an nichts mehr erinnern zu können. Wusste nicht, was passiert war. Vergeblich versuchte er krampfhaft einen klaren Gedanken zu fassen.

Vergebens.

Fiel vor Schwäche wieder auf das Laken zurück und murmelte leise: „Wieso?"

Beim kurzen Aufrichten hatte er das Zimmer zum Teil überblicken können. Weiße Wände, grüner Boden, eben wie in einem Krankenhaus.

„Sie hatten einen Unfall, können sie sich daran nicht mehr erinnern?" drang erneut die weibliche Stimme in sein Bewusstsein.

Ein Unfall.

Bildfetzen zuckten durch sein Gehirn.

„Ja, doch ...", hörte er sich sagen. „Ich war unterwegs, und dann ... ein schwarzer PKW ... grelle Scheinwerfer. Es war gestern ..."

Und wieder schien das Geschoss auf vier Rädern, frontal auf ihn zurasen, aus dem Nichts kommend.

Krachendes Dröhnen in seinen Ohren.

Wohltuende Dunkelheit schien sein Bewusstsein wieder umhüllen zu wollen.

„Gestern?" riss ihn die Stimme der Schwester in die Wirklichkeit zurück. „Es war vor genau vier Wochen! Sie liegen seit 27 Tagen in diesem Krankenhaus, und jetzt sind sie zum ersten Mal aufgewacht." Sie lächelte. „Es war ein schrecklicher Unfall."

„Vier Wochen?"

„Ja, vier Wochen!"

Eine Welle von Gefühlen überflutete den Mann im Bett. Er versuchte die Erinnerungsfetzen zusammenzufügen. Wie lange? ... Eine Minute? ... zwei? ... drei? ... zehn? ... Er wusste es nicht. Dann sprach er wieder, und es war als hätte er einen dicken Stein im Magen: „Was ist überhaupt passiert?"

„Wie ich schon sagte", meinte die Schwester. „Sie hatten einen Unfall."

Das Sonnenlicht vor dem Fenster des Krankenzimmers fiel unruhig auf die Bäume und Büsche des Parkes und erweckte den Eindruck, als huschten flinke Gestalten hin und her.

Eine Woche später konnte sich Hannes Diehsel langsam und vorsichtig bewegen.

Sein Körper war ein einziger Schmerz.

Der rechte Oberschenkel war gesplittert, nur noch ein Klumpen Fleisch. Die Chirurgen flickten ihn mit Stahlplatten und Schrauben mühselig wieder zusammen. Ebenso seine Schulter. Das Becken angebrochen. Seine Milz hatte er nicht mehr.

Der Schädel brummte noch von der Gehirnerschütterung.

Als Hannes einen Spiegel zur Hand nahm und hineinschaute, erschrak er vor seinem eigenen Spiegelbild. Ein hageres, bleiches Gesicht schaute ihm entgegen.

Tiefliegende Augen.

Jetzt ... beobachtete er den Mund.

Entsetzen.

Ungläubig tastete Hannes mit den Fingern über das Gesicht.

War er das wirklich?

Er konnte es einfach nicht glauben, was er sah. Er hatte alle Zähne verloren.

„Was ist passiert?", fragte sich der einmal kräftige Mann wieder und wieder.

Es vergingen noch zwei weitere Wochen ehe, er von den Ärzten und Schwestern, behutsam und häppchenweise, das schreckliche Ereignis erfuhr.

Hannes Diehsel war, wie jeden Tag, mit seinem Kleinbus unterwegs, behinderte Kinder für den Schulunterricht abzuholen. Im Kopf ging er noch einmal seine Route durch, um pünktlich auf die Minute bei den einzelnen Haltestellen einzutreffen. Was er nicht leiden konnte, war Unpünktlichkeit.

Als die Landstraße durch ein Waldstück führte, geschah es. Ein BMW316i raste aus einem Waldweg heraus, direkt auf den Schulbus zu.

Hannes riss die Augen auf und schrie: „Nein!", und dachte sein Ende sei gekommen. Er trat hart auf die Bremse. Der Kleinbus geriet mit seinem Heck ins Rutschen und hätte sich fast quergestellt, dann brach er aus der Spur aus driftete ein wenig nach links.

Dann ging alles rasend schnell.

Der Schreck schien Hannes zu lähmen und der Gedanke an das Sterben beherrschte ihn völlig.

Ohne zu bremsen, prallte der BMW auf den Kleinbus.

Fürchterliches krachen.

Dunkelheit.

Der Kleinbus schleuderte in die gegenüberliegende Straßenbaustelle.

Schilder wirbelten durch die Luft.

Klirrendes splittern von Glas.

Das Fahrzeug überschlug sich viermal, nein fünfmal, blieb dann auf dem eingedrückten Dach liegen.

Als die Polizei und die Rettungswagen am Unfallort eintrafen, fanden sie ein Bild des Schreckens vor.

Am Straßenrand lagen zwei demolierte Autowracks.

Überall Trümmer.

Die Straße übersät mit zahlreichen Glassplittern.

Blinkendes Blaulicht.

Die Polizisten hatten sofort die Straße in beide Richtungen gesperrt.

Aus zwei Rettungswagen und dem Notarztwagen sprangen weiß gekleidete Helfer und eilten mit ihrer tragbaren Rettungsausrüstung zum Ort des Geschehens.

Auf der Straße lag eine Gestalt, sie musste wohl aus dem BMW hinausgeschleudert worden sein. Gesicht, Arme und Hände blutüberströmt.

Hannes Diehsel wurde durch die Wucht des Aufpralls, der seinen Wagen im vorderen Bereich zusammenstauchte, eingeklemmt.

Nach einer kurzen Untersuchung der beiden leblosen Gestalten gab der Notarzt seine Anweisung: „Wir brauchen einen Hubschrauber und die Feuerwehr, schnell!"

Die Schwerverletzten atmeten kaum noch.

Erst durch die Männer der eintreffenden Feuerwehr konnte Hannes aus dem Wrack des Kleinbusses geborgen werden.

Endlich landete der gelbe Rettungshubschrauber unmittelbar am Ort des Grauens. Bereits nach wenigen Minuten erhob er sich wieder in die Luft und flog mit den zwei Schwerverletzten in Richtung Stadtklinik.

In der Zwischenzeit hatte die Funkstreife die Kollegen von der Kriminalpolizei gerufen. Grund: Auf dem Asphalt hatte der BMW keinerlei Bremsspuren hinterlassen ...

Monate später stellte es sich heraus, ein Amokfahrer hatte den Unfall verursacht.

Rudolf, der Schreckliche wurde er genannt

Hallo! Ihr Leute, was wird da gelacht,
habt ihr denn schon einmal an mich gedacht!
Ich sitze hier nun schon viele, viele Tage,
das interessiert euch nicht, ihr denkt nur an das Gelage!

Man mich einst den schrecklichen Rudolf nannte,
landauf landab mich jedes Kind kannte!
Vor dem großen Schmaus hört mir jetzt einmal kurz zu,
ich muss euch erzählen, warum ich hinter Gittern sitzen tu!

He du! Das trifft auch für dich dort zu, habe ich gedacht,
gib ruh, du bekommst noch deinen Augustiner gebracht.
Habt endlich ruh all ihr Wichte
und lauscht andächtig meiner Geschichte!

Es war vor vielen, vielen Jahren,
als in Thüringen die Wege so gut wie unpassierbar waren.
Das Dickicht des Waldes undurchdringlich schien,
da trieb ich mein Unwesen und zog von Ort zu Ort dahin.

Ich nahm mir, was ich brauchte: hier ein Ei, dort ein Huhn.
Ich musste ja überleben, was sollte ich auch sonst tun?
Überall wo ich auftauchte, ward es den Leuten angst und bange,
dies war mir nur recht und ich hoffte, dass dies anhielt recht lange.

Selbst einen Pakt mit dem Teufel, wer hatte das gedacht,
unterstellten sie mir …, wer hat da gelacht!
Aber eins muss ich euch sagen jetzt gleich,
ich unterschied stets fein säuberlich zwischen Arm und Reich.

Vieles was ich den Reichen genommen habe,
gab ich den Armen als mildtätige Gabe!
Meine Taten lagen der Obrigkeit schwer im Magen
und ihre Hescher fingen an mich zu jagen.

Durch Wald und über weite Flur hetzten sie mich Tag und Nacht,
doch das Glück war ihnen nicht hold und ich habe sie ausgelacht.
Doch eines Tages war es dann so weit,
das Schicksal hielt einen herben Schlag für mich bereit.

Hört genau zu, was an diesem Tage geschah,
als ich nach einem Beutezug ein Wirtshaus sah.
Ich kehrte hier ein, um einen Krug Gerstensaft zu genießen.
Augustiner Bier gab es früher schon hier, ist das nicht zum Schießen!?

Ich hob den Krug gerade an die Lippen sodann,
da flog krachend auf die Tür und die Büttel stürmten heran.
Mit dem Ziel den schrecklichen Rudolf zu ergreifen,
es war ja das was die Reichen wollten erreichen.

Seit dem sitze ich hinter Gittern nun hier
und ihr dürft trinken das gute Augustiner Bier.
Aber nun genug aller Quasselei,
sonst vergessen wir ganz das Räubergelage dabei.

Rustikale Platten, Haxen und andere Speisen kommen auf die Tafel.
Hebt eure mit Augustiner gefüllte Humpen und lasst alles Geschwafel.
Stoßt zum Wohle aller an in dieser geselligen Nacht,
und lasst euch das Bier gut munden, bis das Essen wird gebracht.

Der Foliant

Auf einen schwülen und windstillen Augusttag sanken die dunklen Schatten der Nacht herab. Es erwachte auf der Friedrichstrasse der Abendlärm, Menschen drängten in ihrer hektischen Regsamkeit aneinander vorbei. Das helle Licht der Straßenlaternen flammte auf und vermischte sich mit dem letzten, fast grünlichen Schein des Himmels zu einem dunstigen Glanz. Neonleuchtreklamen spiegelten sich auf dem schwarzen Asphalt.

Unter einem Schub Menschen, die an einer belebten Kreuzung über den Fahrdamm eilten, fiel ein fünfzigjähriger Mann in einem hellgrauen Überrock auf. Langsam bewegte sich die kräftige, mittelgroße Gestalt vorwärts. Es war Lars Klarsen, der mit gesenktem Kopf dahin schritt. Für das, was um ihn vorging, zeigte er wenig Interesse. Es kam recht selten vor, dass der in Hamburg geborene Oberstudienrat zwei Tage Zeit bis zur nächsten Mathe-Vorlesung, an einem der bekanntesten Berliner Gymnasien, hatte.

An der nächsten Straßenecke blieb er stehen, sein Blick wurde durch eine Leuchtreklame magisch angezogen.

Er hatte sein Ziel erreicht.

Das Berliner Auktionshaus.

Hier wurden Kunst und Antiquitäten, Kuriositäten und Raritäten versteigert.

Einige Zeit stand er stumm und unbeweglich am selben Fleck und beobachtete die Menschen, die in das gegenüberliegende Haus hineingingen.

Endlich setzte er sich in Bewegung, erst langsam, schließlich schritt er kräftig aus. So betrat er den Auktionssaal. Hier empfing ihn ein gedämpftes Stimmengewirr. Mit der am Eingang erhaltenen Bieterkarte in der Hand nahm er in der zweiten Sitzreihe Platz.

Als der Auktionator, ein kleiner dürrer Mann mit schütterem Haar, die Versteigerung eröffnete, hatte sich der Saal bis auf den letzten Platz gefüllt.

Nicht die alten Puppen, kristallene Gläser oder die kostbaren Bilder, die versteigert wurden, bannten ihn schon seit einer Stunde auf seinen Platz, sondern ein altes Buch.

Endlich war es soweit.

Der Auktionator zeigte mit seinen dünnen Händen auf den in Leder gebundenen Folianten und bat um das erste Gebot.

Es begann bei 500 Euro und steigerte sich schnell auf 600, 700, 800, 900, 1.000 Euro ... Bei 1.500 Euro hielt nur noch als Einziger der Oberstudienrat seine Bieterkarte hartnäckig in die Höhe.

„Zum Ersten, zum Zweiten ..." - prüfende Blicke, kein weiteres Gebot - „... zum Dritten!"

Der Hammer sauste auf das Pult. Der Zuschlag für die in Leder eingebundenen Seiten erfolgte.

Endlich hielt Lars Larsen das begehrte Prachtexemplar in Händen. Es waren Aufzeichnungen des mathematischen Wunderkindes Blaise Pascal, die aus der Zeit um 1640 stammten.

DER GEIZHALS

Im hellgelben, kreisrunden Schein der Tischlampe liegen fein säuberlich gestapelte Geldscheinbündel.

Es ist eine hohe Summe.

Aus dem Dunkel des Zimmers tauchen ein Paar zartgegliederte Hände im Lichtschein auf, die mit dem Zählen des Geldes beginnen. Sorgfältig, fast andächtig wird jeder Schein überprüft.

Als der letzte Geldschein durch die Hände der unsichtbaren Person ging, plötzlich der raue Klang einer tiefen Stimme: „Verdammt da fehlt doch etwas!"

Das aufflammende Deckenlicht reißt eine zwergenhafte Gestalt aus der Dunkelheit, die zum Telefon greift. Es ist der Bankbesitzer Arthur, der mit befehlsgewohnter Stimme anweist: „Den Hauptkassierer sofort zu mir!"

Noch den Telefonhörer in der Hand wandert sein glänzender Blick zu den vielen Geldscheinen auf dem Tisch. Ja, dieses Geld ist sein Gott und ausgerechnet davon fehlen 10.000 Euro.

Es klopft zögernd an der Zimmertür aus schwerem Eichenholz. Nach einem scharfen „Herein!" betritt der Hauptkassierer das Arbeitszimmer des Bankiers. Als er das Geld auf dem Tisch liegen sieht, erbleicht er.

Arthur lässt seinen Hauptkassierer keine Zeit einen klaren Gedanken zu fassen. „Hier fehlen 10.000 Euro! Wissen Sie etwas über ihren Verbleib?"

„Ich ..., ich ...", fängt der Hauptkassierer an zu stottern.

„Drücken Sie sich deutlich aus und hören Sie auf zu stottern" faucht ihn Arthur an.

„Ich ..., ich ... habe es gebraucht."

Wie von einer Tarantel gestochen fährt Arthur von seinem Stuhl auf: „Sind Sie verrückt? Wer hat Ihnen das erlaubt? Gerade Sie müssten doch wissen das, das Diebstahl ist."

Der Hauptkassierer versucht seiner Stimme einen festen Klang zu geben, als er antwortet: „Es ist kein Diebstahl. Ich habe mit ihrem Partner gesprochen und der hat es mir gestattet."

„Was geht mich mein Partner an. Es ist mein Geld ... Und übrigens was haben Sie mit dem Geld gemacht?"

„Meine Mutter ist an Krebs erkrankt", beginnt der Hauptkassierer zu erzählen. „Damit sie nicht so große Schmerzen erleiden muss, ist ein Krankenhausaufenthalt notwendig und dieser kostet viel Geld."

„Dazu haben Sie mein Geld genommen", unterbricht ihn Arthur.

„Ja. Meine Ersparnisse haben nicht ausgereicht und da habe ich um einen zinslosen Kredit gebeten."

„Auch noch ein zinsloser Kredit", stöhnt Arthur. „Was interessiert mich Ihre Mutter. Es ist mein Geld und dieses wird nicht für wohltätige Zwecke verschwendet."

„Aber ..."

„Nichts ist mit aber! Wer kommt mir für den Zinsverlust auf, den ich dadurch habe. Geld muss arbeiten. Geld muss Geld bringen."

„Herr Arthur", versucht der Hauptkassierer einen erneuten Einwurf, aber der lässt ihn nicht zu Worte kommen.

„Sind Sie still! ... Jetzt spreche ich! ..." Nach kurzer Überlegung setzt er fort: „Gut, bis morgen ist das Geld wieder da ... Haben Sie mich verstanden?"

Gedrückt und ohne ein weiteres Wort zu sagen, verlässt der Hauptkassierer mit hängenden Schultern und schlurfenden Schritten das Arbeitszimmer.

Zurück bleibt ein zufrieden dreinschauender Arthur. Mit glänzenden Augen betrachtet er sein Geld und murmelt vor sich hin: „Mein Geld, mein liebes Geld ... Mein über alles geliebtes Geld." Er nimmt ein dickes Bündel in die Hand und küsst es.

DIE BEGEGNUNG

Es ist Sonntagabend. Familie Johnson sitzt in der Stube vor der Flimmerkiste. Sie bringen gerade den Spielfilm: Die Flucht aus Alkatraz.

Brrr, Brrr, Brrr schlägt das Telefon an.

Verärgert über diese Störung geht Herr Johnson, ohne sich zu beeilen, zum Telefon und hebt den Hörer ab. „Hier Johnson. Was gibt es?" meldet er sich mit unfreundlicher Stimme.

Am anderen Ende meldet sich der Nachbar mit einer wichtigen Neuigkeit.

„Wer ist dran?", will Frau Johnson wissen.

„Der Nachbar!"

„Was will er?"

Herr Johnson winkt ab.

Ungeduldig warten die Familienmitglieder auf die Beendigung des Telefongespräches. Sie werden von der Neugierde geplagt.

Endlich legt Herr Johnson den Hörer auf und kommt in die Stube zurück. Er lässt sich, nachdenklich, in seinen Sessel fallen.

„Na sag schon, was wollte der Nachbar?" drängelt seine Frau.

„Sechs Gefangene sind bei einer Schießerei aus dem sechzig Kilometer entfernten Staatsgefängnis ausgebrochen".

Schweigen.

„Erzähl weiter", drängelt jetzt auch der älteste Sohn Bill und will wissen: „Haben sie die Ausbrecher schon erwischt?"

„Nein ... Niemand weiß, wo sie sind. Einige Leute meinen, sie seien in einen anderen Staat geflüchtet."

„Das ist ja spannender, wie in einen Film", quatscht der mittlere Sohn Phil dazwischen.

Nur der jüngste Sohn Tom scheint dies alles nicht zu interessieren. Er sitzt in der Ecke und spielt mit seiner elektrischen Eisenbahn.

„Es ist nur gut, dass das Staatsgefängnis weit weg ist. So brauchen wir nichts zu befürchten", meint Frau Johnson.

„Sag das nicht Frau. Es gibt die unterschiedlichsten Meinungen dazu. Die einen sagen, sie verstecken sich wahrscheinlich in der Umgebung des Gefängnisses. Andere glauben sie hier in der Gegend gesehen zu haben."

Schnell hatte sich die Kunde unter den Bewohnern der Wohnsiedlung herumgesprochen.

Angst griff um sich.

Keiner wagte sich mehr weit von seiner Wohnung weg. Es wurden nur die notwendigsten Wege erledigt. Bei hereinbrechender Dunkelheit war keine Menschenseele mehr auf der Straße zu sehen und die Türen und Fenster wurden verrammelt.

Die Wochen vergingen, ohne dass etwas geschah.

Am Sonnabend zog Phil Johnson seine Wanderschuhe an. Ihn zog es, wie jeden Sonnabend hinaus in die Natur. Er bewegte sich durch den Wald wie ein erfahrener Westmann, der das Lagerfeuer eines Indianers anschleicht. Selbst die scheuen Rehe bemerkten ihn nicht. Dann kroch er wieder wie eine Schlange durch das hohe Gras um die Kühe in der Koppel beobachten zu können. In seinen Gedanken stellte er sich vor, dass es die Truppen des Generals Custers seien.

Etwa zwei Kilometer entfernt vom Haus verliefen auf einem Bahndamm die stählernen Schienen einer vielbefahrenen Eisenbahnstrecke. Wenn der

Zug darauf vorbeirollte, lief er neben her, winkte seinem Freund dem Lokomotivführer zu und stieß ein übermütiges „Jippijee!" aus.

Die Sonne brannte vom Himmel herab und die Zikaden zirpten im trockenen Gras als Phil den Durchstich erreichte, welcher den Bahndamm unterquerte. Hier suchte er bei seinen Wanderungen Schutz vor der glühenden Sommerhitze aber auch vor überraschenden Regenschauern.

Phil konnte bequem in diesen Kanal stehen, so groß war dieser.

Erschrocken fuhr er zurück, als er in den Durchgang blickte. Auf dem Boden saß ein Mann, der schwere Arbeitsschuhe sowie ein Hemd und eine Hose aus grober Baumwolle trug. In seinem Gesicht sprießten die Bartstoppeln und machten ihn älter als er vielleicht war.

Stumm schauten sich beide an.

Drei Meter etwa waren sie voneinander entfernt.

Als Erster fand Phil die Sprache wieder und fragte den seltsamen Mann: „Kann ich Ihnen helfen?"

Phil erhielt keine Antwort. Zögernd öffnete er seinen Brotbeutel und reichte dem Mann in der abgerissenen Kleidung, eines von seinen Broten. „Da nehmen Sie. Sie werden doch bestimmt Hunger haben."

Während der Mann zögernd nach dem Brot griff, betrachtete ihn Phil etwas genauer und bemerkte ein hässliches kurzes Messer in seinem Hosenbund. Der Mann machte einen müden und hungrigen Eindruck.

Gierig schlang dieser die zwei Brote herunter, die Phil im gereicht hatte. Erst dann begann er zu reden: „Junge kannst du mir sagen, wo die Eisenbahnlinie hinführt und wann der nächste Zug vorbeikommt?"

„Die Eisenbahnlinie führt nach Kanada, und der nächste Güterzug fährt erst am Nachmittag, dann aber jede Stunde. Wenn Sie mitwollen, kann ich den Zug anhalten. Der Lokführer ist mein Freund."

Erstaunt schaute der Mann Phil an.

„Sie können es mir ruhig glauben. Er nimmt gerne Trippelbrüder mit."

Der Mann sank wieder in seine Schweigsamkeit zurück. Als der Nachmittag heranrückte, wurde er jedoch unruhig, und als in der Ferne das Pfeifen des herannahenden Güterzuges zu hören war, wurde er aufgeregt.

„Sie werden sehen der Zug hält", mit diesen Worten stellte sich Phil zwischen die Eisenbahnschienen und hob winkend die Arme.

Der Güterzug brauste heran. Er wurde größer und größer.

Aber Phil ließ sich nicht beeindrucken.

Die Bremsen des Zuges begannen zu quietschen und er kam drei Meter vor Phil zum Stehen.

Aus dem Fenster des Führerstandes der Diesellok beugte sich ein Kopf mit einer dichten Haarmähne heraus.

„Was gibt es mein Freund?" ertönte eine krächzende Stimme.

„Kannst du den Trippelbruder mitnehmen? Er will nach Kanada und hat schon einen weiten Weg hinter sich."

Der Lokführer nickte mit dem Kopf und wandte sich an den Mann: „Komm steigt auf, ich muss weiter."

Ohne lange zu zögern, stieg der Mann auf den nächsten Güterwagen.

Sinnend sah Phil dem Zug nach, der hinter der nächsten Kurve verschwand. Ihn ließ der Gedanke nicht mehr los: „War der Trippelbruder vielleicht einer der entflohenen Gefangenen aus dem Staatsgefängnis?"

SCHMETTERLINGE - BOTEN DER GÖTTER

Haben die Götter den Falter zur Erde geschickt,
damit er des Menschen Auge erquickt?
Oder sind Schmetterlinge getarnte Hexen,
die sich auf die Brust von Sterbenden setzen?

Schmetterlinge sind die bunten Gaukler der Luft,
bei ihrem Zickzack-Flug begleitet sie oft der Blumen Duft.
Aufgeregt flatternd in ihrer vielfältigen Farbenpracht,
makellose Schönheit des Menschen Auge dargebracht!

Mythen ranken sich um die tausend Falter,
unterschiedlich wie ihre Bedeutung seit Menschen Alter.
Ein besonderer Leckerbissen gab ihnen den Namen,
„Schmettern", Sprachgebrauch für frischen Milchrahmen.

Eine böse Überraschung

Feddersen lebte ein ausgesprochenes wohlgeordnetes Leben. Er lebte nach der Uhr. Stand jeden Morgen um die gleiche Zeit auf, kam um die gleiche Zeit in sein Büro, aß um die gleiche Zeit Mittag und ging um die gleiche Zeit schlafen.

An einem Donnerstag, im November wollte Feddersen sein Büro pünktlich wie immer um 17.00 Uhr verlassen. Er hatte bereits die Bürotür erreicht, als das Telefon läutete.

„Wer will denn da noch etwas von mir?", brummelte er in seinen Bart. Mit zögernden Schritten ging er aber dann doch zum Telefon, hob den Hörer ab und lauschte. Sein Gesicht wurde blass und blässer. Er musste sich in den Sessel setzen. „Nein, nein!" stieß er hervor. „Das könnt Ihr nicht mit mir machen! Ich will mit Euch nichts mehr zu tun haben!"

Er legte den Hörer abrupt auf die Gabel und zündete sich mit zitternden Fingern eine Zigarette an.

Die Vergangenheit ist tot, ist längst begraben und dichtes Gras darüber gewachsen. So hatte Feddersen gedacht, und das, was er vergessen wollte, war in den hintersten Winkel seiner Erinnerung geraten. Plötzlich war alles wieder lebendig, war bittere Wirklichkeit und Gegenwart.

Der Liftboy, der ihn aus dem neunten Stock hinunterbrachte, sagte erstaunt: „Sie sind ja heute zehn Minuten später, Herr Feddersen."

Feddersen beachtete heute den Liftboy überhaupt nicht und redete völlig unmotiviert vor sich hin: „Wie haben die mich nur gefunden?"

Ohne das übliche „Wiedersehn" verließ Feddersen das Gebäude, einen kopfschüttelnden Liftboy zurücklassend.

Als Feddersen die Haltestelle erreichte, war der Bus der Linie 60 bereits abgefahren.

Ungeduldig blickte er auf die Uhr. „Noch fünfundzwanzig Minuten, bis der Nächste kommt", führte er Selbstgespräche und drückte sich in die Ecke des offenen Haltestellenhäuschens.

„Kann ich Sie ein Stück im Auto mitnehmen?"

Erschrocken zuckte Feddersen zusammen, denn er hatte den jungen Mann, der wie aus dem Nichts auftauchte, nicht bemerkt. Dieser war etwa dreißig Jahre alt, gut gekleidet und machte nicht den Eindruck, dass er aus der Gegend stammte.

„Ich habe meinen Wagen dort drüben, an der gegenüberliegenden Straßenecke stehen. Wo möchten Sie denn hin?"

„In die Lindenstraße 22", antwortete Feddersen überrascht. „Ich wohne dort."

„Da haben wir ja den gleichen Weg. Kommen Sie".

Feddersen stieg in den grünen Ford.

Los ging die Fahrt.

„Hier hätten Sie rechts abbiegen müssen", sagte Feddersen, als der Fremde an der nächsten Kreuzung links abbog. „Diese Straße führt in die entgegengesetzte Richtung - zum Hafen."

Der Unbekanntheit antwortete nicht. Er blickte stattdessen geradeaus, als hätte er Mühe, sich auf die Fahrbahn zu konzentrieren.

„Drehen Sie schon um! Wir kommen gleich ins Hafenviertel."

Der Fremde sah Feddersen von der Seite an. Sein Gesicht schien jetzt streng und hart zu sein. Jede Spur von Freundlichkeit war daraus gewichen. „Wir brauchen nicht umzukehren", antwortete er. „Wir sind gleich am Ziel. Übrigens ihre Tür lässt sich nur von außen öffnen."

Vor ihnen tauchte ein langgezogenes Gebäude auf, dessen Tor weit offen stand. Langsam rollte das Auto ins Innere der riesigen Halle. Hier hielt der Fahrer den Wagen an und stellte den Motor ab.

Die Scheinwerfer eines anderen Autos flammten auf und in ihrem Lichtkegel stand eine Gestalt in einem langen Mantel, mit einem Schlapphut auf dem Kopf.

Feddersen hatte die Gestalt sofort erkannt, es war Lindner, mit dem er vor zehn Jahren eine Tankstelle überfallen hatte.

„Da staunst du, Feddersen", sprach dieser mit einer rauen Stimme, „mich nach so langer Zeit wiederzusehen. Ich will nur meinen Anteil von der Beute".

Feddersen war bei diesen Worten bleich geworden. Seine Gedanken überschlugen sich. Er suchte fieberhaft nach einer Möglichkeit, wie er aus dieser Sache heil herauskommen würde.

Lindner ließ ihm dazu keine Zeit. Messerscharf kam die Frage: „Wo hast du meinen Anteil?"

Feddersen dachte an die 150.000 Euro, die er in den letzten Monaten in einem Hinterzimmer von Charlys Kneipe verspielt hatte, als er mit stotternder Stimme antwortete: „Ich ... habe, habe ... nichts mehr!"

„Was ...? Das kann doch nicht wahr sein?" stieß Lindner hervor.

Auf der Stirn von Feddersen bildeten sich Schweißtropfen, es war der kalte Angstschweiß.

„Wo ist das Geld?" ließ Lindner nicht locker und näherte sich mit langsamen Schritten. Dicht vor Feddersen blieb er stehen und berührte mit der rechten Hand sacht dessen Kinn und schaute ihn dabei in die Augen.

Feddersen erschauderte unter dem Blick des dunkelhaarigen Mannes.

„Wo ist das Geld?"

„Ich habe es ... verspielt. Meine Spielschulden habe ich damit bezahlt", flüsterte Feddersen.

„Was ...? Das kann doch nicht wahr sein?"

„Es tut mir leid. Ich hatte eine Pechsträhne".

„So, eine Pechsträhne? ... Ich bekomme mein Geld oder es wird dir leidtun", mit diesen Worten zog er einen Revolver aus der Manteltasche.

Das Gesicht Feddersens verzerrte sich vor Angst. Er war sich der Ausweglosigkeit seiner Lage bewusst. Jeden Moment glaubte er den Knall des Revolvers zu hören.

„Waffe weg! ... Hände hoch! Jeder Wiederstand ist zwecklos! Sie sind umstellt!" hallte es mit einmal durch die Halle.

Im Hallentor stand ein Polizist in Zivil.

Aus dem Dunkel der Lagerhalle tauchten Uniformierte auf, mit Maschinenpistolen im Anschlag.

Linder ließ den Revolver fallen, der scheppernd auf den Betonfußboden fiel.

Zögernd gingen die Hände in die Höhe.

Es stellte sich heraus, dass die Polizei Lindner bereits eine Woche lang beschattete und nur auf einen günstigen Moment gewartet hatte, um die Falle zuschnappen zulassen.

ENDE EINER AUSFAHRT

Schwanzwedelnd schleicht Bello, der Langhaardackel, um das verlassene, im Straßengraben stehende Auto. Mit seiner feuchten Schnauze schnuppert er am vorderen Kotflügel.

„Lass das sein! Ich bin kitzlig!" ertönt plötzlich eine Stimme.
Erschrocken springt Bello zurück: „Wau! Wau! Wer war das?"
„Ich!"
„Wer ist das, ... ich?"
„Ich, das Auto."
„Du?", knurrt Bello und schnuppert erneut am Kotflügel.
„Lass das sein! Ich bin kitzlig!"
„Interessiert mich nicht, sag mir lieber, wie du hierhergekommen bist", knurrt Bello grimmig.
„Gut, ich erzähle es dir, du musst aber mit dem Schnuppern aufhören."
„Wau! Wau! ..."
„Hör zu!", beginnt das Auto mit seiner Erzählung. „An einem sonnigen Herbsttag war ich mit meinem Besitzer unterwegs. Die Reifen surrten auf dem Asphalt dahin. Durch die Bäume an der Landstraße flimmerte die Sonne."
„Wau! Wau! Wie kommst du nun hierher?"
„Immer mit der Ruhe ... Die Straßenverhältnisse schienen gut zu sein. Doch plötzlich - an einer schattigen Stelle - war die Fahrbahn mit Raureif belegt. Mein Besitzer bremste; dabei geriet ich ins Schleudern, kam von der Fahrbahn ab und landete zwischen trockenem Gras und dürrem Gestrüpp im Laub des Straßengrabens."
„Wau! Wau! ... Und was weiter?"
„Mein Besitzer verletzte sich an der Stirn und wurde mit einem Krankenwagen abtransportiert."
„So? Aber du stehst noch hier!?"
„Mein Besitzer lässt mich noch abholen."
„Krr! Krr! ... Und wenn nicht?"
„Dann wird es nicht mehr lange dauern, bis mir die Räder fehlen und die Scheiben eingeschlagen sind. Während ich dann von meinen besseren Tagen träume, verrichten solche wie du ihr Bedürfnis an mir."

„Wau! Wau! Ein Wrack, ein Umweltsünder ist auch zu etwas anderem nicht mehr zu gebrauchen."

„Du hast recht, mir wird es wohl wie den vielen wild entsorgten Autos ergehen, die in der Natur vor sich hin rosten."

GESUNDHEITSRATSCHLÄGE ZUM RADFAHREN - UND SPASS MACHT'S AUCH NOCH

Die Frühlingsonne strahlt vom blauen Himmel, als es Familie Mayer, schon früh am Morgen, mit ihren Fahrrädern hinaus ins Freie zieht.

Es ist Ostern, ein Tag, an dem Jung und Alt unterwegs sind, um sich an der Natur zu erfreuen. Aufs Neue stellt jeder fest, dass nach den langen Wintermonaten Bewegung an der frischen Luft gut tut, ob dies nun bei einem Spaziergang oder einer Radtour ist.

Fröhlich radeln die Fünf auf landschaftlich reizvollen Pfaden und Wegen dahin, die die Felder und Wiesen durchqueren und zum dichten Mischwald führen.

Die Fahrräder holpern über den teilweise steinigen Waldweg, begleitet vom vielstimmigen Gezwitscher der Vögel, das aus dem dichten Unterholz des Waldes erklingt.

In vollen Zügen atmen die Radfahrer die frische, würzige Waldluft ein.

Die Sonne und die milden Temperaturen haben bereits die ersten Schneeglöckchen, Narzissen, Krokusse und Osterglocken hervorgelockt. Bäume und Sträucher kündigen mit ihrer weißen Blütenpracht den Frühling an.

In der wärmenden Frühlingssonne steigt schnell das Stimmungsbarometer. Die Kinder, Klaus und Petra, albern auf ihren Fahrrädern umher, während sich die beiden Frauen - Mutter und erwachsene Tochter - am Anblick der in voller Blüte stehenden Sträucher erfreuen. Kurt, der Vater, beobachtet mit einem zufriedenen Lächeln das Herumtollen seiner beiden Kinder. Nur Hasso, der Hund lässt sich durch nichts beeindrucken. Er trottet mit heraushängender Zunge zwischen den Radfahrern dahin.

Die Zeit vergeht. Die einen scherzen, die anderen führen angeregt ein Gespräch, auf den fröhlichen Gesichtern kann man erkennen, wie gut ihnen die Bewegung tut.

„Die Idee für diese Radtour war schon nicht schlecht", murmelt der Vater vor sich hin. „Wie gut sie doch jedem von uns tut. Der Blutkreislauf wird nach der langen Winterruhe wieder so richtig in Gang gebracht. Es macht Spaß, zuzusehen, wie sie kräftig durchatmen und neue Kraft schöpfen. Ja, ja in den Wintermonaten waren wir doch aufgrund der mangelnden Bewegung etwas eingerostet".

Bild 4: Endlose Weite der Isländischen Landschaft.

LAND AUS FEUER UND EIS

Island, das Land aus Feuer und Eis,
bietet sich mit vielen Gesichtern und Facetten preis.
Stellt sich nach außen mit einem kalten, harten Äußeren dar aber auch ein
heißer, weicher Kern im Inneren, ist wahr.

Erst wenn du, das Eiland hast gesehen,
dann kannst du auch die Menschen verstehen,
die nach einem Besuch nach hier Fernweh bekommen,
denn das Land aus Feuer und Eis macht jeden benommen.

Bestechende Klarheit und faszinierende Schönheit
hält das Land zu jeder Jahreszeit bereit.
Unberechenbar schön die Natur dabei anzusehen,
kann man gleichsam die irdische Schöpfung verstehen.

Endlose Weiten, Vulkane, eine Landschaft mit Gletschern,
zahllose Wasserfälle, die nicht nur dahin plätschern.
Karge Schotterwüsten, farbenprächtige Gebirgszüge
bieten Einsamkeit und Natur pur mit all ihrem Gefüge.

Ziehen Nebelschwaden über das Hochland dahin,
kommen Geschichten von Trollen und Elfen in den Sinn.
Die, die Inselbewohner erzählen aus vergangener Zeit,
ja die Menschen sind hier sehr freundlich und hilfsbereit.

Wer die Einsamkeit liebt, wer allein will mit seinem Sein,
der wird hier eins mit jedem Fels und Stein,
mit dem Wind der seine Stimme über die Ebene trägt
und die Stille, die windlosen Pausen prägt.

Die wandernden Steine

Sanft rollte die Dünung des Stillen Ozeans an den schneeweißen Strand, während nur ein paar Meter weiter Brecher krachend an die imposante Steilküste donnerten.

Schneebedeckte Berge, die Kordilleren, ragten steil in einen azurblauen Himmel.

Unerträglich heiß brannte die strahlende Sonne im Death Valley, dem am tiefsten gelegenen und trockensten Gebiet der USA.

Gegensätzlicher und bizarrer kann wohl kaum eine Landschaft sein, die man hier im Bundestaat Kalifornien vorfindet.

Ein Team von sechs Forschern wollte hier den wundersamsten Gerüchten und Legenden auf den Grund gehen, die um das Death Valley kursierten. Unter den Einheimischen tuschelte man von Geistern und Dämonen, über Kieselsteine und Felsbrocken, die sich über weite Entfernungen hinweg bewegen sollten.

Aber noch nie hatte ein Mensch gesehen, wie dies geschah und noch nie hatte einer die Ursachen hierfür ergründen können.

Es stand auf jeden Fall fest, dass sich Kieselsteine und Felsbrocken im Tal des Todes über weite Strecken hinweg bewegten.

Am Rande des vor Hitze wabernden Tales angekommen, entluden die Forscher die drei Geländefahrzeuge.

Bis zum Abend waren dann die Zelte für das Basislager aufgebaut, das Sonnensegel gespannt und die Expeditionsausrüstung verstaut.

Und dies alles im Schweiße des Angesichts.

In der Ferne ragten schneebedeckte Berge unmittelbar über einer Wüste auf, die sich über Hunderte von Kilometern erstreckte.

Und hoch oben lachte ein strahlend blauer Himmel mit einer ewig wärmenden Sonne, die den Expeditionsteilnehmern vom ersten Tage an sehr zu schaffen machte. Jeden Tropfen Flüssigkeit saugte sie aus den menschlichen Körpern.

Ab und zu wehten Windböen von den fernen Bergen herüber und bliesen sanft durch das Tal.

Aber eine Linderung brachten sie nicht.

In den frühen Morgenstunden machten sich die Forscher auf die Suche nach den seltsamen, geheimnisumwitterten Steinen, die sich nicht nur bewegen, sondern auch Spuren hinterlassen sollten.

Stunden vergingen.

Höher und höher stieg die Sonne, deren brennende Hitze die Suche immer mehr zur Qual werden ließ.

Weit und breit nur weißgelber Sand, der die Augen blendete.

In den späten Nachmittagsstunden erreichte das Forscherteam ein völlig ausgetrocknetes Seebett. Zahlreiche Risse durchzogen hier den harten Lehmboden. Verstreut lagen überall Kieselsteine, kleinere und größere Felsbrocken umher.

Was ist das dort drüben?

Ist das eine Spur?

Ja, und was für eine. Sie sah aus, als wäre vor wenigen Stunden erst die Pferdekutsche der Wells Fargo Linie vorbeigekommen.

Nur enger zusammen standen die tiefen Abdrücke.

Vorsichtig, ohne die Spur im harten Lehmboden zu zerstören, folgte die Gruppe ihr Meter um Meter. Nach einigen Hundert Metern stießen sie auf einen großen flachen Stein.

Sollte der etwa für die Spur verantwortlich sein?

Ein Blick zurück bewies, dass die Gleitspur, die sich in einer sanften Schleife hinzog, nur von ihm stammen konnte.

Aber wie war das möglich?

Die Forscher standen vor einem Rätsel, und den Gerüchten der Einheimischen über die Geister und Dämonen wollten sie auch keinen Glauben schenken.

Soviel sie sich auch umsahen, von Mystik und Geheimnisvollem verspürten sie nichts. Es musste eine einfache Lösung geben oder waren sie auf eines der zahlreichen Naturwunder des Planeten Erde gestoßen.

Am nächsten Tag fanden sie noch weitere Steine, die eine Spur hinterlassen hatten.

Die Findlinge lagen weitverstreut auf der rissigen Oberfläche, eines fast fünf Kilometer langen ausgetrockneten Sees.

Jeder Fels und jede der langen, flachen Furchen wurde untersucht und vermessen. Außer dass die schmalen Spuren mal schnurgerade, dann wieder im leichten Bogen oder gar im Zickzack verliefen, konnte nichts Besonderes festgestellt werden.

Wie im Fluge vergingen bei der Erfüllung des Forschungsauftrages die Tage und Wochen. Nur konnte kein greifbares Ergebnis vorgewiesen werden.

Das Einzige, was feststand war, dass die Steine sich wirklich bewegen mussten. Aber das „Wie" blieb nach wie vor ein Rätsel.

Diese offene Frage stachelte immer wieder den Ehrgeiz des Teams an und die Forscher gingen mit noch größerem Eifer an die Arbeit. Selbst die glühende Hitze, die schwer zu schaffen machte, konnte sie in ihrem Eifer nicht bremsen.

Es musste ein Beweis erbracht werden, dass es keine übersinnlichen Kräfte und Erscheinungen gab, dagegen verwehrte sich einfach der wissenschaftliche Verstand.

Die Plätze der Steine wurden vermessen. Videokameras mit Bewegungssensoren aufgestellt und auf jeden einzelnen infrage kommenden Stein einjustiert.

Nach getaner Arbeit, hieß es jetzt warten, warten und nochmals warten.

Eine harte Geduldsprobe.

Die Arbeitszeit wurde in die frühen Morgen- und in die späten Abendstunden verlegt, denn zur Mittagszeit flimmerte die Luft über der weiten Fläche in einer unbarmherzigen Hitze.

Man konnte zu dieser Zeit kaum Atem holen.

Die regelmäßige Untersuchung der Spuren der Steine, die Auswertung der Videoaufzeichnungen auf dem Notebook brachten keine neuen Erkenntnisse.

Wochen vergingen.

Eines Tages zogen am strahlend blauen Himmel dunkle Wolken auf. Alle Anzeichen deutenden auf ein sich zusammenziehendes Unwetter hin.

Kaum spürbar begann die heiße Luft sich zu bewegen.

Immer mehr schwarze Gewitterwolken zogen den blauen Himmel zu.

Aus dem kaum spürbaren Lufthauch entwickelte sich eine kräftige Briese.

Windböen trieben Staub und Sand vor sich her. Es bildeten sich Sandwirbel auf der ebenen Fläche. Sie wuchsen in die Höhe und fielen dann wieder zusammen.

Der zum Sturm anwachsende Wind zerrte an der Leinwand der Zelte. Hier und dort lockerten sich bereits eingeschlagene Zeltheringe und das daran befestigte Seil drohte sich zu lösen.

Plötzlich riss sich das Sonnensegel mit knatterndem Geräusch los und wirbelte wie ein welkes Laubblatt im böigen Herbstwind durch die Luft davon.

Ein riesige Wolke aus Sand und Staub fegte über die weite Ebene heran.

Mund und Nase mussten mit feuchten Taschentüchern bedeckt werden, um überhaupt noch atmen zu können.

Fluchtartig zogen sich die Forscher in die schützenden Zelte zurück.

Auch hier erreichte sie noch der feine Staub, der durch die kleinsten Ritze drang und zwischen den Zähnen knirschte.

Ein greller Blitz zuckte vom Himmel, der darauf folgende krachende Donnerschlag machte fast taub.

Es schien ein Signal der Natur gewesen zu sein.

Große schwere Regentropfen fielen vom Himmel, die sich zu einem wahren Wasserfall verdichteten. Es goss, als wenn jemand die riesigen Schleusen eines Stausees öffnete.

Der Regen peitschte nur so hernieder, dass sich im Nu das ausgetrocknete Seebett in eine riesige Wasserfläche verwandelte.

Eine halbe Stunde mag wohl vergangen sein, da ließ der Regen nach. Nur noch vereinzelt fielen Tropfen hernieder.

So plötzlich wie der Regen begann hörte er wieder auf.

Erst zaghaft, dann immer kräftiger bahnten sich die Sonnenstrahlen den Weg durch die sich auflösende Wolkendecke.

Die Sonne brannte bereits wieder unbarmherzig vom Firmament, als die Forscher aus dem Zelt krochen. Ein letzter Windhauch fächelte durch die Haare.

Wie flüssiges Silber funkelte die riesige Wasserfläche im sich wiederspiegelnden Sonnenlicht.

Die aufgebauten Videokameras hatten das Unwetter unversehrt überstanden. Wie Periskope einer getauchten U-Bootflotte ragten sie aus dem Wasser heraus. Nur diese Periskope beobachteten keine feindlichen Schlachtschiffe, sondern sollten wandernde Steine dokumentieren.

Und schon war die Hitze wieder unerträglich und der glühende Hauch der Sonne begann bereits den riesigen See auszutrocknen.

Langsam sank der Wasserspiegel.

Mit dem sinkenden Wasserstand schienen die Videokameras zu wachsen.

Bereits am Abend war von der riesigen Wasserfläche nur noch ein feuchter Film übrig geblieben, der den ehemals harten Lehmboden so richtig glitschig machte.

Der Wind frischte auf.

In Böen wehte es von den Bergen herüber.

Am nächsten Tag erlebten die Forscher eine große Überraschung. Die Steine, auf die die Videokameras gerichtet waren, befanden sich nicht mehr an ihrem Ort. Sie waren unter Zurücklassung einer Spur einfach weiter gewandert.

Wie konnte das geschehen?

Würden sie jetzt des Rätsels Lösung finden?

Die sofortige Auswertung der Videoaufnahmen ergab zwar, dass die Steine auf dem glitschigen Boden wie auf Schmierseife dahin geschlittert waren, nur die Ursache hierfür konnten sie nicht erkennen.

Die Arbeit die nun folgte entwickelte sich zu einem reinen Puzzlespiel.

Ständiges Vermessen der Steine.

Entnahme von Bodenproben.

Laufende Auswertung der Wetterbedingungen.

Einzelne Felsbrocken bewegten sich sogar in mehreren Etappen etwa 260 Meter weit. Die Bewegung hörte erst dann auf als der Boden wieder trocken und rissig war.

Immer mehr wurde der Zipfel des Geheimnisvollen und Wundersamen gelüftet und bald gehörte die Mär über die Geister und Dämonen der Vergangenheit an.

Im gewissen Sinne hatten die Eingeborenen schon recht, das Geister die Steine bewegen, aber es waren Geister, die oft mit Brausen und Toben daher kamen und gewaltige Kräfte entfalteten.

Der Wind und das Wasser dienten als Motor für die Bewegung der Steine. Die ganz normalen Naturkräfte, die Luftströmung und der Niederschlag waren die Geister und Dämonen, die hier herrschten.

Im Gebiet des Death Valley beträgt die jährliche Niederschlagsmenge zwar selten mehr als 50 Millimeter.

Unwetter sind daher eine Ausnahme.

Doch selbst leichter Regen bildet auf der harten Lehmoberfläche einen feuchten Film, der sie schlüpfrig macht. Wenn dann von den umliegenden Bergen her ein kräftiger Windstoß über die Ebene fegt, so genügt dies, um einen Stein mit einer Geschwindigkeit von einem Meter in der Sekunde dahin schlittern zu lassen.

Die wandernden Steine im Death Valley gehören zu den bemerkenswertesten Naturwundern. Sie sind in der Zwischenzeit zu einer Sehenswürdigkeit geworden. Selbst wenn man jetzt weiß, auf welche Weise sich die Steine fortbewegen, stellt sich beim Betrachter ein Gefühl des Geheimnisvollen und Wundersamen ein ...

INSEL HELGOLAND

Weit draußen, etwa 70 Kilometer vom Festland, erhebt sich der Rest eines alten Gebirges aus den Fluten der Nordsee. Kommt man nachmittags mit dem Flugzeug von Osten, dann kann man im hellen Gegenlicht der Sonnenstrahlen die Insel Helgoland, die ehemalige deutsche Festung, als steilen Felsen aus dem Meer ragen sehen.

Von allen Seiten wird sie vom Anprall der vor Gischt sprühenden Wellen bestürmt. Trotz aller Schutzmaßnahmen des Menschen ist sie der Naturgewalt des Meeres ausgeliefert, die schon ganze Teile von der Insel losgerissen hat.

Deutlich hebt sich das bis 60 Meter hohe Felsenland mit seinen Steilufern vom flachen Uferland ab. Weit reicht die Düne, der Badestrand der zahlreichen Sommergäste, ins Meer hinaus.

An der Mole und im blauen Wasser des Hafenbeckens tummeln sich zahlreiche Schiffe, die aus der Vogelperspektive wie Kinderspielzeug aussehen. Die größeren Schiffe ankern weiter draußen, aus denen die Passagiere aus- und eingebootet werden.

Nachdem die See- und Strandräuberei vorbei sein sollte und die Fischerei auch nicht mehr ausreicht um das zum Leben notwendige zu erwirtschaften leben die Helgoländer vorwiegend vom Tourismus.

Die zahlreichen Häuser mit ihren rot leuchtenden Dächern sehen aus der Höhe wie kleine Holzhäuser aus, die Kinderhände nach einem bestimmten

System aufstellten. In der Vergangenheit wurden die Häuser oft zerstört. Ihre häufig wechselnden Eigentümer ließen sich dadurch nicht entmutigen, sie bauten sie immer wieder auf.

Weithin blinkt bei Dunkelheit der Leuchtturm vom hohen Felsenland, weist den zahlreich vorbeikommenden Schiffen ihren Weg und warnt den Seemann bei Unwetter vor den Untiefen der Nordsee.

Wege und Straßen durchschneiden die grüne Fläche der Insel wie ein Geflecht von dicken und dünnen Adern.

Der weiße Küstenstreifen, der die Tafelinsel umzieht, scheint das Blau der Nordsee vom Grün der Insel trennen zu wollen. Unwillkürlich kommt dem Betrachter der Spruch in den Sinn:

Grün das Land,
Weiß der Strand,
rot die Kant -
das sind die Farben von Helgoland.

SCHATTEN DER VERGANGENHEIT

Leise öffnet sich die Tür zum Kinderzimmer, und im Lichtschein des Flures steht eine schlanke Frau. Sie schaut mit ihren munter blickenden blauen Augen auf das, in seinem Bettchen, so friedlich schlummernde Baby.

Es ist erst ein Monat alt.

Mit einem zufriedenen Lächeln auf den Lippen schließt Gundel Hochleitner die Zimmertür und schleicht auf leisen Sohlen in die Wohnstube zurück. Hier knistert lustig ein Feuer im Kamin und verbreitet eine angenehme Wärme. Aus der Stereoanlage klingt gedämpfte Rockmusik, die aus ihrer CD-Sammlung stammt.

Gundel ist allein zu Hause.

Vor zwei Stunden hatte ihr Mann, ein junger Automechaniker - Meister, einen Anruf erhalten. Ein defekter Pkw war auf einem Parkplatz in der Nähe der Großstadt abgestellt worden. Mit der Zündung musste etwas nicht in Ordnung sein. Franz war sofort mit dem Abschleppwagen, aus der Reparaturwerkstatt des Vaters, losgefahren.

Die Stubenuhr schlägt die Mitternachtsstunde, als Gundel sich in ihr warmes Bett kuschelt und die Augen schließt. Der Schlaf will und will nicht kommen, die Schatten der Vergangenheit belästigen sie wieder einmal. Und das jedes Mal, wenn ihr Mann nicht zu Hause ist.

Schließlich beginnt sie Schäfchen zu zählen.

Eins, zwei, drei Schafe ...

Zurück gehen die Gedanken in die Vergangenheit. Sie sieht sich als fünfjähriges Mädchen in einem neuen Kleidchen vor dem Sofa promenieren und ein paar Drehungen machen, bei denen sie aufpassen muss, das Gleichgewicht nicht zu verlieren. Opa, Oma, Vater und Mutter, einfach alle sind begeistert.

„Ist Gundel nicht goldig?" heißt es. „Ein richtiges Mannequin."

Ist es da ein Wunder, dass sie schon als Kind davon träumte, ein berühmtes Modell zu werden?

14, 15, 16 Schafe ...

Ein Neubau, mit vielen Fenstern, in denen sich die Sonne spiegelt, taucht aus dem Nebel der Erinnerungswelt auf. Hier ging sie zur Schule. Lernte nur das Notwendigste, um das Gymnasium wenigstens mit der Realschule abschließen zu können. Ihr Verhalten wurde geprägt von der Meinung: Sie lernt doch nicht für den Lehrer und die Schule. Für was braucht ein berühmtes Modell Wissen über Mathematik und Chemie, Geschichte oder Physik?

Blonde Mähne, blaue Augen, durchtrainierte Figur. Ein hübsches, aufgewecktes Mädchen wie sie hätte wohl kaum Schwierigkeiten, einen Job als Fotomodell zu finden.

21, 22, 23 Schafe ...

Es ziehen die bunten Bilder aus der Münchner Zeit vorbei. Die Weltkarriere als Mannequin, als Fotomodell konnte beginnen.

Die erste große Enttäuschung wartete nach Abschluss des Mannequins - Kurses auf sie. Die ganze Welt hätte sich um sie drehen müssen, aber keiner nahm besondere Notiz von ihr.

Sie flüchtete sich schließlich mit 19 Jahren in die Welt des Films und erhielt kleine stumme Rollen. Sie ist eine der vielen Statisten.

Ihre Liebe, zu dem jungen Schauspieler Michael entwickelte sich zu einer verhängnisvollen Verbindung. Die Heirat endet in einem Fiasko.

Und dann der bewusste Abend ...

„Du gehst mir auf den Geist!", schreit sie Michael an. „Im Beruf bist du eine Niete, als Ehemann ein totaler Versager!"

„Meine Liebe ..."

„Nimm das Wort Liebe nicht in den Mund, du Spinner! Du weißt nämlich überhaupt nicht, was Liebe ist."

Michael steht auf, verlässt wortlos das Zimmer. Er geht langsam, unsicher und wirkt sehr müde.

Die Tür bleibt offen.

Gundel hört ihn ins Arbeitszimmer gehen. Was er wohl vorhat?

Es ist ganz still.

Gundels Herz schlägt bis zum Hals. Sie bereut bereits ihre Heftigkeit. Soll sie ihm nachlaufen? Ihm gestehen, dass sie ihn noch liebt, wie sie ihn all die Jahre geliebt hat, seit sie ihn kannte? Sie schüttelte den Gedanken ab wie etwas ganz Verbotenes.

Es ist totenstille in der Wohnung. Die Stubenuhr hämmerte Gundel Sekunde um Sekunde, die verstreicht, ins Bewusstsein.

Plötzlich ist klar, wie ihr Leben verstreichen wird: 26 Jahre ist sie nun und was ist aus ihren hochfliegenden Träumen, Wünschen und Plänen geworden?

Sie steht hier und jammert einem Mann nach, der sie nicht liebt.

Peng - der Knall eines Schusses dringt an ihr Ohr. Es dauert ein paar Sekunden, ehe Gundel begreift. Dann ein Aufschrei: „Michael ...!"

Sie rennt, stolpert ins Nachbarzimmer. Michael hängt vornübergebeugt auf seinem Schreibtisch. Die Pistole neben der Hand und aus einem kleinen Loch an der rechten Schläfe sickert ein dünner Faden Blut.

Gundel kehrt zu ihren Eltern nach Hause zurück, nachdem die Nachricht vom Tode ihres Mannes durch die Presse gegangen war.

Nicht lange hält sie es zu Hause aus, dann lockt wieder das schillernde Nachtleben der Großstadt.

38, 39, 40 Schafe ...

Nebel wallt vor ihren Augen. Undeutlich kann sie eine Gestalt erkennen, die auf einem Bett liegt. „Wer kann das nur sein?" stellt sich Gundel die Frage.

Der weiße Dunst wird lichter. Jetzt kann sie schon erkennen, dass es eine Frau in einem weißen Bademantel ist. Gundel zuckt zusammen, sie hat die Frau erkannt - die Frau ist sie selbst.

Das weitere Geschehen läuft wie in einem Horrorfilm vor ihren Augen ab. Es ist fürchterlich was sich da ereignet.

Es fing alles ganz harmlos an. Auf dem Nachtschränkchen neben dem Bett klingelte am frühen Morgen das Telefon. Gundel schreckte aus dem Schlaf auf und griff zum Hörer.

„Hallo, du Stubenhocker", meldete sich Gusti, ihre beste Freundin. „Heute gebe ich eine Superfete. Du musst unbedingt kommen."

„Ich habe keine Lust", sagt sie noch ganz verschlafen.

„Lasse mich nicht hängen."

Nach kurzem Überlegen hört sie sich leise sagen: „Okay, ich bin dabei. Ist vielleicht ganz gut, wenn ich nach dem Tode meines Mannes mal wieder unter Leute komme."

Gegen Abend macht sich Gundel auf den Weg.

Dunkle Wolken jagen am Sternenhimmel dahin. Ab und zu gelingt es dem Mond mit seinem fahlen Licht durch sie hin durchzudringen. Hier und dort blinken helle Sterne durch Wolkenfetzen.

Mit schnellen Schritten, die laut auf dem Kopfsteinpflaster hallen, eilt sie durch die Dunkelheit.

Waren da nicht Schritte?

Gundel bleibt stehen und schaute sich um. Die Schritte, die sie zuhören glaubte, waren verstummt. Als sie weiter ging, hörte sie erneut Schritte. Gundel blieb stehen und wieder war nichts zu hören und zu sehen.

Das Rauschen des Windes in den Laubbäumen verstärkte noch das beklemmende Gefühl, das in ihr hochgekrochen war.

Aufatmend erreichte sie ihr Ziel, ein einzeln stehendes Haus am Rande der Stadt.

Die hellerleuchteten Fenster warfen gelbe Lichtstreifen in die Dunkelheit der Nacht. Dort werden ein Busch und hier ein Baum aus der Finsternis gerissen. Selbst das erste bunte Herbstlaub ist im Schein, des Vierecks auf der grünen Rasenfläche zu erkennen.

Gegen 21.00 Uhr betritt sie das Haus.

Die Party ist bereits im vollen Gange.

Gusti scheint Gundel nicht einmal zu erkennen. Mit glasigen Augen tanzt sie halb nackt auf einen der Tische.

„Die ist ja total high" grinst ein junger Mann neben Gundel.

„Wovon denn?", will sie wissen.

Erstaunt sieht er Gundel an, ehe er sagt. „Eddy hat der Süßen 'ne volle Ladung in die Ader gejagt."

Gundel zuckt zusammen: „Doch nicht etwa Heroin?"

„Wie schnell du das raus bekommen hast".

Plötzlich schreit ein Mädchen hysterisch auf. Gusti ist zusammengebrochen. Speichel rinnt aus ihrem Mund. Voller Angst um die Freundin nimmt Gundel Ihren Kopf in den Schoß.

„ ... hilf mir, bitte. Mir ist so schlecht!" röchelt Gusti.

Bevor Gundel noch etwas erwidern kann, sackt Gusti zusammen. Tod liegt sie in ihren Armen, gestorben an einer Überdosis Heroin.

Schweißgebadet erwacht Gundel. Im ersten Moment weiß sie nicht, wo sie ist. Die Bilder des Traumes, der sie geweckt hatte, stehen noch lebhaft vor ihren Augen. Nur langsam findet sie in die Wirklichkeit zurück. Sie ist zu Hause - in Bad Tölz.

Die Schlafzimmertür wird vorsichtig geöffnet und herein tritt ein groß gewachsener Mann mit dunklen lockigen Haaren und ausgeblichenen Jeans.

„Habe ich dich munter gemacht, mein Schatz", sagte Franz und streichelt sanft mit der Hand ihre Wange. „Ich liebe dich!"

Sie lächelt wie ein schüchternes kleines Mädchen und sagt: „Ich habe Angst. Die Vergangenheit hat mich in meinen Träumen wieder einmal verfolgt."

Er zieht sie enger an sich. „Du musst keine Angst haben. Du hast doch mich. Und für mich bist du die schönste, charmanteste, süßeste Frau der Welt. Eben genau die richtige Frau für mich."

Als er sie sanft küsst, weiß Gundel, dass in der Liebe keine Jahre zählen ...

Franz ist beileibe nicht das, was man unter einen gut aussehenden Mann versteht. Dazu wirkt er viel zu bieder und brav, aber gerade das fasziniert Gundel.

Vor gut zwei Jahren fing es mit einer Standpauke des Vaters an. Er rang die Hände und rief: „Was soll bloß noch aus dir, mein Kind werden?"

Das Kind, das schon seit Langem keines mehr war, war froh, dass ihre Eltern, nach all den Enttäuschungen die sie ihnen bereitet hatte, wieder aufnahmen. Sie lächelte ihr bezauberndes Lächeln und kehrte nach Hause zurück.

An einem warmen Sommerabend begann es dann.

Sie saß vor dem Haus auf der Holzbank.

Die Sonne ging am Horizont glutrot unter, und würziger Duft von Heu lag in der Luft.

Ein Mann kam wie zufällig die Straße herunter geschlendert - es war Franz. Er setzte sich ohne lange zu Fragen neben sie auf die Bank.

Sofort war die Vertrautheit wieder da, die sie so viele Jahre als Mitschüler verbunden hatte. Und dann hatte es plötzlich gefunkt. Aus der Vertrautheit war Liebe geworden.

„War es diesmal wirklich die große Liebe?", fragte sich Gundel immer und immer wieder.

Ja, es musste wohl die große Liebe sein! Jedes Mal wenn Gundel an ihren Franz denken musste, klopfte ihr Herz wild. Wie sehr sehnte sie sich nach ihm, wenn er längere Zeit außer Haus war. Sie spürte, dass sie ihn ehrlich und von ganzem Herzen liebte. Umso größer ist ihre Angst ihn zu verlieren. Wieder enttäuscht zu werden ...

Alte Geschichten und Sagen

Wer behauptet, dass die alten Geschichten und Sagen,
das überlieferte Erzählgut aus vergangenen Tagen,
nicht mehr leben würde in der heutigen Zeit,
der hat sich nie beschäftigt mit der Vergangenheit.

Heute lauscht man keinem Erzähler mehr, wie gewesen,
jedoch als Kulturgut kann man sie in Büchern lesen.
Ja, sie leben immer noch, die alten Geschichten und Sagen,
die Unerklärliches, Gutes und Böses, zum Inhalt haben.

Auf unterhaltsame Weise geben sie Einblick in das Leben,
mit all dem Sehnen, dass es die bessere Welt wird geben.
Vorfahren schufen sie, die alten Geschichten und Sagen,
die in sich Wünsche und Hoffnungen der Menschen tragen.

Lehren aus ihnen zu ziehen für die Gegenwart es gilt,
damit die Zukunft bekommt ein gerechtes Bild.
Die Vergangenheit in den alten Geschichten und Sagen,
sie kehrt niemals wieder mit all ihren Fragen.

Jedoch aus ihnen die Kraftquelle für die Zukunft entspringt,
die die Einheit von Vergangenheit, Gegenwart und Zukunft bedingt.
Hört auf die Lehren der alten Geschichten und Sagen,
die in vielen Dingen in sich den Sinn des Lebens tragen.

Tropenromantik - nicht ohne Gefahr

Sanft rollt die Dünung des Atlantiks an den schneeweißen Strand, während nur ein paar Meter weiter Brecher krachend an eine imposante Steilküste donnern. Über allem lacht ein strahlend blauer Himmel mit einer ewig wärmenden Sonne.

Unsere Ferienhütte - ein Bungalow - steht auf einem gerodeten Dschungelstreifen, der an den Strand grenzt und einen ungehinderten Blick auf diese Küste des Afrikanischen Kontinentes bietet. Ihr vorgelagert ein schaumumspültes Riff, wo man herrlich baden und schnorcheln kann.

Die Tropensonne brennt auf das Palmenblätterdach und erhitzt das Innere der Hütte derart, dass selbst die Fliegen träge umhertaumeln.

Wir, Ala und ich, haben uns ins Freie geflüchtet und unter schattenspendenden Kokospalmen ein kühles Plätzchen gesucht.

Auch an diesem, unserem letzten Urlaubstag hat uns die paradiesische Romantik mit ihrer üppigen Vegetation, mit Blüten und bunt schillernden Schmetterlingen wieder einmal eingefangen.

Wir erleben die beeindruckende Tier- und Pflanzenwelt des tropischen Urwaldes. Immer wieder staunend betrachten wir die Lianen, die riesigen Gummi- und Mangobäume, die Rattansträucher, beobachten Affen, Riesenleguane und exotische Vögel.

Wir springen auf und stürzen uns in die kühlen Fluten des Ozeans. Gischt spritzt hoch. Als ob wir alleine wären, lachen, spielen und turteln wir umher. Ermattet, aber dennoch erfrischt, lassen wir uns im Schatten des Bungalows nieder.

Keine Wolke steht am Himmel, kein Windhauch kraust den Atlantik. Die Luft flimmert und knistert vor Hitze, als sei sie elektrisch geladen.

Weit auseinandergezogen schwimmen sechs Kähne am Horizont dahin.

„Was die wohl da draußen machen?", frage ich Ala.

„Du hast doch ein Fernglas in der Hütte liegen."

Ich springe auf und hole es.

Draußen bei den Schiffen kann ich jetzt dunkelhäutige Frauen erkennen, die immer wieder von den Booten ins Wasser gleiten. Nach Minuten tauchen sie mit Körben wahrscheinlich voller Muscheln wieder auf. Ohne jede Unterbrechung geht das vor sich.

„Haben die aber eine Ausdauer", murmele ich vor mir hin.

Als ich nach einer Weile erneut durch das Fernglas sehe, hat sich die Situation geändert. Die Frauen gestikulieren aufgeregt in ihren Booten und weisen mit ängstlicher Gebärde auf das Meer. Die, die noch im Wasser sind, stellen das Tauchen ein; wie gehetzt klettern sie über die niedrigen Bordwände in die Boote.

Ich suche mit dem Fernglas die Wasserfläche ab und entdecke drei, nein vier blauschwarzer Dreiecke, die unheimlich ruhig angeschwommen kommen. Die Dreiecke sehen aus wie die Türme von Unterseebooten, die das Wasser durchpflügen.

„Haie!", rufe ich vor Schreck.

„Wo?"

„Na dort", dabei zeige ich mit der rechten Hand in die Richtung des Rudels riesiger Hammerhaie.

Kreidebleich ist meine Frau geworden: „Hoffentlich geschieht denen da draußen nichts."

Bei der ruhigen See und der völligen Windstille hatten die Haie die Perlentaucherinnen gewittert und wurden durch die Bewegungen der Schwimmerinnen angelockt.

Die Frauen hatten sich in der Zwischenzeit alle in die Boote gerettet und beobachteten ängstlich den immer enger werdenden Kreis, den die Raubfische um die kleine Flotte zogen.

Ich erkannte das Ausmaß der Gefahr und verfolgte gebannt die Angriffe der beutehungrigen Tiere. Mir stockte der Atem, bei dem Geschehen was sich da draußen abspielte.

Der wohl vier Meter lange Leib eines Haies hat sich unter das hinterste Boot geschoben und hebt es hoch. Sekundenlang schwebt es in der Luft um dann krachend, als würde es im nächsten Moment auseinanderbersten, auf das aufgewühlte Wasser zurück zufallen.

Bei dem Aufprall hat eine der Taucherinnen das Gleichgewicht verloren und fiel über Bord. Als sich ihr hilfreiche Hände entgegenstrecken, taucht 20 Meter entfernt abermals die Rückenfinne eines Haies auf und kommt mit rasender Geschwindigkeit näher. Der flache, breite, wie ein Hammer aussehenden Kopf des Ungetüms hebt sich aus dem Wasser.

Blitzschnell fassen die helfenden Hände zu, um dem Räuber in letzter Sekunde sein Opfer zu entreißen.

Vergeblich wirft dieser den hässlichen Kopf herum, seine gewaltigen Zähne schnappen ins Leere.

Minuten danach machen sich die Raubfische wie ein böser Spuk davon. Der Atlantik sieht wieder aus wie das harmloseste Gewässer der Welt.

Erregt lasse ich das Fernglas sinken.

Ohne Übergang bricht die Finsternis der Nacht herein.

Bei Vollmond ziehen die Boote, auf dem silbrig glänzenden Wasser, ihre Spur zum nahen Hafen.

Das Kreuz des Südens blinkt vom Sternenhimmel zu uns herunter.

Süße Tropenluft und das Rauschen der Kokospalmen lullt alles ein.

Tropenromantik - gut und schön - kann aber auch tödlich sein.

Wenn ich daran denke, dass wir da gebadet haben ...

VENEDIG

Wie ein gewaltiger Riegel, Naturelementen und Feinden trotz bietend, liegt der Lido schützend vor Venedig. Mehr als einmal war die Sturmflut in die Buchten und Kanäle eingedrungen, hatten Teile des Ufers weggerissen und sich mit ihrer ungestümen Kraft gegen die Laguneninsel geworfen. Aber immer wieder verhinderten zupackende Menschenhände, dass die schäumenden Wogen Venedigs marmorne Pracht verschlangen.

An heißen Sommertagen bringt der Wind, der vom Meer her kommt und sacht über die Lagune weht, nur wenig Kühlung.

Die Stadt Venedig liegt am Ende des Meerbusens des Adriatischen Meeres. Ihr wurde einstmals der Name „Herrin des Mittelmeeres" verliehen.

Auf mehr als 100 Inseln gelegen hat sie das Meer zur Mauer und den Himmel zum Dach. Untereinander sind die Inseln durch 400 Brücken verbunden. Ein 3,6 Kilometer langer Bahndamm sowie Straßenbrücken führen zum Festland.

177 Kanäle, auch Canale Grande genannt durchziehen das Innere Venedigs. Auf ihnen herrscht ein reger Gondel- und Motorbootverkehr.

Zahlreiche bedeutende, mit Plastiken und Malerei reich ausgestattete Baudenkmäler, hauptsächlich der Gotik, der Renaissance und des Barocks belebt das gesamte Stadtbild. Sie sind über riesige Pfahlroste errichtet, aus

Marmor und Backstein, mit reichen, orientalisch beeinflussten Fassadenschmuck.

Bild 5: Blick auf Venedig.

Am Markusplatz und an der Piazetta befinden sich solche bedeutende Baudenkmäler wie die Markuskirche, der Dogenpalast, die Markusbibliothek, die Logetta, die Alt- und Neu-Prokuratien sowie der Uhrturm.

Wenn der helle Klang des Läutens der Glocke auf dem San-Marco-Turm dann durch den Morgen hallt, kann man im Geist die Ratsherren und Senatoren sehen, die zur Sitzung des Großen Rates eilen. Sie läutet eine halbe Stunde lang, und wenn ihr letzter Ton verhallt, werden die Türen zum Sitzungssaal im Palast des Dogen geschlossen. Wer zu spät kommt, findet keinen Einlass mehr.

In der Nähe des Markusplatzes befinden sich auch die Kasinos, die zum standesgemäßen Besitz der reichen Patrizier gehören.

Dicht gedrängt schaukeln die Gondeln an den Anlegestellen. Andere gleiten langsam durch die Canale, auf ihrem erhöhten Heck steht der Condeljere.

Vorbei huschende Motorboote bringen die leichten Gondeln zum Schaukeln.

Es herrscht ein reger Verkehr.

Die Lagune schwingt in sanfter, weiter Bewegung aus.

Kleine Wellen umspülen die Steinstufen alter Villen.

Ein Fischerboot ruht auf den Wellen.

Die kräftigen Farben des Himmels werden blasser, bis er jegliche Tönung verliert. Matt schimmert die Mondsichel, vereinzelt blitzen Sterne auf.

Die Straßen und Kanäle werden in weiten Abständen nur spärlich beleuchtet. Besonders dunkel ist es im Sestier de Castello, in der Nähe des Arsenals, das mit seinen Mauern wie eine Burg, rings umgeben von Wasser, daliegt. In diesem mächtigen Gebäude waren einmal die wichtigsten Werkstätten der Stadt untergebracht, in denen die geschickten Hände der Handwerker die Schiffe bauten und vom Ruder bis zum Segelwerk ausrüsteten.

Auf dem Canale Grande ruht das bunte Leben auch in den Abendstunden nicht. Erst um Mitternacht, wenn das fahle Mondlicht in den Canal fällt, schlafen die Häuser und Brücken, die Schiffe und Kanäle, träumen Reiche und Arme. Die einen wohlig sich streckend unter seidenen Decken, die anderen frierend, die Knie anziehend, unter Lumpen und Säcken.

WENIGER IST OFT MEHR

Walter Maier arbeitete in Schumanns Schuhgeschäft, das in der einzigen Hauptstraße lag. In dieser belebten Straße spielte sich der gesamte Geschäftsverkehr der Kleinstadt ab.

Eines Tages probierte Walter einem Kunden ein Paar Schuhe an. Dieser sah sich dabei sehr merkwürdig im Laden um, aber Walter machte sich zunächst keine Gedanken darüber. Es war fast Mittagszeit und er freute sich bereits auf die hübschen Kellnerinnen in Fassbinders Speiselokal.

„Die Schuhe, die Sie mir bisher gezeigt haben gefallen mir nicht, haben sie noch andere Modelle da?", meinte plötzlich der Kunde.

„Nein, ich bedaure."

„Reichen Sie mir bitte meine Schuhe rüber."

Walter nickte, half dem Kunden in seine Schuhe und band die Schnürsenkel in einer ganz besonderen Schleife. Seine eigenen Schuhe band er immer ganz normal, nur an den Schuhen von Kunden band er seltsamerweise eine komplizierte Schleife.

Der Kunde bedankte sich sehr knapp und ging in den vorderen Teil des Geschäftes.

Er war der einzige Kunde im Laden.

Im Ladeneingang stehend, stieß Walters Chef Schumann plötzlich einen Schrei aus und eilte hinter Walters Kunden her, dabei rief er: „Haltet den Dieb!"

Ohne eine Sekunde zu zögern, Walter hinter her. Im Nu hatte er seinen Chef eingeholt.

Vielleicht zehn Meter vor ihnen hetzte der Dieb, sich einen Weg durch die dichte Menschenmenge bahnend, die Straße entlang.

An der nächsten Kreuzung bog der Flüchtende von der Hauptstraße in die Gartenstraße ein, die in Richtung des nahen Waldes führte.

Die Beiden keuchend hinter her.

Der vor ihnen laufende erreichte den Waldrand und verschwand im dichten Gestrüpp.

Die beiden Männer hatten den Dieb aus den Augen verloren. Schnaufend blieben sie am Waldrand stehen und sahen sich suchend nach den Langfinger um.

Vergeblich!

Nach ein paar Minuten gaben sie die Sucherei auf.

Der Chef zuckte mit den Schultern und wandte sich an Walter: „Lass gut sein, wir gehen zurück."

Dieser antwortete: „Ja, warum sollen wir uns weiter so abhetzen, er hat schließlich nur ein Paar Socken im Wert von zehn Euro gestohlen."

Langsam, sich von der Hetzjagd erholend, schlenderten Beide zurück zum Geschäft.

Als sie in die Hauptstraße einbogen, kam Ingrid Sommer in ihrem leuchtend roten Kleid entgegen.

Walter grüßte und dachte bei sich: „Sie ist wirklich bildschön!"

Am Laden angekommen ließ Walter dem Chef den Vortritt.

Beide Männer glaubten ihren Augen nicht zu trauen und sahen sich entgeistert an.

Weit aufgerissen die Ladenkasse!

In ihrer Abwesenheit war jemand in das unbewachte Geschäft eingedrungen und hatte die Kasse mit über siebenhundert Euro ausgeplündert.

Noch drei Monate später dachte Walter oft über die Ironie der ganzen Geschichte nach.

Die Bibliothek

Ein Gebäude, in dem eine Bibliothek innewohnt,
ist wie ein Haus mit einer Seele, sei hier betont.
Sie ist nicht nur dem Weltwissen der Menschen ein Hort,
sondern selbst ein Stück Heimat, öfter sogar Zufluchtsort.

Seitdem die Menschen die Schrift erschafften,
die Bibliotheken als Kathedralen des Geistes erwachten.
Inspirieren ließen sich hier die berühmtesten Literaten,
im Schreiben der wichtigsten Werke wurden sie gut beraten.

In der Bibliothek, als lebendiger Marktplatz das Wissen,
stehen hier Buch an Buch ganz beflissen.
Oft ist der Sinn der vielen Bücher unendlich tief versteckt.
Wirksam wird er und leicht verständlich, wenn man ihn dort entdeckt.

Geistiges Leben ohne den Bibliotheken und ihrer Schätze,
die sie behüten und bewahren, ist sinnloses Geschwätze.
Mit den größten Genies von gestern sich hier und heute,
Zwanglos unterhalten zu können bringt für jedem Freude.

In der Bibliothek als Selbstberatungszimmer der Weisen,
gehen wir, wie im Paradies, im Garten Eden auf Reisen.
Hier in der Gegenwart fühlt man sich berufen.
nach den vielen Dingen des Lebens zu suchen.

Der Brand

Exakt zehn Minuten nach Mitternacht erschütterte eine Explosion das einzige achtstöckige Hochhaus in der Lindenstraße. Der laute Knall, begleitet von einem grellen Blitz im Treppenhaus rissen die schlafenden Bewohner des Gebäudes unsanft aus ihrer wohlverdienten Nachtruhe.

Im Erdgeschoss roch es nach Gas und dichte Rauchschwaden breiteten sich im Treppenhaus aus.

Auch den 60-jährigen Frührentner Willi Maier hatte die Explosion unsanft aus dem Schlaf gerissen. Fassungslos starrte dieser auf die Schlafzimmertür, die die Druckwelle aus den Angeln gerissen hatte. Zu Tode erschrocken war er aus dem Bett gesprungen, hatte seine schwerhörige Frau geweckt und eilte mit ihr in den Korridor der Wohnung.

Überall Trümmer und in der Wand zum Treppenhaus ein großes Loch, durch das grauen Rauchschwaden in die Wohnung zogen.

Unheimliches knistern.

Funkensprühende abgerissene Stromleitungen.

Hell zuckende Flammen im Treppenhaus.

Zitternd tasteten sich die Eheleute an der Wand entlang. Der immer dichter werdende beißende Qualm trieb ihnen die Tränen in die Augen. Sie konnten nur noch alles verschwommen erkennen.

Im Treppenhaus hatte sich das Feuer schnell ausgebreitet und griff mit seinen gierig zuckenden Zungen nach allem Brennbaren. Rasend wütete es bereits im Erdgeschoß.

Gardinen, Tapeten und Wohnungseinrichtungen brannten lichterloh.

Und nicht nur das, dass Feuer versuchte in die darüber liegenden Stockwerke über zugreifen.

Hell lodernde Flammen, dichte Rauchschwaden und unerträgliche Hitze schnitten den Bewohnern der oberen Stockwerke den rettenden Weg ins Freie ab.

Willi Maier hatte es mit seiner Frau gerade noch geschafft, nach endlosen Minuten der Angst, mit tränenden Augen und mit einem von dem beizenden Qualm hervor gerufenem Husten das Freie zu erreichen.

In tiefen Zügen atmete er die frische Nachtluft ein und schaute mit vor Entsetzen weit aufgerissenen Augen zum brennenden Haus hinüber, wo aus den Fenstern des Erdgeschosses die Flammenzungen an der grauen Außenwand emporschossen.

Jetzt erst bemerkten die beiden, dass er im Schlafanzug und sie im Nachthemd auf der Straße standen. Die Nachtkühle drang durch die dünnen Hemden bis auf die nackte Haut. Sie begannen vor Kälte zu zittern.

Willi Maier nahm seine Frau in den Arm um sie zu wärmen.

Plötzlich ließ die beiden das klägliche Kläffen eines Hunde aufhorchen.

Es kam aus dem brennenden Inferno.

Willi Maier erbleichte und sprach erschrocken zu seiner Frau: „Das kann doch nur Bruno sein."

Es war der zwei Jahre alte Terrier Bruno, den er in seiner Panik und Angst in der brennenden Wohnung zurückgelassen hatte.

„Willi unternimm doch etwas", sprach seine Frau ganz aufgeregt und hatte dabei Tränen in den Augen. „Bruno erstickt elendig, wenn er keine Hilfe bekommt."

Verzweifelt schaute der Mann zu dem brennenden Haus hinüber. Die Flammen hatten bereits das erste Stockwerk erreicht, und wenn es noch weiter um sich griff, dann bestand erst recht keine Chance auf Rettung für den armen Hund.

„Ich mach schon", versucht Willi seine Frau zu beruhigen und zog sich seine Schlafanzugjacke über den Kopf und rannte in das brennende Gebäude.

„Nicht Willi, bleib hier!", rief seine Frau mit ängstlichem Unterton in der Stimme hinterher.

Ohne auf das Rufen seiner Frau zu achten, stürmte er in das brennende Gebäude. Beißender Qualm und die Hitze der hell lodernden Flammen schlugen ihm entgegen.

Nur gut, dass die Treppen des Hauses aus Stein und nicht aus Holz waren. Sicherlich wäre Willi dann nicht einen Schritt weit gekommen, so erreichte er, die Arme schützend vor das Gesicht haltend seine Wohnung.

„Bruno! Wo bist du Bruno! Komm her Bruno!" immer wieder rufend stolperte er durch die von Qualm geschwängerte Wohnung.

Keine Antwort.

„Bruno wo bist du!"

Da ein leises winseln. Der Terrier hatte sich in seiner Todesangst unter das Bett verkrochen.

„Bruno komm her!"

Alles Rufen und gutes Zureden halfen nicht, der Hund wollte seinen Zufluchtsort einfach nicht verlassen.

Neben der Hitze machten die beißenden Rauchgase Willi immer mehr zu schaffen. Er bekam kaum noch Luft und würgender Husten schüttelte seine Körper.

Als das Feuer dann auch noch auf das Bettzeug übersprang und dieses hell aufloderte, wusste sich Wille keinen anderen Rat mehr als das Bett einfach zur Seite zu schieben. Ohne auf die Verbrennungen zu achten, die er sich an den Händen dabei zuzog, ergriff er den verängstigt dasitzenden und jämmerlich wimmernden Bruno, klemmte ihn unter den Arm und tastete sich langsam durch den verqualmten Flur, die hier und dort hochschlagenden Flammen im Treppenhaus und über Mauertrümmer zum Ausgang.

Dann der rettende Schritt ins Freie. Wie eine Wohltat kam ihm die frische Nachtluft vor, die er in vollen Zügen einatmete.

Das struppige, zerzauste Bündel unter seinem Arm wimmerte immer noch leise vor sich hin.

Schwarz verschmiert im Gesicht, Brandblasen an den Händen und im angesengten Nachtanzug reichte Wille seiner Frau den kleinen Hund.

Wenige Minuten später traf die Feuerwehr ein. Tanklöschfahrzeuge bremsten scharf. Feuerwehrmänner mit aufgesetzten Helmen und Masken vor den Gesichtern sprangen von den Fahrzeugen und drangen in das brennende Haus. Andere rollten blitzschnell Schläuche aus, schlossen C-Rohre an und in wenigen Minuten schossen zischend Hunderte von Litern Löschwasser aus den Tanks der Fahrzeuge in die lodernden Flammen.

Weißer Qualm stieg empor und die gierigen Zungen der Flammen versuchten vergeblich gegen die Wassermassen anzukämpfen.

Unterdessen waren Schlauchleitungen an die in der Nähe befindlichen roten Hydranten angeschlossen. So konnten weitere C-Rohre in den Kampf gegen das Feuer eingreifen.

Während Minute um Minute armdicke Wasserstrahlen in das Flammenmeer klatschten und sich das Feuer fauchend und zischend dagegen wehrte, kletterten die Bewohner der oberen Stockwerke über die ausgefahrene Drehleiter herunter.

Soviel sich der Feuerteufel auch gegen das Löschwasser aus den C-Rohren wehrte, gelang es den Angrifftrupps der Feuerwehr nach und nach das Feuer unter Kontrolle zu bekommen.

Die Brandherde brachen mehr und mehr in sich zusammen.

Hier und dort flackerte eine Flamme wieder empor.

Vergeblich!

Nach zwei Stunden hatten es die Feuerwehrleute geschafft.

Der Brand war bekämpft.

An verschiedenen Stellen stiegen noch sich kräuselnde Rauchfähnchen in die Höhe.

Willi Maier befand sich bereits zu diesem Zeitpunkt im Warteraum des städtischen Krankenhauses. Angesengt, rußverschmiert und mit zerzausten Haar saß er auf einem abgeschabten Holzstuhl, Bruno auf dem Arm, den er zärtlich und liebevoll über sein angesengtes Fell streichelte.

„Haben wir es wieder einmal geschafft", murmelte Willi den Terrier zu. Dieser schaute ihn mit seinen Augen an, als wenn sie sagen wollte: „Wie recht hast Du doch, mein Freund."

IN DER TODESZELLE

Hellrot glühend stieg der feurige Sonnenball am Morgenhimmel empor. Die ersten Strahlen zeichneten die Gitterstäbe des Zellenfensters als Schattenstreifen auf das hagere Gesicht eines schlanken Mannes. Er saß auf einem harten Stuhl und schrieb auf seinen Knien einen Brief. Es waren die letzten Zeilen, denn heute sollte sein Todesurteil vollstreckt werden.

Ein Todesurteil.

Wofür?

Hatte dieser Mensch etwa geraubt oder gemordet?

Nein, dieser Mann hatte weder das eine noch das andere begangen.

Kein Verbrechen?

Oh, doch! In den Augen der Machthaber des faschistischen Deutschlands, der Folterknechte der SS, der Gestapo und besonders der Blutrichter war es ein Verbrechen, die Wahrheit zu sagen und sie auch noch zu verteidigen.

Für dieses „Verbrechen" wurde er mit noch sieben anderen aufrechten Deutschen zum Tode verurteilt.

In der Zelle sitzend, wenige Stunden, bevor sein Leben grausam beendet werden sollte, ließ er die Bilder seines bisheriges Leben vor seinen geistigen Augen ablaufen.

In Hamburg hatte er als Sohn eines Hausknechtes das Licht der Welt erblickt. Es war eine bewegende Zeit, die beeinflusst wurde durch die Entwicklung im Zarenreich. Als Soldat erlebte sein Vater die Zeit des Ersten Weltkrieges.

Bild 6: Blick aus einem Zellenfenster auf die Todeszellen im Zuchthaus Brandenburg/Havel Goerden.

Allein gestellt versuchte die Mutter in dieser Zeit zu der schmalen Unterstützung etwas hinzuzuverdienen. Selbst noch ein Kind war er als Junge für seine beiden jüngeren Geschwister bereits verantwortlich und musste der Mutter bei der Heimarbeit zur Hand gehen.

Seine weiteren Denk- und Verhaltensweisen wurden durch die gesellschaftliche Entwicklung in Deutschland geprägt. Dabei fühlte er sich immer mehr zu der kommunistischen Arbeiterbewegung hingezogen. Ob es bei der

Protestkundgebung zum amerikanischen Justizmord an den Arbeiterführern Sacco und Vanzetti, oder als kommunistischer Abgeordneter war, überall kämpfte er für die Rechte der Arbeiter.

Nach der Machtergreifung des Hitlerfaschismus 1933 begann ein zügelloser Terror gegen die Kommunisten aber auch gegen Menschen, die nicht mit dem Hitlerfaschismus einverstanden waren. Wie menschenverachtend die faschistischen Machthaber sein konnten, zeigte sich in der Verfolgung der Juden.

Auch in dieser Zeit trennte er sich nicht von seiner kommunistischen Auffassung. Aus seinem Hass gegen die faschistischen Regime machte er keinen Hehl.

Selbst unter den Bedingungen der Illegalität kämpfte er ununterbrochen weiter, um den Hitlerfaschismus die soziale und demagogische Maske herunterzureißen.

Schlimm waren die Zeiten nach seiner Verhaftung in der Berliner Hochburg der SA, im Columbia-Haus und während seines Aufenthalts in dem berüchtigten Konzentrationslager Fuhlsbüttel. Noch gut konnte er sich an die Misshandlungen erinnern, nie würde er die Schläge mit armdicken Tischbeinen, Stücken von Schiffstauen, Ochsenziemern und Peitschen vergessen. Die Krönung war aber die lange Nilpferdpeitsche, mit der sie ihn immer bis zur Besinnungslosigkeit prügelten.

Nach seiner Verurteilung durch den Volksgerichtshof in Berlin wurde er drei lange Jahre in das Zuchthaus Bremen-Oslebshausen eingekerkert.

Die Enge, Kälte und Dunkelheit der Zuchthauszelle, die räumliche Isolierung von den Genossen und Kameraden waren für ihn eine physische und psychische Belastung, die ihm nicht am Boden zerstörte. Im Gegenteil sie wirkte sich formend auf seinen Charakter aus und bestärkten ihn in seiner revolutionären Standhaftigkeit.

Nach dem Ablauf der Haftstrafe erfolgte jedoch nicht seine Entlassung, die Faschisten verschleppten ihn in das Konzentrationslager Sachsenhausen. Nach Jahren der Haft befand er sich unter einer größeren Anzahl von politischen Häftlingen, die überraschend freigelassen wurden.

Es waren alles Häftlinge, die wegen Vorbereitung zum Hochverrat verurteilt wurden. Die braunen Machthaber glaubten, dass diese durch den Terror der SS gebessert und umerzogen seien und den Kampf gegen das nationalsozialistische Regime nicht mehr fortsetzen würden.

Aber da sollten sich die braunen Machthaber getäuscht haben. Sie mussten sich davon überzeugen, dass kein Terror die Standhaftigkeit und Treue eines klassenbewussten Arbeiters brechen konnte.

Er setzte seine illegale Arbeit fort. Operierte gemeinsam mit anderen Genossen in der illegalen Landesleitung in Deutschland, unabhängig von der KPD-Führung in Moskau. Sie entwickelten darüber hinaus andere politische Vorstellungen über ein zukünftiges Deutschland als die Emigrations-KPD. Auch eine führende Rolle der Sowjetunion lag nicht in ihrem Sinne. Sie, die Genossen in Deutschland forderten unter der Berufung auf Lenin die Gleichberechtigung eines künftigen sozialistischen Deutschlands.

Das schmeckte den Genossen in Moskau überhaupt nicht.

Bei einem Treff mit Männern um Staufenberg erfolgte durch den Verrat eines Spitzels erneut seine Verhaftung.

Und jetzt saß er hier in der Gefängniszelle und erwartete nach dem Todesurteil durch den Volksgerichtshof seine Hinrichtung. Nicht nur gegen ihn, sondern auch gegen noch weitere Genossen war an diesem Tag das Todesurteil gefällt worden.

Sinnend schaute er von dem immer noch leeren Blatt Papier auf und sah gedankenverloren zum vergitterten Fenster. Doch nach kurzer Zeit wandte er sich wieder dem Blatt Papier zu und begann diesmal zu schreiben:

Ich wollte Dir im letzten Brief so vieles sagen. Es geht nicht mehr. Ich hatte in den vergangenen Wochen Zeit, über mein Leben nachzudenken. Es hat Höhen und Tiefen gehabt. Ich habe immer nach den Höhen gestrebt; dass ich sie manchmal erreichen konnte, darauf bin ich stolz. Dir danke ich für die schönsten Stunden meines Lebens. Einen Kuss unserer Kinder. Grüß auch meine liebe Mutter.

Kaum hatte er die letzten Zeilen beendet waren näherkommende Schritte auf dem Flur zu hören. Der Schlüssel rasselte im Schloss und die Zellentür öffnete sich. In der offenen Tür stand einer der Wärter und der sagte: „Mitkommen, es ist so weit!"

Es war zur Mittagszeit, als ihn die faschistischen Henkersknechte aus der Gefängniszelle holten und zum Hinrichtungsraum führten, der sich in einer ehemaligen Garage befand um hier sein Leben durch das Fallbeil ein Ende zu setzten.

Meist waren die Henker hier dreimal in der Woche tätig.

Auf der Betonstraße standen über Dutzende von Särgen mit Leichnamen der Hingerichteten. Um das Blut aufzufangen, war vor dem Hinrichtungsblock ein Gully geschaffen worden. Er erwies sich aber als unzureichend, denn das Blut lief häufig durch den Raum bis an die breite Garagentür und sickerte dort oft in der ganzen Türbreite auf die Betonstraße.

Wenn Außenkommandos bei der Dunkelheit von der Arbeit zurückkamen und an dem Hinrichtungsraum vorbeimarschierten, tappten diese oft in die Blutlachen hinein und zogen eine rote Spur hinter sich her.

Vor dem Guillotineraum stand eine Bank, *„Bank des Teufels"* genannt, auf der jeweils drei der Opfer Platz nehmen mussten. Dann begann der Henker sein blutiges Werk.

Jedes Mal, wenn ein Kopf gefallen war, hieß es nachrücken, und die ganze Kette rückte auf dem Todesweg fünf Meter weiter.

Es zeugte von einer beinahe nicht mehr fassbaren Grausamkeit, dass die zum Tode geführten auch noch an ihren Sargkisten vorbei mussten, die auf dem Gang zur Hinrichtungsstätte standen.

Die Henker hatten eine solche Routine erlangt, dass diese die Hinrichtungen in einem relativ kurzen Zeitraum vollzogen, die Handschellen von den entseelten Körpern lösten, die Kleidung entfernten, den Leichnam in den Sarg warfen und diesen auf die Betonstraße hinaustrugen.

Eine Busfahrt mit Tücken

Die Sonne schien erbarmungslos vom strahlend blauen Sommerhimmel und brachte die heiße Luft über dem Asphalt der Autobahn zum Flimmern. Selbst die Klimaanlage in den Fahrzeugen, die über die graue Piste dahin rasten, brachten keine Linderung. So war es auch nicht weiter verwunderlich, dass sich die sommerlich gekleideten Insassen eines blau-weißen Busses ständig den Schweiß von der Stirn wischten. Dies trübte jedoch nicht die Ausgelassenheit der Gruppe, die an diesem Wochenende die erste Etappe des Thüringenwanderweges bewältigen wollten.

Es herrschte eine fröhliche Stimmung. In Abständen wurde ein Lied angestimmt, in dessen Gesang alle einfielen. Fahrzeuge überholten den Bus, der mit surrenden Reifen auf dem heißen Asphalt seinem Ziel entgegen strebte. Vorbei ging es an zahlreichen Feldern, auf denen sich golden das Korn auf den Halmen im Winde wiegte. Auf überfüllten Raststätten und schattigen Parkplätzen suchten zahllose Reisende Schutz vor der Hitze. Selbst die Industriegebiete, die rechts und links in der Nähe der Autobahn lagen, schienen ausgestorben zu sein.

Kiefernwälder und dichte Laubwaldungen wurden von grünen Wiesen und weißblühenden Kartoffelfeldern abgelöst. Plötzlich verlangsamte ohne ersichtlichen Grund der Bus die Geschwindigkeit, der Motor begann zu stottern und das Fahrzeug zu rucken.

Herr Malkowsky, der hinter dem Fahrer saß, wollte sofort von ihm wissen: „Was ist los? Gibt es Probleme?"

„Ich weiß es nicht! Irgendetwas scheint mit dem Motor nicht zu stimmen!"

„Das würde uns gerad noch fehlen, auf der Autobahn stehen zu bleiben!"

„Es wird schon nicht so schlimm werden".

Als hätte der Motor die Worte des Fahrers verstanden, summte er jetzt wieder im gleichmäßigen Tonfall sein Lied.

„Na, Gott sei Dank!"

Als das nächste blaue Hinweisschild zur Abfahrt von der Autobahn auftauchte, begann der Motor wieder zu stottern. Der Bus wurde langsamer und langsamer und bewegte sich nur noch wie ein widerspenstiger Ziegenbock vorwärts.

„Verfluchter Mist", kam es fluchend über die Lippen des Fahrers.

„Hab ich es doch geahnt", musste Malkowsky natürlich seinen Senf dazugeben.

„Ist schon gut. Werden bei der nächsten Ausfahrt die Autobahn verlassen und nachsehen, was los ist. Sind ja nur noch achthundert Meter."

Die achthundert Meter schienen sich zu einer Strecke von mindestens zehn Kilometern zu dehnen. Der Bus fuhr nicht mehr, er kroch nur noch so dahin und blieb genau in dem Moment stehen, als er in die Autobahnausfahrt einbog. Langsam ausrollend hielt er in der weiten Kurve unmittelbar neben der Leitplanke.

„Da haben wir den Salat", schimpfte Malkowsky lauthals los.

„Halt mal die Luft an", wandte sich sein Platznachbar lächelt an ihn.

„Du hast gut reden! Wie wollen wir da den Zeitplan einhalten!"

„Du mit deinem Zeitplan! Als wenn es nichts Wichtigeres geben würde!"

Inzwischen war der Fahrer ausgestiegen, hatte das Warndreieck aufgestellt und die Tür zum Motorraum des Busses geöffnet. Vergeblich suchte er nach der Ursache, konnte einfach den Fehler nicht finden.

„Wird wohl nichts anderes übrig bleiben, als die Werkstatt anzurufen", murmelte er leise vor sich hin. „Aber erst versuche ich, den Motor noch einmal zu starten."

Gesagt, getan.

Nur blieb es beim guten Willen, der Motor sprang trotz aller Mühen nicht an.

Und wer mischte sich da ein mit der Bemerkung: „Hör doch auf, hat doch keinen Zweck, unternimm lieber was, dass wir hier fortkommen", natürlich der Herr Malkowsky.

„Du mit deiner Klugschnakerei! Werde mich schon darum kümmern." Der Busfahrer zog sein Handy aus der Tasche, um in dem hundert Kilometer entfernten Reiseunternehmen einen Ersatzbus anzufordern. Nach einem kurzen Wortwechsel mit dem Disponenten wandte sich der Fahrer an seine Reisegäste: „Der Ersatzbus wir in ungefähr anderthalb Stunden hier sein." Zögernd sprach er weiter: „Aber nicht aussteigen, die Stelle hier an der Ausfahrt ist zu gefährlich."

„Das ist ja prima! Bei dieser Hitze im Bus ist ja wie in der Sauna! Wenn wenigstens die Klimaanlage gehen würde."

„Hör schon auf! Der Fahrer kann doch nichts dafür, müssen uns eben etwas einfallen lassen."

Unbarmherzig brannte die Sonne auf das Dach des Busses und heizte den Innerraum so richtig auf. Und nirgends am blauen Himmel war nur das kleinste Wölkchen zu sehen, das eine Linderung bringen würde.

Die Insassen der Fahrzeuge, die Links am Bus vorbeifahrend, die Autobahn verließen, drehten sich neugierig um.

Inzwischen hatte der Fahrer die Oberlichter und die Türen des Busses, die in die Richtung Leitblanke gingen, geöffnet, um wenigstens ein bisschen Linderung vor der unsäglichen Hitze zu schaffen.

Es half nichts, der Schweiß floss in Strömen, alle ächzten und stöhnten ob der hohen Temperaturen.

Aus Sekunden wurden Minuten. Und aus Minuten wurde schließlich eine Stunde. Und wieder war es Malkowsky, der meint: „Atmet tief durch! Denkt an etwas Schönes! Ihr spürt doch euren Körper noch, ist das nicht toll!"

Man merkte den Spott in seiner Stimme.

„Du Klugscheißer, halt deinen Mund!"

Die Hemden klebten am Körper, die Zungen klebten vor Durst am Gaumen.

Quälender Durst. Der eine und andere griff zur Trinkflasche.

Auch die letzten Gespräche waren verstummt, ein jeder war mit sich selbst beschäftigt. Herr Malkowsky, der akkurat sein Oberhemd neben sich auf den Sitz abgelegt hatte, war nicht der Einzige, der hin und wieder den Kopf hob und die Sonne verfluchte. Sie war für ihn keine glutrote Scheibe mehr, sondern der glühende Feuerball, der die letzten Tropfen Flüssigkeit aus seinem Körper herauspressen wollte.

„Wo bleibt nur der Ersatzbus", meldete sich einer der Wanderfreunde.

„Ich weiß es nicht."

In diesem Moment bog ein Bus in die Ausfahrt ein.

„Na endlich!" Die Vorfreude kam zu früh, der Bus fuhr weiter. Es vergingen noch mindestens zehn weiter Minuten, bevor der nächste Bus in die Autobahnausfahrt einbog. Dieser fuhr zwar auch vorbei, hielt aber vor dem Bus an.

„Gott sei Dank!" Wie im Chor erklang ein erleichtertes Aufstöhnen aus dem überhitzten Bus.

Es war wirklich der Ersatzbus.

Ihre Sachen zusammenpackend, verließ einer nach den anderen den Bus, immer auf den vorbeirollenden Verkehr achtend. Wie angenehm kühl war es doch im neuen Bus, in dem die Klimaanlage auf vollen Touren lief.

„Hört mal zu, irgendwie müssen wir die verlorene Zeit wieder einholen. Das heißt, wir müssen nachher etwas schneller laufen" bemerkte ein Wanderfreund.

„Kein Problem", kam die einmütige Antwort. Als wäre nichts gewesen, setzte sich der Bus in Bewegung.

GEDANKEN EINES FREUNDES!

Trost-, glücklos schien alles unterm weiten Himmelszelt,
als das Liebste ging ganz überraschend von der Welt.
Dann, eines Tages ganz unversehen,
stand eine andere vor ihm, irgendwie vertraut anzusehen.

Ihr glänzendes Haar und die leuchtenden Augen,
ihre Gestalt, ihr geselliges Verhalten schienen zu raunen:
„Horch zu, mein Kleiner, du gefällst mir sehr,
für eine treue Freundschaft ist mein Herz noch leer!"

Die Schmetterlinge im Bauch schienen zu sagen,
eine Einladung zum Kaffee kannst du schon wagen.
Und wirklich nahm sie diese an,
wie glücklich war da der Mann.

Aufgeregt wie ein Primaner in alten Tagen,
traf er sie mit einem Blumenstrauß in der Hand am Abend.
Gemeinsamkeiten stellten sich raus in vertrauter Plauderei,
leider ging dabei, viel zu schnell die Zeit vorbei.

Beim Lächeln, im Gesicht ihre hübschen Grübchen,
bezauberten seit langer Zeit wieder mal das Bübchen.
Als würden sie sich schon lange kennen,
kann man die Umarmung beim Abschied nennen.

Wahre Freundschaft ist mehr wert als eine *hoffnungslose Liebe*.
Wie würde ich mich freuen, dass diese Freundschaft bliebe.
Vertrautheiten erforschen und Gemeinsamkeiten erleben,
das wünsche ich mir, mit dir im weiteren Leben!

Der Engel nach Weihnachten!

Weihnachten war vorbei und ich begann den Weihnachtsbaum abzuschmücken, die farbigen Glaskugeln und die elektrische Weihnachtsbeleuchtung zu verpacken. Die geschnitzte Holzpyramide wanderte in ihre Schachtel. Zum Schluss blieb nur noch die Krippe und die weiß, rot, grün und blau bemalten Weihnachtsengel mit ihren goldenen Flügeln übrig.

Ich holte die dazugehörige Schachtel aus dem Schrank, die mit Watte ausgelegt war, und legte einen Engel nach dem anderen in sein weiches Bett.

Als ich den letzten Engel in der Hand hielt, betrachtete ich ihn, zögerte für einen Moment und sagte dann zu ihm: „Du bleibst!"

Erschrocken fuhr ich zusammen, als der Engel antwortete: „Warum willst du mich nicht zu den anderen Engeln legen? Ich gehöre ja schließlich zu ihnen."

„Du kommst in die Schrankwand. Ich brauche für das ganze Jahr ein bisschen Weihnachtsfreude!"

„Da hast du aber Glück gehabt!"

„Wieso?"

„Na ich bin der einzige Engel, der reden kann!"

„Stimmt!" Jetzt erst fiel es mir auf. Ein Engel der Reden kann? Das gibt es ja gar nicht, denn ich hatte noch nie etwas von einem redenden Holzengel gehört.

„Sag wieso kannst du eigentlich reden, obwohl du aus Holz bist?"

„Das will ich dir erklären. Du hast mich wegen der Weihnachtsfreuden zurückbehalten und nicht aus Versehen. Deswegen kann ich mit dir reden. Und übrigens ich heiße Gabriel!"

Ich stellte die eingepackten Weihnachtssachen in den Abstellraum nur Gabriel, in seinem langen blauen Gewand, mit einem goldenen Füllhorn in der Hand blieb zurück. Er bekam den versprochenen Platz in der Schrankwand.

Ein Füllhorn, von dem ich erst dachte, es sei nur ein Kerzenhalter, da hatte ich mich aber getäuscht.

Gabriel stand vor den Karl May Bänden, neben einer Kristallschale auf einem gehäkelten Deckchen, und jedes Mal wenn ich mich über etwas ärgerte, hielt er mir das Füllhorn hin und sprach: „Komm wirf deinen Ärger hier rein!"

Gesagt, getan und weg war der Ärger.

Manches Mal war es nur kleiner Ärger, wo das Füllhorn half, aber auch bei großem Ärger, Not und Leid verfehlte es seine Wirkung nicht.

Und wenn ich einmal skeptisch war und zu zweifeln begann kam stets die Antwort von Gabriel: „Wirf einfach rein und glaube an mich!"

Bild 7: Sitzende Engel in der Schrankwand.

Ich befolgte seinen Rat und warf meine Sorgen und meinen Kummer in sein Füllhorn.

Soviel ich auch in das Füllhorn hinein warf, es war immer leer.

Neugierig geworden fragte ich Gabriel eines Tages: „Wo bringst du nur all die Probleme hin?"

„Ich bringe sie zu dem kleinen Kind, das da in der Krippe liegt."

„Wieso gerade zu dem Kleinen in der Krippe? Was kann so ein Knirps schon mit meinen Problemen anfangen?"

Gabriel antwortete lachend: „Pass auf, das kleine Kind in der Grippe, obwohl es noch so klein ist, hat bereits ein großes Herz und in dieses Herz lege ich deinen Kummer. Verstehst du das?"

„Das ist schwer zu verstehen!"

„Was gibt es da nicht zu verstehen?"

Nach kurzem Nachdenken antwortete ich: „Ich verstehe es trotzdem nicht, aber ich freue mich. Ist das nicht komisch?"

Gabriel runzelte die Stirn und sagte: „Das ist gar nicht komisch, sondern die Weihnachtsfreude, verstanden?!"

Jetzt neugierig geworden wollte ich von dem Engel viel in Erfahrung bringen.

„Pst", sagte Gabriel leise und legte einen Finger auf die Lippen. „Nicht reden! Nur freuen!"

Auf einmal wollte ich Gabriel noch vieles fragen, aber er legte nur den Finger auf dem Mund.

„Pst!", sagte er. „Nicht reden! Freuen!"

Wie wäre das, wenn ihr auch einmal einen Engel zurück behaltet, um die gleichen Erfahrungen zu machen wie ich, mit den Weihnachtsfreuden.

Spitzt dann die Ohren und ihr werdet die beiden Worte hören: „Wirf rein!"

OTTO BLEIBT OTTO!

Es war wie immer an einem Samstag. Im Ratskeller, einer der beliebtesten Lokale der Stadt herrschte Hochbetrieb. Hier kam man gerne zusammen, nicht nur um ein Bierchen oder ein Glas Wein zutrinken, sondern um zu plaudern. Ja, manchmal ging es dabei auch recht lustig zu.

An den blankgescheuerten Holztischen saßen in Gruppen zu zweien und zu dreien Männer unterschiedlichsten Alters.

Der Wirt kannte sie fast alle.

Die einen spielten Karten, die anderen tauschten in halblautem Ton ihre Meinungen aus. Eine dritte Gruppe saß stumm da und sprach dem gefüllten Schnapsglas zu.

Die einzige Ausnahme im Raum bildete der runde Stammtisch. Hier saßen vier Personen, zwei Männer und zwei Frauen. Und vom Alter her hätten sie nicht unterschiedlicher sein können. Nach der üblichen Unterhaltung über das Wetter, die Ernteaussichten, drehte sich das Gespräch um Otto Scheibenkötter, der als Vertreter für Gesundheits- und Kosmetikprodukte von Haus zu Haus zog.

„Ich weiß nicht irgendwie ist der Otto nicht mehr derselbe, wie er einmal war" wandte sich die Frau, in deren Haaren bereits die ersten grauen Strähnen schimmerten an die Runde.

„Wieso Waltraud?" reagierte der ältere Herr, der wie ein Studienrat aussah, sofort auf die Bemerkung von Ottos Frau. „Ich kenne ihn ja nun schon seit seiner Schulzeit, als fleißigen und strebsamen Schüler. Und soviel wie ich weiß, hatte sich das auch in seinem Beruf als Buchhalter niedergeschlagen."

„Das stimmt schon. Aber seit er vor Jahren sein Betrieb schließen musste und auf der Straße saß hatt er sich irgendwie verändert".

„Und wie äußert sich das?"

Waltraud Scheibenkötter schaute den älteren Herrn an und antwortete: „Von seiner Fröhlichkeit und Leutseligkeit ist nicht mehr viel zu verspüren!"

„Da bin ich aber anderer Meinung", mischte sich, der wie ein Dandy aussehende Mann in das Gespräch ein. „Wenn er auf meinem Stuhl sitzt, gibt er sich immer leicht und locker und so mancher Scherz kommt ihm beim Haareschneiden über die Lippen."

Mit den Worten: „Mutter, du musst dich da täuschen! Opa ist wie immer zu seinen zwei Enkeln. Jedes Mal wenn er bei uns zu besuch ist, tollt er mit ihnen herum wie ein kleiner Junge!" unterstrich Gitta, die Tochter von Otto und Waltraud Scheibenkötter die Bemerkung des Frisörs Paul Schmidtchen, der schon seit Kindertagen Ottos Freund war.

„Ja, ja! ... Ich kann mich noch gut daran erinnern! ... Auf der einen Seite trat er immer brav und bieder auf und auf der anderen Seite versuchte er seinen Lehrern so manchen Streich zu spielen. ... Oft war ich auch noch mit von der Partie". Kurz Atem holend setzte der Studienrat fort: „Dies brachte aber keinen Abbruch an seinen schulischen Leistungen. War schon ein pfiffiges Kerlchen!"

„Ich weiß, Otto war einmal so. Aber seitdem er als Vertreter durch die Gegend zieht, ist er irgendwie in sich gekehrt. Er scheint mit seinem Leben nicht mehr so recht zu frieden zu sein" entgegnete Ottos Frau.

Für einen Moment herrschte schweigen in der Runde, der eine und andere nippte an dem Glas, in dem goldgelb der Wein funkelte.

„Mama, in diesem Zusammenhang eine Frage?"

„Sprich, meine Tochter!"

„Was macht den Pappas Briefmarkensammlung, vernachlässigt er diese etwa auch?"

„Nein im Gegenteil! Er hockt immer öfter über den Alben und scheint dabei den Alltag um sich herum, ganz zu vergessen!"

„Glaube, ich kann da Otto gut verstehen. Erst der fleißige und akkurate Buchhalter und jetzt Vertreter für Gesundheits- und Kosmetikprodukte. Welch ein Unterschied! Mir würde es sicherlich auch so ergehen, wenn ich meinen Beruf als Frisör nicht mehr ausüben könnte. Ich möchte mir das gar nicht vorstellen".

„Irgendwie tut mir der Otto schon leid und trotzdem bewundere ich ihn wie er versucht für seine Familie da zu sein und für Sie zu sorgen. Hätte er sonst diesen Vertreterjob angenommen?" äußerte sich die etwas bieder aussehende Frau Scheibenkötter.

Gitta Mohnhaupt wandte sich an ihre Mutter: „Wie recht du hast Mama! Und wenn sich der Opa irgendwie verändert haben sollte, das ist doch egal. Entscheidend ist doch, es ist unser Opa und er war für uns immer und ist auch jetzt für uns immer da!"

„Wichtig ist, dass trotz aller Unterschiede Otto immer Otto der Alte bleibt!" bekräftigte Schmidtchen, das so eben gesagte.

Lange ging die Diskussion über die guten und schlechten Eigenschaften, Vorlieben, Macken, Hobbys und Eigenarten Otto Scheibenkötters noch hin und her. Meinungen trafen auf Meinungen und dabei wurden noch so einige Flaschen des goldgelben Weines gelehrt, der immer mehr die Zungen der Anwesenden löste.

Es mag wohl bereits zur Mitternachtsstunde gewesen sein, nur wenige Gäste saßen noch an den blank gescheuerten Tischen, als die illustre Gesellschaft sich erhob und immer noch diskutierend die Gaststätte verließ.

Die kühle Nachtluft schien Ihre Gemüter etwas besänftigt zu haben.

Sich verabschiedend meinte Schmidtchen noch. „Bei allen Widersprüchlichkeiten, Otto bleibt Otto und er ist ein Pfundskerl!"

Seine Meinung teilend eilte jeder eine andere Richtung einschlagend in der Dunkelheit der Nacht davon.

DER ERSTE DEUTSCHE IM WELTALL –
EIN EHEMALIGER DDR-BÜRGER

Kaum war die Stimme des Flugleiters: „Podjom - Aufstieg!" verstummt ging ein leichtes Zittern durch den schlanken Stahlkoloss. Kurzes grelles Zucken, riesige Stichflammen schossen aus dem Heck. Rauch wallte auf, wurde zur Seite gepresst, umwirbelte den Startturm.

Die Luft erzitterte durch die Druckwelle und der entfachte Sturm raste über die weite Fläche des Raketenstartplatzes.

Hoch wirbelnder Sand.

Der Lärm schwoll an, verstärkte sich mit jeder Zehntelsekunde. Das Heulen und Toben war jetzt kein Explosionsdonnern schlecht hin mehr. Es war zu einem konzentrierten Trommelfeuer, eine Urlautsymphonie geworden, nicht zu beschreiben.

Der gewaltige Raketenleib begann sich zu bewegen. Weißglühende Gasstrahlen drückten ihn langsam, fast zentimeterweise empor. Langsam, als zögerte er noch. Ein Meter …, zwei Meter …, höher immer höher stieg das Sojus-Schiff.

Rot, gelb, blau und violett tobten die Strahlen aus den fünf Triebwerken. Ein faszinierendes Spiel der Farben.

Die Steiggeschwindigkeit nahm zu. Schnell, immer schneller hob sich der Gigant, riss sich mit fauchendem Brüllen aus den stählernen Klammern des Startturmes, jagte steil in die Höhe und mit zunehmender Geschwindigkeit dem wolkenlosen blauen Himmel entgegen. Ein blendend weißer Feuerstreif kennzeichnete die Flugbahn.

Die 300 Tonnen schwere Rakete schien unerschöpfliche Kraftreserven zu mobilisieren. In 12.000 Meter Höhe durchbrach sie bereits die *Schallmauer*. Mit jeder Tonne verbrannten Treibstoffes wurde sie leichter und schneller.

Bild 8: Erfolgreicher Start einer Sojus Trägerrakete von Baikonur. (Wikipedia)

Dies ist nicht der Anfang eines Science-Fiction-Romans, sondern es geschah am 26.08.1978 um 17 Uhr 51. Auf einer Startrampe in Baikonur waren die starken Triebwerke einer Weltraumrakete gezündet worden. Der energiegeladene Koloss trug die dritte Interkosmos Besatzung - Waleri Bykowski und Siegmund Jähn - auf eine Umlaufbahn um die Erde.

Der erste Deutsche hatte seinen Weg in das Weltall angetreten.

Hunderte Training Starts musste diese Sojus Besatzung erst absolviert, bevor sie zur Rampe der mächtigen Dreistufen-Rakete auf dem Kosmodrom schreiten durften. Sie probten in einem Trainer der Salut - Station die Experimente, die sie dann im Orbit ausführen sollten. Im Schulungsraumschiff übten sie das Manöver des Rendezvous-Kurses zum Anlegen an die Weltraumstation Salut-6 und übten alle möglichen und unmöglichen Handgriffe wirklichkeitsnah in den Simulatoren.

Technische Hilfsmittel schufen einen *Gipsabdruck vom echten Flug*, wie es der Chef des Ausbildungszentrums Generalleutnant Beregowoi ausdrückte.

Mehr als hundertmal umkreiste Siegmund Jähn mit dem sowjetischen Kosmonauten Oberst W. Kowaljonok, Bordingenieur A. Iwantschenkow und Oberst W. Bykowski im Orbitalkomplex Salut 6 - Sojus 29 - Sojus 31 die Erde. Eine Woche lang ging die Sonne an einem Tag sechszehnmal auf und sechszehnmal unter, wobei sie die Schönheit ihres irdischen Naturschauspiels noch weit übertraf. Die Erde in leuchtendes Blau gehüllt. Einfach traumhaft.

Das Fernsehen übertrug auch eine Sendung aus dem All über eine Puppenhochzeit. Diese betraf die Hochzeit des von Sigmund Jähn mitgebrachten DDR-Sandmännchen mit der sowjetischen Fernsehpuppe Mascha, die Waleri Bykowski gestellt hatte.

Zum ersten Mal wurde im Weltraum deutsch, wenn auch mit sächsischem Akzent gesprochen.

Während seines Aufenthaltes funkte Sigmund Jähn aus dem All: *„Liebe Fernsehzuschauer der Deutschen Demokratischen Republik. Ich bin sehr glücklich darüber, als erster Deutscher an diesem bemannten Weltraumflug teilnehmen zu dürfen."*

Während der 125 Erdumkreisungen führte Sigmund Jähn zahlreiche Experimente durch.

Übersicht über die wissenschaftlichen Experimente

1. Biologie
   - Bestimmung der Veränderung des Stoffwechsels von Bakterien in der Schwerelosigkeit.
   - Feststellung von Veränderungen beim Wachstum von Bakterien.
   - Ermittlung der Besonderheiten bei der Zellentwicklung eines Säugetieres.

2. Fernerkundung der Erde
   - Gewinnung von multispektralen Aufnahmen von der Erdoberfläche für die Erkennung von Naturressourcen.
   - Beobachtung der Erde über sich verändernde Prozesse in der natürlichen Umwelt des Planeten.
   - Fotodokumentation von Vorgängen und Erscheinungen während des Fluges.

3. Geophysik
   - Beobachtung der Besonderheiten in Struktur und Dynamik des Polarlichtes.
   - Bestimmung der Polarisation des Sonnenlichtes in der Erdatmosphäre.

4. „Berolina" Materialwissenschaft
   - Züchtung halbmetallischer Einkristalle des Legierungssystems Wismut - Antimon.
   - Herstellung eines Keimkristalls im Schmelzofen zwischen ebenen Quarzplatten durch Verringerung der Temperatur.
   - Kristallherstellung aus der Halbleiterverbindung Blei - Tellurit.
   - Verdampfung des Halbleitermaterials in einer Quarzampulle und gasförmiger Transport zum Kristallkeim desselben Materials.
   - Abscheiden von Germanium - Einkristallen aus der Gasphase.
   - Schmelzen von optischem Glas unter Weltraumbedingungen.

5. Medizin
   - Arbeit des Herzens in der Schwerelosigkeit; Durchblutung der verschiedenen Körperteile.
   - Bestimmung des Zeitgefühls unter Weltraumbedingungen.

- Persönliche Einschätzung des Leistungsvermögens während des Weltraumfluges.
- Prüfung der Hörempfindlichkeit in verschiedenen Frequenzbereichen.
- Reaktion der Geschmacks-Sinneszellen in der Schwerelosigkeit.
- Überprüfung der Sauerstoffversorgung der Körperperipherie in der Schwerelosigkeit.

Am 02.09.1978 konnte der Abschluss des Forschungsprogramms an das Flugleitzentrum *Sarja* gemeldet werden.

Der Befehl zum Rückflug zur Erde wurde am 03.09.1978 gegeben. Bei der unerwarteten harten Landung des Landeapparates von Sojus 29 im vorgezeichneten Gebiet - 140 Kilometer südöstlich der Stadt Dsheskasgan - zog sich Sigmund Jähn bleibende Wirbelsäulenschäden zu.

Den Weltraumflug Sigmund Jähns behandelten und feierten die Medien der DDR ausgiebig.

Der damals kleinere deutsche Staat stellte den ersten Deutschen im All.

So ist Sigmund Jähn auch der erste und einzige Träger des Ehrentitels *Fliegerkosmonaut der Deutschen Demokratischen Republik.*

Während der Zeit des Zweiten Weltkrieges erlebte Sigmund Jähn wie sowjetische Kriegsgefangene im nahen Sägewerk unter erbärmlichen Lebensbedingungen Sklavenarbeit leisten mussten. Der Vater Paul Jähn versorgte einige mit Brot und Tabak, obwohl das bei Androhung höchster Strafe verboten war. Zum Dank schnitzte einer dieser Kriegsgefangenen, für den Jungen, aus Holz eine kleine Puppe.

Als Sigmund Jähn in die Schule kam, erhielt er in der ersten Klasse einen Nazilehrer, der die Schüler für Nichtigkeiten unbarmherzig schlug. Er schlug den Jungen so, dass sein Nasenbein angebrochen war.

Voller Angst beobachtete Sigmund mit den Kindern des Dorfes, wie Soldaten der faschistischen Wehrmacht im Frühjahr 1945 die kleine Muldebrücke in die Luft sprengten.

Den Feind wollten sie damit aufhalten.

Eine sinnlose Tat.

Das Jahr 1945 brachte das Ende des Krieges und das damit verbundene Ende des verhassten und gefürchteten Hitlerregimes.

Bild 8: Die Besatzung von Sojus 31, Fliegerkosmonaut Oberst Waleri Bykowski und Forschungskosmonaut Oberstleutnant Sigmund Jähn.

Es kamen neue Lehrer ins Dorf. Junge Menschen waren es, die mit Hingabe unterrichteten und nichts mehr mit den alten Nazi-Lehrern gemein hatten. Sie lehrten den Kindern mehr als nur Lesen und Schreiben. Erzogen sie im Sinne der sozialistischen Ideale und befähigten sie, das neue Leben zu begreifen und mitzugestalten.

Mit dem besten Zeugnis aller Schulabgänger der damals abschließenden 8. Klasse begann Sigmund Jähn eine Lehre als Buchdrucker. Seine Lehre beendete er 1954 erfolgreich mit der Ablegung der Facharbeiterprüfung.

Danach arbeitete er als Pionierleiter an der Zentralschule in Hammerbrück.

Bild 10: Waleri Bykowski und Sigmund Jähn kurz nach der weichen Landung in der kasachischen Steppe.

1955 in der Zeit des *Kalten Krieges*, überzeugt von der wachsenden politischen und militärischen Bedrohung der DDR durch reaktionäre Kräfte der BRD, entschloss er sich als 18-jähriger, im Rahmen des FDJ-Aufgebotes, seinen Dienst in den bewaffneten Organen der Deutschen Demokratischen Republik anzutreten. Sein Ziel war der Offiziersberuf.

So wurde am 26. April 1955 Sigmund Jähn zur VP-Luft, der Vorläuferin der Luftstreitkräfte der DDR, in Preschen eingezogen. Nach seiner Grundausbildung erfolgte die Ausbildung Sigmund Jähns zum Jagdflieger an der Offiziershochschule der Luftstreitkräfte / Luftverteidigung *Franz Mehring* der Nationalen Volksarmee.

Willensstärke, zielbewusstes und entschlossenes Handeln, schnelles Reagieren in unvorhergesehenen Situationen waren bestimmend für die Einschätzungen, die der Offiziersschüler von seinen Fluglehrern und Kommandeuren erhielt.

Sigmund Jähn war an der Offiziersschule der erste seines Lehrjahres, der von der mit einem Kolbentriebwerk ausgestatteten Jak-18 auf den strahlgetriebenen Allwetter-Abfangjäger MiG-15 umschulte.

Begeistert, ja regelrecht besessen war er vom Fliegen.

Mit der gleichen Besessenheit holte er an der Volkshochschule die 10. Klasse und das Abitur nach.

Als Unterleutnant kehrte Sigmund Jähn 1958 in sein Geschwader, das Jagdfliegergeschwader 8, nach Preschen zurück. 1960 folgte die Verlegung des Geschwaders an den endgültigen Standort nach Marxwalde.

Am 12. April 1961, als die Menschheit den legendären Vorstoß Juri Gagarins in den Kosmos erlebte, dachte er noch mit keiner Silbe daran, dass er siebzehn Jahre später bereits an der Seite Waleri Bykowskis, eines Kosmonauten der Gagarinschen Garde, in einem sowjetischen Raumschiff sitzen würde.

Als Jagdflieger in einer Kampfeinheit der Luftstreitkräfte galt das ganze Bemühen des jungen Offiziers der beispielhaften Beherrschung seines modernen Waffensystems. Im kurzen Zeitraum von nur drei Jahren erreichte er die Klassifizierungsstufe III, II und I. In der Gefechtsausbildung, in der Steuertechnik, im Schießen auf Luft- und Erdziele gehörte Sigmund Jähn stets zu den Erfolgreichsten seines Geschwaders. Bereits mit 26 Jahren wurde der vorbildliche Jagdflieger in die Dienststellung des Leiters für Lufttaktik und Luftschießen eingesetzt. Der junge Offizier erfüllte nebenbei längere

Zeit eine zweite Funktion. Er war als Politstellvertreter einer Staffel eingesetzt. Seine Begeisterung für diese Nebentätigkeit war anfangs recht verhalten. Er glaubte dadurch weniger fliegen zu können.

Mit neunundzwanzig schickten ihn die Vorgesetzten zum Studium an die sowjetische Militärakademie *Juri Gagarin* in Monino bei Moskau. Hier eignete er sich von 1966 bis 1970 die neusten Erkenntnisse der sowjetischen Militärwissenschaft an. Von 21 bewerteten Ausbildungsfächern erhielt er in 13 die Note *Ausgezeichnet* und in den restlichen die Note *Gut*.

Er schloss dieses Studium als Diplom Militärwissenschaftler ab.

Nach seiner Rückkehr übernahm er als Oberstleutnant in der Folgezeit verantwortliche Dienststellungen in den Luftstreitkräften der DDR.

In kürzester Zeit hatte Sigmund Jähn wieder sein altes fliegerisches Können erreicht. Er bestätigte seine Lizenz als Fluglehrer für die Tag- und Nachtausbildung unter allen Wetterbedingungen für die im Einsatz befindlichen Jagdflugzeuge der modernsten Typen.

Sigmund Jähn war ein guter *Jäger* in der Luft, der zäh um jedes Ziel in der fliegerischen Gefechtsausbildung kämpfte.

Das Wort *Jagd* löste bei ihm aber auch noch andere Gedanken und Emotionen aus. Als passionierter Jäger ging er dem uralten Weidwerk nach. In der Natur erholte er sich und fand neue Kraft zur weiteren Erhöhung seiner physischen und psychischen Leistungsfähigkeit.

Besondere Verdienste erwarb sich Oberstleutnant Jähn bei der theoretischen Erarbeitung und praktischen Erprobung neuer Elemente in der Ausbildung und im Einsatz der Jagdfliegerkräfte.

Im Leben suchte er das Besondere. Wo andere bereits das Handtuch geworfen hatten, bohrte er weiter. *„Alles Bestehende ist es wert, weiter verbessert zu werden. Hat man aufgehört, danach zu streben, dann gibt man sich schon zur Hälfte auf"*, waren seine eigenen Worte. Knifflige Fragen, Ungeklärtes, noch nicht Überschaubares reizten ihn, nach Lösungen zu suchen. Dadurch wurde er mitunter ein unbequemer, jedoch nie undisziplinierter Unterstellter.

Für seine hervorragenden Leistungen wurde im der Titel *Verdienter Militärflieger der DDR* verliehen.

Er leistete seinen Dienst als Jagdflieger mit Begeisterung und offenbar auch zur Zufriedenheit seiner Vorgesetzten, denn inzwischen war er mit der Aufgabe eines Inspekteurs für Jagdfliegerausbildung und Flugsicherheit beim stellvertretenden Chef der Luftstreitkräfte / Luftverteidigung der NVA betraut wurden. Eine Tätigkeit, die ihn voll ausfüllte.

Bild 11: Oberstleutnant Sigmund Werner Paul Jähn geboren am 13. Februar 1937 in Morgenröthe-Rautenkranz.

Sigmund Jähn verfügte über einen Ausbildungsstand, der der höchsten fliegerischen Leistungsklasse entsprach, flog unter allen Wetterbedingungen und freute sich über jeden Erfolg in seiner Arbeit, die neben Leidenschaft und soliden Können auch Stehvermögen erforderte.

In seiner karg bemessenen Freizeit widmete er sich seiner Frau und seinen beiden Töchtern, aber auch das Lesen kam nicht zu kurz. Zu seiner Lektüre gehörten solche Bücher wie *Die Schatzinsel* von Stevenson oder *Wie der Stahl gehärtet wurde* von Ostrowski.

Im Rahmen des Interkosmos-Programmes kamen Oberstleutnant Sigmund Jähn und vier weitere Kandidaten ab 1976 in die engere Wahl zur Kosmonauten Ausbildung.

Im Institut für Luftfahrtmedizin der NVA in Königsbrück erfolgte dann die Vorbereitung der beiden potentiellen Kosmonauten Sigmund Jähn und Eberhard Köllner vor allem durch den Wissenschaftler Hans Haase medizinisch auf den Raumflug.

1977 zog Sigmund Jähn mit seiner Familie nach Swjosdny, dem *Sternenstädtchen* in der Nähe von Moskau. Einen Steinwurf vom letzten Wohnhaus des *Sternestädtchens* entfernt begann hier eine neue Welt - das Raumflug-Ausbildungszentrum *J.A. Gagarin*.

Über 80 Kosmonauten hatten bis zu diesem Zeitpunkt in diesem Ausbildungszentrum ihre Raumflug-Prüfung abgelegt, über vierzig von ihnen sahen ihren Heimatort aus der Weltraumperspektive.

Eine halbe Spaziergängerstunde von dem Waldstreifen aus Birken, Tannen und Fichten, der das Sternenstädtchen umfasste, befand sich ein Flugplatz, von dessen Piste im Sommer 1937 Tschkalow und Gromow zu ihren Nordpolüberquerungen und Nonstopflügen nach der USA gestartet waren. Jetzt starteten hier Raumflug-Anwärter mit Transportern und Hubschraubern zum Fallschirmspringen und mit strahlgetriebenen Unterschall- und Überschallmaschinen zu Schwerelosigkeit- und Überlastungstest.

Schritt für Schritt wurden die Voraussetzungen für die *Dienstreise* ins All und damit für systematische Forschungsarbeiten auf völlig neuen Gebieten geschaffen.

Bei der endgültigen Auswahl, wer von den beiden Deutschen den Flug in das All antreten sollte fiel die Wahl auf Sigmund Jähn, angeblich wegen seiner besseren Beherrschung der russischen Sprache sowie seiner Ausbildung in der Militärakademie der Luftstreitkräfte *J.A. Gagarin*.

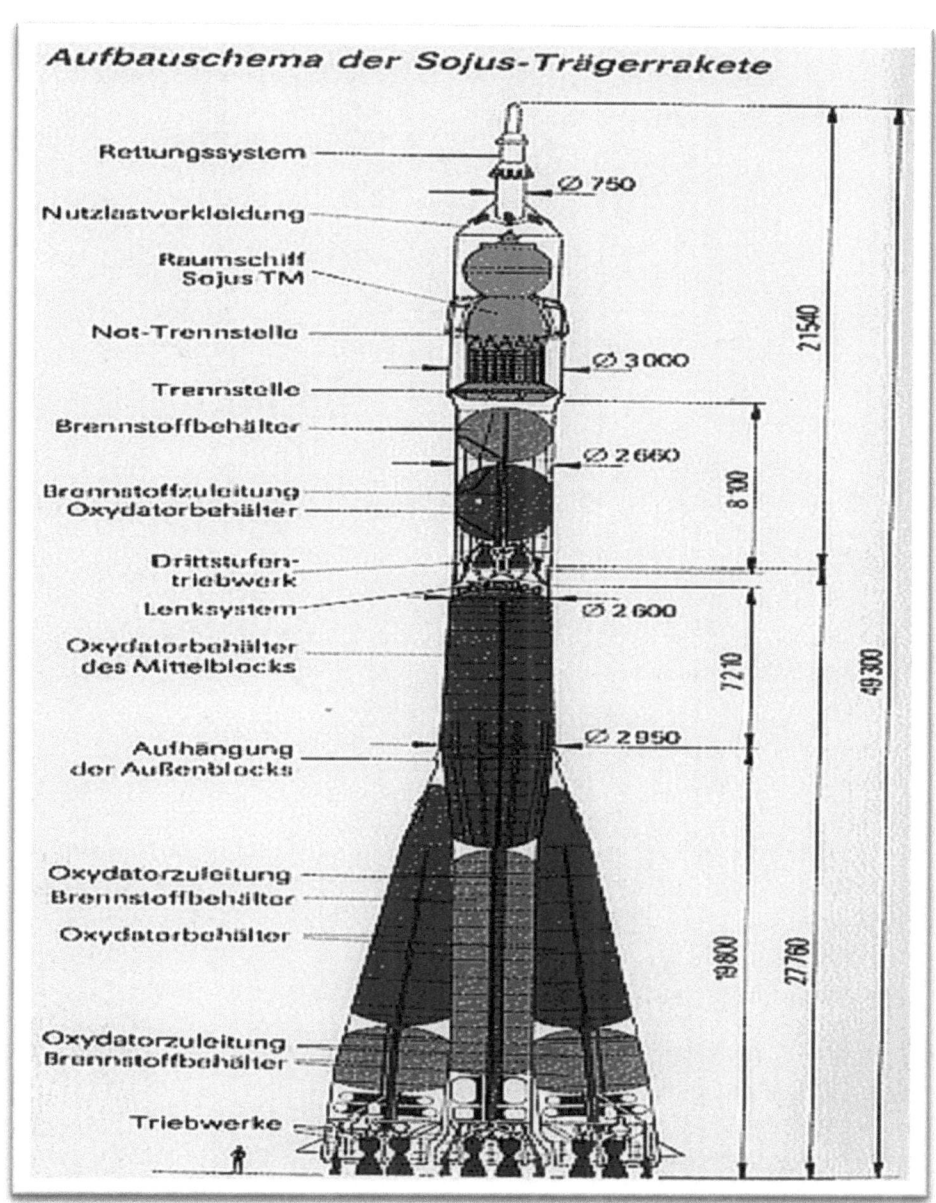

Bild 12: Aufbauschema der Sojus-Trägerrakete.

Höhe über alles	49,30 m
max. Nutzlast	7,00 t
Startmasse	30,00 t
Startschub	41,00 kN
Spannweite über Heckflosse	10,30 m

1. Stufe

Länge	19,80 m
max. Durchmesser	2,68 m
Leermasse	15,00 t
Gesamtmasse	170 - 175 t
Startschub	3284 kN
Triebwerksbrenndauer	120 s

2. Stufe

Länge	27,26 m
Max. Durchmesser	2,95 m
Leermasse	6,00 t
Gesamtmasse	95 - 100 t
Vakuumschub	940 kN
Triebwerksbrenndauer	280 s

3. Stufe

Länge	8,10 m
mit Nutzlastverkleidung und Rettungssystem	21,54 m
max. Durchmesser	2,66 m
Leermasse	2 - 2,5 t
Gesamtmasse	23,00 t
Vakuumschub	298 kN
Triebwerksbrenndauer	250 - 260 s

Anfangs führte Sigmund Jähn das Training auf die Vorbereitung des Weltraumfluges nicht mit Bykowski, sondern mit Alexei Leonow durch.

Der Physiker und Diplom-Militärwissenschaftler Sigmund Jähn flog aber in der sowjetischen Sojus 31 dann zusammen mit Waleri Fjodorowitsch Bykowski zur sowjetischen Raumstation Saljut 6 und dockten an dem wissenschaftlichen Orbitalkomplex Salut 6 - Sojus 29 - Sojus 31 an.

Nach der Rückkehr auf die Erde hatte sich Sigmund Jähn 188 Stunden 49 Minuten und 5 Sekunden im Weltraum aufgehalten und dabei eine Strecke von 5.235.262 km zurückgelegt.

Nach seiner Rückkehr erhielt Sigmund Jähn die Auszeichnung *Held der DDR* und *Held der Sowjetunion* und wurde zum Oberst befördert. Im *Hain der Kosmonauten* vor der Ost-Berliner Archenhold Sternwarte wurde eine Büste mit seinem Abbild enthüllt. Auch Schulen, Freizeitzentren sowie Schiffe der DDR-Handelsflotte erhielten schon zu Lebzeiten seinen Namen.

1983 promovierte Sigmund Jähn am Zentralinstitut für Physik der Erde in Potsdam auf dem Gebiet der Fernerkundung der Erde. Dies geschah unter der Leitung seines Freundes Karl Heinz Mareck, welcher zu diesem Zeitpunkt der Leiter des Bereiches Fernerkundung des Zentralinstitutes war. Seine Doktorarbeit beruhte unter anderem auf den gemeinsamen wissenschaftlichen Ausarbeitungen des Fluges.

In seiner weiteren Dienstzeit in den Streitkräften der NVA wurde Sigmund Jähn zum Generalmajor befördert.

Sigmund Jähn gehörte am 3. Oktober 1990 zu den letzten Generalen, die aus der NVA entlassen wurden.

Sein Freund Ulf Merbold, der fünf Jahre nach Jähn der erste Westdeutsche im All war, vermittelte ihm schließlich einen Job als Mittler zwischen west- und osteuropäischer Raumfahrt. *„Wir teilen gemeinsam die Erfahrung, dass man in 90 Minuten den Erdball umrundet und von dort oben keine Grenzen mehr sieht"*, sagte Merbold.

So kehrte Jähn 1990 zurück ins Sternenstädtchen. Blieb 15 Jahre in Russland und arbeitete dort im russischen Kosmonauten Ausbildungszentrum als freier Berater für das Astronautenzentrum DLR und seit 1993 war er auch für die ESA (European Space Agency) tätig.

Hier bildete er europäische Astronauten wie den Frankfurter Thomas Reiter aus.

Der Sprecher des DLR Andreas Schütz nannte Siegmund Jähn eine Schlüsselfigur für die Zusammenarbeit mit Russland: *„Die Russen brachten ihm eine unglaubliche Hochachtung entgegen - als Kosmonaut und als Mensch. Ohne Jähn wäre alles um ein Vielfaches schwerer gewesen."*

In den Spielfilm *Good Bye, Lenin* erfolgte im Jahre 2003 neben die Präsentierung Sigmund Jähns durch die Wiedergabe von Originalaufnahmen der *Puppenhochzeit* im Weltraum, seine Darstellung in einem fiktiven Bericht der Aktuellen Kamera als 1990 ernannter Staatsratsvorsitzender der DDR, welcher die Grenzen zur BRD öffnete.

1999 erhielt er den Medienpreis *Goldene Henne*. Die Popgruppe *Die Prinzen* veröffentlichte in diesem Jahr ihren Song *„Wer ist Sigmund Jähn?"* auf ihrem Album *„So viel Spaß für wenig Geld"*.

Im Jahr 2001 benannte man, den am 27. Januar 1998 an der Volkssternwarte Drebach im Erzgebirge entdeckte 1998 *BF14* nach Jähn und er trägt die Bezeichnung *„(17737) Sigmundjähn"*.

Seit 2002 ist er *Ehrenbürger* von Morgenröthe-Rautenkranz.

Am 20. Januar 2007 erhielt Jähn die *Ehrenbürgerschaft* von Neuhardenberg. Dort erfolgte kurz darauf an seinem einstigem Wohnhaus die Enthüllung einer Gedenktafel.

2011 wurde Jähn *Ehrenmitglied* der Leibniz-Sozietät der Wissenschaft zu Berlin und bekam am 30. Mai 2012 die *Ehrenbürgerschaft* in seinem Wohnort Strausberg verliehen.

Im brandenburgischen Fürstenwalde/Spree ist eine Grundschule nach Sigmund Jähn benannt.

Bild 13: Deutsche Raumfahrtausstellung Morgenröthe-Rautenkranz.

Am 26. August 2018 erhielt der 81-jährige Siegmund Jähn den Raumfahrerpreis „Silberner Meridian". Ein undotierter Preis, der von einer Initiative europäischer Raumverbände verliehen wird. Die Auszeichnung fand in Sigmund Jähns sächsischen Geburtsort Morgenröthe-Rautenkranz statt.

Die Initiative dankte damit dem Kosmonauten für seinen *„unermüdlichen Einsatz bei der Vermittlung der Faszination Raumfahrt".* Ihm war es gelungen in zwei Staaten, in zwei Staaten mit zwei sehr verschiedenen Systemen einen beindruckenden Lebensweg zu gehen.

ZÄRTLICHKEIT

Sex kann man kaufen, überall auf dieser Welt.
Wie ist es aber um die Zärtlichkeit bestellt?
Zärtlichkeit kann man nicht kaufen, nicht stehlen,
keine Macht der Welt kann sie einem geben.

Manchmal ist Zärtlichkeit alles was wir brauchen,
sie bringt uns Liebe und Wärme, die es leider gibt nicht zu kaufen.
Zärtlichkeit sagt uns, dass sie an einem Ort in uns klingt,
wo Kuscheln der Seele Glück und Frieden bringt.

Zärtlichkeit und Zuneigung für die Seele als Blume erblüht.
Unser Gehirn bracht sie, man sich erst dann als Teil dieser Welt fühlt.
Zärtlichkeit ist ein auf die Haut geschriebenes Wort,
die wir alle brauchen jetzt hier und auch an jedem anderen Ort.

Zärtlich streicheln mit der Hand das Gesicht,
dass ist das was tief im Inneren, das Herz verspricht.
Wohltuende Zärtlichkeit anderen zu geben,
nichts ist angenehmer als unerwartete Streicheleinheiten im Leben.

Zärtlichkeit ist manchmal alles, was wir brauchen,
um uns nach Zwistigkeiten wieder zusammen zu raufen.
Zärtlichkeit lindert alle seelische Schmerzen,
denn es gibt keinen besseren Klebstoff für gebrochene Herzen.

Berührung der Haut bedeutet der Frau offenbar mehr, kaum zu fassen,
Männer sich eher durch visuelle Eindrücke stimulieren lassen.
Zärtliche Umarmung und Liebkosung werden gebraucht, immer mehr
da sie intensive Begegnungen zweier Menschen erst möglich macht, so sehr.

Durch Schmusen, Liebkosen und Streicheln wird man dahin gebracht,
dass die Haut zur Quelle der Freude und Lust erwacht.
Dieser intensiven Kontakt zweier Menschen es möglich macht,
da die Liebe zudem durch die Haut geht, dass diese erwacht.

Die Krähe - eine der bekanntesten Vogelarten unserer Heimat

Wenn der Winter ins Land zieht, deckt er mit seinem Schnee in Wald, Flur, Feld und Wiese alles in sein weißes Kleid.

Für die Vögel, die nicht nach dem warmen Süden geflogen sind, beginnen harte Zeiten. Sie müssen sich ihre Nahrung mühevoll suchen, denn Hunger tut auch ihnen weh.

So ziehen jetzt selbst die sehr scheuen Krähen in die Nähe der Menschen, weil sie wissen, dass in den Städten und Dörfern einige Bissen zu holen sind. Gemeinsam mit dem Sperling gehen sie auf die Suche nach Nahrung, vor allem Essensreste.

Die Krähen sind große, stattliche Vögel. In der Wintersonne schimmert ihr schwarzblaues, glänzendes Gefieder violett Blau, was durch die weißen Schneeflächen noch hervorgehoben wird.

Mit weitgefächerten Flügeln kommen die Krähen angeflogen, Beine dicht angezogen schweben sie nieder, um kurz über den verschneiten Feldern durch einige Flügelschläge ihren Segelflug abzubremsen.

Die Krähen sind sehr gute Flieger.

Auf dem Erdboden aber schreiten sie schwerfällig einher und drehen dabei den Körper abwechselnd nach links und rechts. Wollen sie mit beiden Beinen zugleich hüpfen wie die Sperlinge, so helfen sie mit schwerfälligen Flügelschlägen nach.

Mit wahrer Gier stürzen sie sich auf Brotreste, keine gönnt der anderen den Bissen. Da stemmt eine mit dem Fuß ein größeres Brotstückchen gegen den Boden, während der starke, sanft gebogene Schnabel Brocken abreißt.

Am Rande des Schnabels stehen nach vorn gerichtete Borstenfedern, die die Nasenlöcher zudecken. Älteren Saatkrähen fehlen diese Federborsten, sie haben dieselben schon im ersten Jahr, bei der Mauserung verloren. Die nackte Haut bildet nun eine grauweiße, scharfkantige Stelle rings um den Schnabelgrund und an der Kehle. Älteren Krähen sind an diesem grauen Fleck sofort zu erkennen.

In der wärmeren Jahreszeit bohren die Krähen mit ihrem Schnabel im Erdreich nach Engerlingen, Regenwürmern und Nacktschnecken. Sie fressen aber auch Feldmäuse und plündern während der Brutzeit zuweilen die Nester der Singvögel.

Mit Vorliebe suchen namentlich die Saatkrähen hinter den Pflug des Landmannes nach allerlei Gewürm. Mit wahrer Gier stellen sie den Maikäfern und deren Engerlingen nach, suchen auch nach Hafer- und Weizenkörnern und keimenden Samen der Hülsenfrüchte, stehlen auch gern die reifen Kirschen vom Baum.

Die Krähen schaden der jungen Saat. Sie hacken die Pflänzchen aus und fressen sie. Manche Gemeinde legt deshalb im Frühjahr Giftweizen aus, durch den die Krähen vernichtet werden sollen.

Ist am Tage irgendeine ergiebige Nahrungsquelle entdeckt, so wird gemeinschaftlich geplündert. Dabei werden Wachposten aufgestellt, die bei dem geringsten Verdacht der Gefahr durch ihren Warnschrei die ganze Gesellschaft zur Flucht aufschrecken.

Die Krähen, deren Flügel, Schwanz und Kopf tiefschwarz sind, deren übrige Körperteile aber aschgrau aussehen, sind Nebelkrähen. Streicht eine über das Feld, fliegt eine Zweite herbei, zu ihnen gesellen sich eine Dritte und eine Vierte.

Gemeinsam gehen die Krähen auf jagt, selbst der flüchtende Hase, der auf den verschneiten Feld sein Heil in der Flucht sucht ist, vor ihnen nicht sicher. Auf den in einer Schneewolke, hakenschlagenden davon eilenden Hasen stößt eine Krähe nach der anderen krächzend auf die flüchtende Beute nieder. Mit ihren spitzen Schnäbeln treffen sie den Hasen am Kopf. Immer wieder stoßen sie auf ihn herab und versetzen ihn einem Schnabelhieb nach dem anderen.

Der Hase strauchelt und bleibt schließlich sitzen. Seine beiden Lichter sind von den vielen Schnabelstößen zu gequollen. Er ist blind. Noch einmal rafft er sich auf, hoppelt mühselig weiter und fällt in die nächste Schneewehe.

Krächzend stoßen die Krähen erneut herab und der Hase verschwindet unter dem geflattert der schwarzen Fittiche. Mit Gezänk und Geschimpfe zerren die Krähen an ihm herum, eine der anderen keinen Bissen gönnend.

Zurück zur Zoologie.

Die Saatkrähe trägt ein vollständig blauschwarzes Federkleid. Wenn man ihren Schwanz mit dem der Nebelkrähe vergleicht, kann man erkennen, dass ihr Schwanzende gerade gestutzt ist, das der Saatkrähe dagegen stark abgerundet.

Verwandte der Saat- und Nebelkrähen sind die Rabenkrähen, der Kolkrabe, die Dohle und die Elster.

Die Rabenkrähe mit ihrem schwarzen Gefieder, das auf dem Rücken stahlblau schimmert, gehört wie die Nebelkrähe zu der Kategorie der Aaskrähen. Die graue Form bewohnt den Osten Deutschlands etwa von der Elbe ab, die Schwarze lebt westlich der Elbe. Im Elbgebiet leben beide Formen zusammen. Nebel- und Rabenkrähen nisten in einzelnen Horsten, die Saatkrähen dagegen Kolonien weise.

Der schwarzglänzende Kolkrabe ist der größte Rabenvogel. Er ist in Deutschland, wenn überhaupt, dann vor allem in Schleswig-Holstein und im Wesergebiet zu finden.

Die Dohlen sind etwa so groß wie eine Taube. Sie nistet gesellig auf Kirchtürmen und in Ruinen. Ihre klangvollen Rufe und verwegenen Flugspiele gehören zu den Verhaltensäußerungen, die Naturfreunde immer wieder faszinieren.

Die sehr scheue Elster fällt durch ihren langen, keilförmigen Schwanz auf. Sie frisst hauptsächlich Insekten, deren Larven, Würmer, aber auch Obst und Beeren. Zur Brutzeit raubt sie junge Singvögel aus dem Nest.

Gegen Mittag, wenn die Sonne am wärmsten ist, kommen sogar die Krähen auf zärtliche Gedanken, dann kann man die unterschiedlichsten Schauspiele in der Natur beobachten. So kann eine Nebelkrähe auf einem Blecheimer sitzen, der dort am Feldrain liegt, den Hals lang nach vorn strecken, die Kehlfedern sträuben, den Schnabel aufreißen und gurgelnd: „Gulak, Gulak, Gulak!" rufen.

Zwei Rabenkrähen taumeln wie betrunken in der Luft umher, rufen „Kru … Kru …" und piesacken sich, als wenn es um einen besonders fleischreichen Knochen ginge, aber es ist nicht der Futterneid, sondern Zärtlichkeit, die sie dazu bringt, sich so zu benehmen.

Überall klingt das „Terr, Err, Kerr!" und dann wieder „Arr, karr, harr!" und hinterher: „Kra, Krah, Harrah!" und hier und da und dort wirbelt ein Paar in der Luft umher, steigt, fällt, schießt dahin, schwebt im Liebesflug.

Hier eine zusammengefasste Übersicht:

	Gefieder	Schwanz
Kolkrabe	glänzend-schwarz	keilförmig, Ende abgerundet
Saatkrähe	glänzend blau-schwarz	Ende stark abgerundet
Nebelkrähe	aschgrau; Kopf, Flügel und Schwanz tiefschwarz	Ende gerade abgestutzt
Rabenkrähe	schwarz; auf dem Rücken stahlblauer Schimmer	fast gerade; Ende wenig zu gerundet
Dohle	schwarz, Kopf und Hals aschgrau	Ende abgestutzt

In den Kronen der drei hohen Schwarzpappeln dort am Wegrand sitzt ein Schwarm Krähen. Eine Rabenkrähe balzt: „Gulk, gulk, gulk!" Eine Nebelkrähe fällt mit Tiefem: „Gulak, Gulak!" ein.

Eine andere Rabenkrähe steckt bald den Schnabel in die Luft, bald nach der Erde hin, legt den Kopf jetzt auf den Rücken, nun auf die Seite, ihn bald öffnend, bald schließend.

Sie singt.

Ihr Gesang ist nicht so schön wie der der Graudrossel, der vom Wald herüberschallt. Ja und noch lange nicht so gut wie der des Finken, der unter ihr in der Pappel aus Leibeskräften sein Lied schmettert. Aber für eine Krähe ist es eine ganz gute Leistung. Wenn nicht allzu viele Schnarr- und Schluchzlaute darin wären und etwas mehr Kunstpausen, als gerade nötig sind, so könnte man es wirklich beinahe einen Gesang nennen.

So aber ist es doch wohl mehr ein Schnalzen in der Art, wie es Häher lieben, ein formloses Gemisch quirlender, schnalzender, krähender, rasselnder Laute, so leise, so bescheiden, dass der, der es noch nie hörte, nicht auf den Gedanken kommt, dass eine Krähe ein Sänger sei. Aber schon schließt der Sänger mit einem lauten krächz Ruf und streicht ab, sein Weibchen mit sich nehmend.

Die große Gesellschaft passt ihnen nicht mehr, sie wollen allein sein.

In großer Zahl ziehen die Krähen gegen Abend gemeinschaftlich dem Wald entgegen, dabei den rosenroten Himmel mit schwarzen Flecken bedeckend, um in einem auserwählten Bezirk ihre Schlafstätte in hohen Bäumen zu beziehen. Ihr heiseres Gekrächze überschreit die Lieder der Singdrossel unter ihnen im Wald. Die Krähen übernachten gemeinschaftlich und warnen sich gegenseitig vor drohender Gefahr.

DIE SONNE AUF DIE ERDE HOLEN

Geboren wurde dieser Gedanke, so um die Zeit von 1960. Der deutsche Physiker Carl-Friedrich von Weizäcker fand heraus, dass tief im Inneren der Sonne Kerne von Wasserstoffatomen zu Heliumkernen verschmelzen. Bei dieser Kernfusion werden gigantische Energiemengen frei.

Was ist eigentlich das Besondere daran?

Bei der Kernfusion verschmelzen Tritium und Deuterium zu Helium. Es wird Neutronenenergie frei.

Zwei Atomkerne verschmelzen zu einem. Da der neue Kern leichter ist als seine Bausteine, wird die überschüssige Masse bei der Fusion in Energie verwandelt.

Es ist ein ähnlicher Vorgang wie bei der Verbrennung. Wenn Kohle entzündet wird, reagiert Kohlenstoff mit Sauerstoff. Es entsteht Wärme und übrig bleibt Asche.

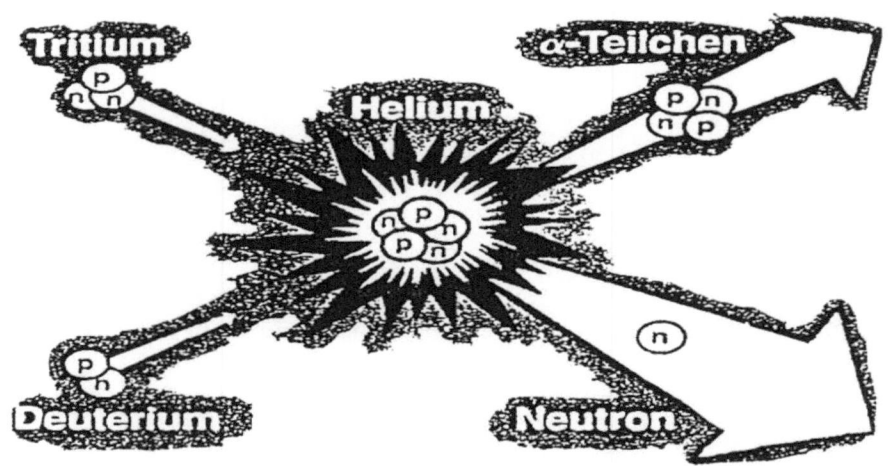

Wenn Wasserstoffatome verbrennen, verschmilzt Deuterium (schwerer Wasserstoff) mit Tritium (überschwerer Wasserstoff). Es entsteht Energiestrahlung in Form von überschüssigen Neutronen und übrig bleibt das Gas Helium als *Asche*.

Die *Zündtemperatur* liegt jedoch bei über 100 Millionen Grad. Diese Hitze hält kein zurzeit bekannter Werkstoff aus.

So lag bisher der Gedanke, das Feuer der Sonne auf die Erde zu holen, im Reich der Phantasie bis im Max-Plank-Institut für Plasmaphysik, bei München erstmals der Plasmaeinschuss in Magnetfeldern gelang. Durch ein Magnetfeld 100.000 Mal stärker als das der Erde, wurden die Atomkerne in der luftleer gepumpten Reaktorkammer so in der Schwebe gehalten, dass sie mit den Wänden nicht in Berührung kamen.

Dies war die Voraussetzung für das geglückte Experiment am Joint European Torus (JET) im britischen Culham bei Oxford. Hier wurden die von einem Magnetfeld gefesselten Atomkerne, in der luftleer gepumpten Reaktorkammer, mit Mikrowellen beschossen. Dadurch wurden die Atomkerne in Bewegung versetzt und erhitzt, bis sie verschmolzen.

Den Menschen war es gelungen für zwei Sekunden, solange dauerte die Kernfusion, auf der Erde ein Sonnenfeuer anzuzünden und dabei eine Leistung von zwei Megawatt zu erzeugen.

Gegenüber der Kernspaltung in bisherigen Atomreaktoren gibt es keine gefährliche Kettenreaktion. Bei einem Störfall erlischt das atomare Feuer sofort von selbst. Katastrophen wie die von Tschernobyl gehören der Vergangenheit an.

Im Fusionsreaktor würde sich immer nur so viel Brennstoff, wie gerade gebraucht wird befinden, und nicht ein ganzer Jahresvorrat wie in Uranmeilern.

Für die Versorgung von einer Million Menschen in den Industrieländern mit Strom für ein Jahr würden lediglich 600 Kilo Wasserstoff benötigt, wenn das Kraftwerk nach Sonnenart, mit Kernfusion betrieben würde.

Wohlgemerkt, für ein ganzes Jahr.

Im Vergleich dazu müssten zwei Millionen Tonnen Kohle in einem Großkraftwerk der 1.000 Megawatt-Klasse verbrannt werden.

Bei Öl Feuer sind etwa 1,4 Millionen Tonnen Öl notwendig.

Ein herkömmlicher Atomreaktor dieses Kalibers benötigt immerhin noch 30 Tonnen Urandioxid als Brennstoff.

Bislang sind die Forschungsreaktoren viel zu klein, um ökonomisch arbeiten zu können. Das Aufheizen der Atome kostet mehr Energie, als dann bei der Verschmelzung frei wird.

Das soll sich beim nächsten Experimentalreaktor ändern, den Europa gemeinsam mit den USA, der UdSSR und Japan plant. Er wird bereits 1.000 Millionen Watt produzieren.

Bauzeit: acht Jahre

Baukosten: vier Milliarden Euro.

Aber dies könnte noch ein schwerer, mit Steinen gepflasterter Weg werden. Vor den Wissenschaftler standen in der Vergangenheit, wie auch in der Gegenwart und Zukunft zahlreiche manchmal schier unlösbar erscheinende Probleme, die einer Klärung bedürfen.

Woher das Tritium nehmen, das in der Natur praktisch nicht vor kommt?

Die Möglichkeit besteht jedoch, es in einem Fusionsreaktor zu erbrüten, wenn auch dafür noch lange Versuche notwendig sind.

Dann ist die Entwicklung eines Materials notwendig, dass durch die bei der Fusion entstehenden Myriaden extrem schneller Neutronen nicht brüchig wird.

Das Energieproblem zur Aufheizung der Atome muss gelöst werden.

Da die Fusion nicht so sauber abläuft, wie es in der Vergangenheit angenommen wurde, gilt es den Problemen des Umweltschutzes die notwendige Aufmerksamkeit zu widmen. Gelingt das schwach radioaktive Tritium an die Luft, verbindet es sich mit Sauerstoff zu Wasser und kann somit in den biologischen Kreislauf der Erde gelangen.

Ein weiteres Problem besteht im dauernden Beschuss der Brennkammerwände durch Neutronen. Für die dabei entstehende radioaktive Substanz muss alle paar Jahre ein geeigneter Platz der Entsorgung gefunden werden.

Und dann bleibt immer noch ein Wermutstropfen übrig, der Einfluss der elektromagnetischen Strahlung, die beim Betrieb der riesigen Elektromagnete entsteht, auf die Atmosphäre und den enormen Einfluss auf das Wetter.

Sind diese Probleme alle gelöst, kann der erste Versuchslauf des nächsten Experimentalreaktors starten.

Und so könnte es aussehen.

Menschenleer ist die Halle mit dem fünf Stockwerken hohen Fusionsreaktor. Vierhundert Tonnen schwere Stahltüren verschließen die Eingänge. Drinnen, hinter den zweieinhalb Meter dicken Stahlbetonwänden, saugen riesige Vakuumpumpen das letzte Quäntchen Luft aus der Brennkammer.

Ein Knopfdruck durch den leitenden Ingenieur genügt und 300 Megawatt Strom schießen durch die Spulen des Blocks des thermonuklearen Reaktors.

Immer dumpfer und drohender werdendes Brummen der riesigen Elektromagneten erfüllt den Raum.

Die Stahlstreben der Spulen ächzen unter den titanischen Magnetkräften. Der lammellenförmige Aufbau der Eisenkerne verhindert die Entstehung der gefährlichen Wirbelströme.

Ein zweiter Knopfdruck und der Brennstoff wird injiziert. Deuterium und Tritium spritzen in die Brennkammer. Gefesselt durch ein Magnetfeld 100.000 Mal stärker als das der Erde, werden die Atomkerne so in Schwebe gehalten, dass sie mit dem, aus Komponitstahl bestehenden Wänden der Vakuumkammer des Fusionsreaktors nicht in Berührung kommen.

Mit dem nächsten Knopfdruck erfolgt der Beschuss der Atomkerne mit Mikrowellen. Elementarteilchen werden in Bewegung versetzt und erhitzt. Das Tritium verschmilzt mit dem Deuterium zu Helium.

Die Freisetzung von Neutronenenergie erfolgt.

Deutlich sieht man auf dem Bildschirm der Überwachungskamera wie der 200 Millionen Grad heiße Wasserstoff anfing zu wabern. Das Magnetfeld der großen Magneten hielt das heiße Plasma in der Schwebe und verhindert das Verdampfen der Komponitstahlwände der Brennkammer.

Schauer von superschnellen Neutronen huschen dahin.

Das kontrollierte nukleare Feuer ist gezündet.

Beifall klingt auf und die Männer klopfen sich anerkennend auf die Schultern.

Der Zeiger der Messinstrumente bleibt zitternd bei 1.000 Millionen Watt Marke stehen.

Heißer Dampf schießt durch die Hochdruckleitungen und treibt die Turbinen an. Das helle Singen im Generatorraum zeugt davon, dass die Maschinen für die Stromerzeugung auf Hochtouren laufen.

Die erste thermonukleare Reaktoranlage liefert Strom an das weltweite Verbundnetz.

JENSEITS DER LICHTSCHWELLE

*Wahrheit ist erst dann Wahrheit,
wenn sie bekannt wird.*

John Archibald Wheeler

Lange Zeit hielt man es für undenkbar, dass das Licht eine *Geschwindigkeit* haben könne. Man behauptete allen Ernstes, das Licht sei schon hier, im gleichen Augenblick, da es irgendwo anders entsteht.

Erst zu den Zeiten Galileos und Keplers, als der Himmel ins Interesse der wissenschaftlichen Beobachter geriet, bemerkte man, das Licht nicht *unendlich* sein könne.

So wurde die Lichtgeschwindigkeit erstmals 1676 von den dänischen Astronauten Olaf Römer gemessen. Er beobachtete die Umlaufbahn des Jupitermondes Jo, den er als helles Pünktchen sah. Bei jedem Umlauf musste der Mond einmal durch den Schatten des Jupiters wandern, damit verschwand er dort für eine Weile, um dann auf der anderen Seite wieder hervorzukommen. Zwischen je zwei Verfinsterungen des Mondes vergingen 42 Stunden und 28 Minuten. Diese Zeit entsprach genau der Umlaufzeit des Mondes Jo um den Jupiter.

Wenn alles gut ginge, könnte man ja die Uhr danach stellen.

Dies war jedoch ein Trugschluss. Römer beobachtete, dass die Jo-Uhr von Woche zu Woche immer mehr nachging, wenn sich die Erde auf ihrer Bahn um die Sonne vom Jupiter entfernte. Während aber die Erde die zweite Hälfte ihrer Bahn zurücklegte, wurde diese Verspätung wieder aufgeholt.

Römer fand eine einleuchtende Erklärung: Zwischen je zwei Verfinsterungen muss das vom Jo ausgehende Licht noch diejenige Strecke zurücklegen, um die sich die Erde von ihm wegbewegt hat. Für diese Wegdifferenz benötigte das Licht eine gewisse zusätzliche Zeit.

Bei seinen Berechnungen kam Römer schließlich zu dem Schluss, dass sich das Licht mit einer Geschwindigkeit von 300.000 km/s bewegen müsste.

Römers Theorie war richtig, woran sich auch nichts änderte, dass diese von dem Direktor der Pariser Sternwarte Cassini und der ganzen Pariser Akademie der Wissenschaften prompt abgelehnt wurde.

Im Jahre 1873 endlich gelang es einen gewissen Adolphe Cornu von der Pariser Akademie der Wissenschaften mittels seinerzeit verfügbaren Messmethoden die Lichtgeschwindigkeit von 298.000 Kilometer in der Sekunde festzulegen.

Um die Lichtgeschwindigkeit zu messen, benutzte er ein Zahnrad mit 140 Zähnen, das bis auf 800 Umdrehungen in der Minute gebracht wurde. Dadurch fielen dann die Lichtstrahlen. Die Messstrecke des Lichtes betrug 10,5 Kilometer. Zu seiner Zeit, als der Laser noch völlig unbekannt war, bedeutete die Messstrecke eine großartige Leistung.

Nach ihm wurden Messungen bis in die jüngste Zeit mit immer größerer Genauigkeit durchgeführt. Danach beträgt die Lichtgeschwindigkeit (c) im luftleeren Raum (Vakuum):

$$c = (299\,790 +, - 6) \text{ km/s}.$$

Meist rechnet man jedoch mit 300.000 km/s.

Nach der Relativitätstheorie von Einstein ist die Lichtgeschwindigkeit die größtmögliche Geschwindigkeit, mit der Energie transportiert und Signale (Informationen) übertragen werden können.

Da sich das Licht im Weltall mit Lichtgeschwindigkeit ausbreitet, benötigt es etwas mehr als *eine Sekunde* für die Entfernung von der Erde bis zum Mond, gut *acht Minuten* für die Entfernung von der Sonne zur Erde und über *vier Jahre* von dem der Sonne am nächsten gelegenen Stern Proxima Centauri bis zur Erde.

In der Astronomie wird für die Entfernungsmessung die Maßeinheiten *Lichtjahr* oder *Parsek* verwandt.

Ein Lichtjahr (Lj) ist die Strecke, die das Licht während eines Jahres zurücklegt.

$$1 \text{ Lj} = 9{,}461 \times 10^{12} \text{ km (rund 10 Billionen Kilometer)}.$$

Das Parsek (pc), das vielen erstmals hier begegnet, hat seinen Namen von den beiden Wörtern Parallaxe und Sekunde; es ist ein Kunstwort. Mit der Bezugnahme auf den Begriff Parallaxe wird gleichzeitig angedeutet, auf welche Weise in der Astronomie die Entfernung zu den Sternen ermittelt wird.

$$1 \text{ Parsec} = \text{grob 3 Lichtjahre} = 31 \text{ Billionen Kilometer}.$$

Ein Lichtjahr, das sagt sich so leicht dahin. Aber kann man sich die Strecke vorstellen?

Es ist unmöglich, denn alle Vergleiche enden immer wieder am Rande unserer Vorstellungskraft.

Das entfernteste Objekt, das ohne Fernrohr gesehen werden kann, ist der Andromeda Nebel. Wenn wir ihn beobachten, überbrückt das in unsere Augen tretende Licht einen Abstand von 2.260.000 Lichtjahren. Von dem am weitesten entfernten Objekt trennen uns mutmaßlich 3 Milliarden Lichtjahre. Besser gesagt, vor 3 Milliarden Jahren war es einmal an der Stelle, von der aus das Licht heute zu kommen scheint. Was aber zurzeit auf dem am weitesten Objekt los ist, ob es überhaupt noch existiert werden wir erst in 3 Milliarden Jahren wissen.

Um etwas über die Zustände und Vorgänge im Weltall zu erfahren, steht der Menschheit eben nur dieses eine Mittel zur Verfügung - das Licht.

Gleich einem schimmernden Gespinst verbindet es die fernen Gestirne mit der Erde.

Das Licht bildet zurzeit die genauste Grundlage aller Längenmessungen und stellt ein kompliziertes Gemisch elektromagnetischer Strahlung dar, deren nähere Untersuchung immer reichere Erkenntnisse bringt, je mehr man sich mit ihnen beschäftigt. Es ist erstaunlich, was aus dem bisschen Sternenlicht herauszuholen ist. All das was wir über die Sterne wissen, haben wir so erfahren können.

Eigentlich ist die Entdeckung, dass das Licht in der Regel aus einer Mischung verschiedener Strahlenarten besteht, schon über 300 Jahre alt.

Die Entdeckung geht auf Newton zurück.

Aber die Anwendung dieser Erkenntnis in der wissenschaftlichen Praxis ist erst um die Mitte des 19. Jahrhunderts möglich geworden.

Man bezeichnete sie als Spektralanalyse.

In der Astronomie verstehen wir darunter die Untersuchung der von den Himmelskörpern zu uns gelangten Strahlung in Bezug darauf, welche Strahlungsarten (Wellenlängen) darin enthalten sind.

Wir haben hier bisher viel über die Geschwindigkeit gelesen, was bedeutet denn nun überhaupt dieser Begriff?

Es kann damit nichts anderes gemeint sein als die Verschiebung eines Körpers gegenüber einem als ruhend angenommener Hintergrund, ein festliegendes Bezugssystem. Es gibt keine Bewegung an sich, sondern immer nur in Bezug auf irgendetwas anderes. Aber ein wirkliches ruhendes, ein sogenanntes absolutes Bezugssystem gibt es nicht. Im ganzen Weltall findet sich nicht ein einziger Punkt, von dem man mit vernünftigem Grund behaupten kann, dass er gegenüber allen anderen unbeweglich feststünde.

Um den Menschen das Gruseln beizubringen, erzählte man ihnen einst schreckliche Spuk- und Gespenstergeschichten. Sie sind heute nicht mehr an den Mann zu bringen, seitdem man immer mehr dahinterkam, dass doch die wirkliche Welt der Natur und der modernen Technik mehr an Staunenswertem zu bieten hat, als alle Märchen zusammengenommen. Unser Zeitalter hat die Phantasie auf neue Wege gebracht und bietet ständig neuen Stoff dazu.

So beschäftigt sich in letzter Zeit eine ganze Reihe von Physikern und Philosophen mit der Möglichkeit der Existenz von Teilchen, die sich mit Überlichtgeschwindigkeit bewegen. Man nennt sie Tachyonen.

Ist damit einer der erstaunlichsten Lehrsätze der modernen Physik umstritten: das Verbot von Überlichtgeschwindigkeit?

Nein! Die Tachyonen Hypothese steht nicht im Widerspruch zur Relativitätstheorie. Das Verbot der Überlichtgeschwindigkeit ist keine sich aus der Relativitätstheorie ergebende Folge. Es ist nur eine durch Abstraktion gewonnene Aussage, aus der mittels der Logik weitere Aussagen abgeleitet wurden, die ihr zugrunde gelegt werden. Demnach kann die spezielle Relativitätstheorie im Prinzip die Überlichtgeschwindigkeit nicht verbieten. Sollten die Tachyonen tatsächlich existieren, würden sie einen Bereich jenseits der Lichtschranke bewohnen und in keinerlei Wechselwirkung mit Nichttachyonen treten. Dies würde eine Ausdehnung der speziellen Relativitätstheorie auf hypothetische physikalische Erscheinungen bedeuten, die jenseits der Lichtschwelle auftreten.

In der Physik sind gegenwärtig zwei Typen von Teilchen bekannt, zwischen denen es keinen Übergang gibt. Das sind einerseits Teilchen, deren Bewegungsrichtung geringer als die des Lichtes ist, dazugehören unter anderem die Protonen, Neutronen und Elektronen. Andererseits sind es Teilchen, die sich mit Lichtgeschwindigkeit bewegen, zu denen unter anderen die Photonen und Neutrinos gehören.

Wenn sich herausstellen sollte, dass es tatsächlich Tachyonen gibt, wären sie ein dritter Teilchentyp. Ein zu einem dieser Typen gehörendes Teilchen kann bei einer der uns bekannten Wechselwirkung nicht in ein Teilchen des anderen Typs übergehen.

Wohlgemerkt bei einer der uns bekannten Wechselwirkung könnten die Tachyonen, die sich schneller als das Licht bewegen nicht auf eine kleinere Geschwindigkeit abgebremst werden.

Der Gedanke der Tachyonen wiederspricht im Prinzip keiner einzigen fundamentalen physikalischen Theorie. Er folgt aber auch aus keiner dieser Theorien. Natürlich werden nicht alle theoretischen Ideen realisiert. Manche haben gewissermaßen Erkundungscharakter. Möglicherweise gehört dazu auch die Tachyonen Hypothese. Dennoch ist sie eine Sonde, die in eines der verlockendsten Gebiete, in den Bereich jenseits der *Lichtschwelle* geschickt wird.

Der Begriff Tachyonen wurde 1964 von dem amerikanischen Physiker Gerald Feinberg für die Partikel der kosmischen Energie eingeführt. Das Wort Tachyon leitet sich von dem griechischen Ausdruck für *hohe Ge-*

schwindigkeit ab und benennt sehr schnelle hypothetische Teilchen ohne Masse aber mit eigener Energie. Die sich mit Überlichtgeschwindigkeit bewegenden Tachyonen sind nicht polar und sind eine Form freier Energie, die uns überall umgibt und feste Materie zu durchdringen scheint. Es sind die Energieteilchen, die unser gesamtes Sein aufbauen.

Das bedeutet, dass sich jeder Baustein eines Atoms aus Tachyonen-Energie zusammensetzt. Die frequenzfreien Tachyonen bewirken durch ihre Energie erst die Schwingungsfrequenzen. Die Tachyonen-Energie ist eine Energie-Form, die in allen biologischen Systemen der Entropie, als der Disharmonie und Unordnung entgegenwirkt.

Was während Jahrhunderten von vielen Wissenschaftlern skeptisch betrachtet wurde, hat die moderne Wissenschaft der Physik bewiesen. Rechnerisch sind Tachyonen seit bald 40 Jahren bekannt. Bis heute haben verschiedene Wissenschaftler wie Nikola Tesla im Jahre 1896, die Physiker Levetzkow, Stanyukovic und Shneiderov im Jahre 1920, Oliver Crane im Jahre 1960, Gerald Feinberg im Jahre 1964, Tonomura Hitachi im Jahre 1986 und Christian Monstein im Jahre 1991 den eindeutigen Beweis für die Existenz dieser überlichtschnellen Energieform erbracht.

Da der Nachweis von Tachyonen bisher nur auf rechnerischer Basis und theoretischen Ideen existiert, gibt es jedoch einige Grundannahmen dafür:

- Alles hat ein Bewusstsein (Tiere, Pflanzen, Steine).
- Alles, was existiert besteht aus Energie.
- Unsere Realität unterscheidet sich von der Wirklichkeit.
- Als kosmische Energie sind sie eine Bewusstseinsform und Informationsträger des Universums.
- Als freie Energie kommen sie in Hülle und Fülle vor.

Tachyon-Energie ist die kosmische Urenergie, die universelle Energie aus der das Universum hervorgeht. Sie existiert in einem formlosen Zustand, der Nullpunkt-Energie.

Die Welt ist erkennbar und dem Denken der Menschen sind keine Grenzen gesetzt. Vielleicht stehen wir ja erst an den Anfängen des Erkenntnisprozesses. Der Mensch hat gerade erst begonnen sich in den Kosmos hinauszugeben, um dort seine Forschungen zu betreiben. Von der Eroberung des Alls dürfen wir noch Großes erhoffen.

Daher wird sich das vom Menschen entworfene Weltbild, bei allen Wandlungen, die es im Laufe der Zeit bereits erfahren hat, auch weiterhin verändern. Diesem so wandlungsfähigen Bewusstsein steht die wirkliche Welt gegenüber. Diese wirkliche Welt, die nicht unsere augenblicklichen Kenntnisse und auch nicht die zurzeit bestehenden allgemeinen Anschauungen entspricht, ist für uns Menschen das einzige real Gegebene.

Wenn es für uns, um etwas Unerklärliches geht, dann halten wir es doch einfach mit dem Song von Udo Lindenberg:

„Hinterm Horizont geht es weiter ..."

Und genau so ist es mit der Wissenschaft und dem Forschungsgeist der Menschheit.

MECKI – DER IGEL

Laut schnaufend, wie ein kleiner Jogger,
hetzt Mecki, der Igel durch den Garten, ganz locker.

Er ist auf der Jagd nach Frosch und Maus,
aber auch Regenwurm und Schnecke schlägt er nicht aus.

Seine Speckschicht muss wachsen, oh Kinder,
damit er kommt über den Winter.

Das Nest aus Laub und Moss ist bereits gemacht,
so kann er beim ersten Frost sagen: „Gute Nacht!"

Im Frühjahr, kaum ist der Winterschlaf vorbei,
trippelt er schon wieder, durch sein Revier - Juchhei!

Igelinen verdrehen ihm den Kopf mit Macht.
Die gut riecht, mit der verbringt er eine Liebesnacht.

Mit ihren süßen Vorderpfoten boxen die Damen,
aber Mecki, der Schlingel kennt kein Erbarmen.

Oh Schreck! Was ist das? Stacheln starren ihm entgegen.
Keine Sorge, die Igelfrau hat nichts dagegen.

Sie legt ihre Stacheln ganz glatt an,
damit er sich nicht verletzen kann.

Danach macht sich Mecki aus dem Staube,
denn mit Kindererziehung hat er nichts an der Haube.

Eine stürmische Nacht

Mond und Sterne versteckten sich hinter einer dichten, tiefliegenden Wolkendecke. Heulend trieb der Sturmwind dicke, fette Wolken am Himmel dahin, aus denen wild tanzend vereinzelte Schneeflocken auf die Erde herunter tanzten. Der aufkommende Wind wehte die Flocken empor und trieb sie vor sich her. Kurz darauf setzte starkes Schneegestöber ein.

Es heulte und jaulte.

Zwischen die Schneeflocken mischten sich vereinzelt Regentropfen, die dann in peitschenden Regen übergingen. Die Schleusen des Himmels schienen sich geöffnet zu haben. Selbst der Wald mit seinen dichten Baumkronen konnte nicht genügend Schutz vor den herabstürzenden Wassermassen bieten.

Ein Gewitter zog über die Berge des Thüringer Waldes.

Grelle Blitze zuckten aus den regenschweren Wolken herab.

Krachender Donner rollte durch die Berge.

Gefährlich knarrend und ächzend bewegten sich selbst die stärksten Äste. Die schwächeren brachen laut krachend ab, fielen auf den Waldweg, wo sie Windböen davon trieben.

Hier in der Tiefe des Thüringer Waldes führte ein Weg quer über den Rennsteig, vom Nesselhof aus vorbei an Tambach-Dietharz nach Gotha. In friedlichen Zeiten zogen über diesen Weg zahlreiche Händler, Mönche, Spielleute und Boten auf Schusters Rappen, zu Pferd allenfalls auf Karren.

Plötzlich hallten immer lauter werdende dumpfe Hufschläge durch den regennassen Wald. Eine einst noble Kutsche, gezogen von zwei Rappen preschte heran. Zusammengesunken, von Feuchtigkeit triefend saß der Kutscher hoch oben auf dem Bock, um den kalten Wind, der sein Gesicht peitschte so wenig Angriffsfläche wie möglich zu bieten. Durchnässt bis auf die Haut war seine Kleidung. In kleinen Bächen lief der Regen tropfend von Nase, Kinn und den Fingerspitzen seiner Hände, die krampfhaft die Zügel hielten.

Es knackte das Gezweig, es knarrten die Bäume. Schöpfte die Windsbraut für eine kurze Minute lang Atem, drang das Heulen der Wölfe nicht nur an die Ohren des Kutschers, sondern auch an die Ohren des Mönches der sich krampfhaft festhaltend in der Kutsche saß. Dieser wurde jedes Mal beim

Durchfahren einer der zahlreichen Schlaglöcher, beim Überqueren von flachen Erdfurchen, beim überfahren kleiner und auch etwas größere Feldsteine kräftig durchgeschüttelt.

Immer wieder versuchten die Pferde den herabstürzenden Ästen und Zweigen auszuweichen, sodass der Kutscher mühe hatte, die Tiere auf dem glitschigen Weg im Zaum zu halten. Dann und wann kam ein Fluch über seine Lippen.

Von all dem schien der Geistliche in der Kutsche nicht all zu viel mitzubekommen. Nicht die schwankende und holprige Fahrt machten diesen zu schaffen, sondern die furchtbaren Unterleibsschmerzen die ihm seit dem Verlassen der Tagung des Schmalkaldischen Bundes quälten.

Auf dem Konvent in Schmalkalden hatte es begonnen. Noch bevor der Mönch die im Auftrag des sächsischen Kurfürsten Johann Friedrich verfassten Schmalkaldischen Artikel vor den versammelten Fürsten als verbindliche Glaubensbekenntnis der neuen evangelischen Kirche vortragen konnten überfielen ihn unerträgliche Schmerzen im Unterleib.

Hatte ihm jemand etwas in das Essen gemischt?

Und wenn ja, wer wollte ihn da vergiften?

Wer wollte verhindern, seinen Einfluss bei der Verhandlung seiner Glaubensgrundsätze geltend zu machen?

Für Martin Luther, ja es war Martin Luther, der da in der Kutsche saß, gab es nur eine Schlussfolgerung: Das konnte nur Teufelswerk sein.

Konnte ihn der Höllenfürst nicht in Ruhe lassen?

Reichte es nicht schon, dass ihn der schwarze zotige Gesell aus der Hölle höchstpersönlich mit ständigen Ohrengeräuschen quälte?

Obwohl das ständige Rauschen und Pfeifen in seinem Ohr ihn wahnsinnig machte, hatte er den Schwindel, das Geklingel und Surren der Ohren als Prüfung angenommen und sprach von *„vertigo, tinnitus et susurri aurium"*.

Aber jetzt, das war die Krönung und er murmelte vor sich hin: „Der Teufel hasst mich, er hat mich jetzt in seine Klauen gekriegt."

Was sollte er nur machen?

Die unerträglichen Schmerzen wollten und wollten nicht aufhören. Die Qualen, die ihm das Stechen, Bohren, Zwicken und Beißen im Unterleib verursachten, hatten ihn dazu gezwungen vorzeitig den Konvent zu verlassen und in Richtung Tambach Dietharz aufzubrechen.

Die Hände auf den Bauch drückend, mit schmerzverzerrtem Gesicht saß er, immer wieder hin und her geschleudert, gekrümmt in einer Ecke der Kutsche.

Eine holprige Fahrt.

Kalter Angstschweiß bildete sich auf der Stirn.

Als dann auch noch die Dämmerung hereinbrach, glaubte er sein letztes Stündlein hätte geschlagen. Denn wenn es nicht der Teufel gewesen war, wer war es dann gewesen der sein Essen vergiftet hatte, um ihm diese Schmerzen zu zufügen?

Gegen den Teufel konnte er sich wehren, aber gegen eine heimtückische Vergiftung seiner Gegner nicht.

Die Nachtkühle kroch durch die dünne Sutane.

Ab und zu schrie ein Käuzchen.

Es knackten die Zweige.

Es knarrten die Stämme.

Die Nacht begann ihre schwarzen Schatten aufzuhängen.

Martin Luthers Blick fiel durch das Fenster der Kutsche hinaus in die Dämmerung des Waldes und starrte wie gebannt auf das seltsame Etwas, das sich seinen weitaufgerissenen Augen bot. Im ungewissen Licht des Mondes löste sich aus der Dunkelheit des Waldes eine leuchtende Gestalt hoch zu Roß.

Ein Trugbild?

Nein, das konnte er nicht sein. Er schloss seine Augen, und als er sie wieder öffnete, ritt die unheimliche Gestalt jetzt neben der Kutsche ein her.

Ein kühler Hauch flog über Martin Luthers Gesicht und in seinen weitaufgerissenen Augen spiegelte sich stummes Entsetzen wieder. Ein kalter Schauer rieselte über den Rücken, bis zu seinen Beinen hinab.

„Was willst du von mir?" presste Martin Luther aufgewühlt hervor.

Keine Antwort von der unheimlichen Gestalt, die kein Atem zu haben schien und ihn mit dunkln grausamen Augen anschaute. Schweigend ritt sie auf einem Pferd sitzend neben der Kutsche her.

„Was willst du von mir?" sprich schon.

Keine Antwort. Nur ein böses, widerliches Lächeln um die Lippen des Reiters, das von Brutalität und Anmaßung zeugte.

„Fremder, es ist genug. Verschwindet, ihr habt mir einen höllischen Schreck eingejagt. Im Namen Gottes verschwindet."

Der Fremde zuckte zusammen, als er den Namen Gottes hörte, und schaute den Mönch in der Kutsche mit einem seltsamen Blick an.

Martin Luther beschlich plötzlich das Gefühl, als würde eine eiskalte Hand nach seinem Herzen greifen. Wie Schuppen fiel es ihm von den Augen, das war der Teufel.

Ja, das konnte nur der Teufel sein.

„Was willst du? Reicht es dir nicht, dass du mich mit deinen höllischen Geräuschen belästigst und mir höllische Schmerzen im Unterleib verursachst?" wollte er mit bebender Stimme wissen.

Und wieder keine Antwort.

Keinen klaren Gedanken konnte Martin Luther mehr fassen, nur ein „O Gott" kam stöhnend über die zitternden Lippen. Eine Hitzewelle erfasste seinen Körper. Sie umklammerte sein Herz und raste dann hoch bis in den Kopf. Er schwitzte plötzlich, und kalter Angstschweiß stand ihm auf der Stirn. Endlich siegte der gesunde Menschenverstand Martin Luthers. Langsam wie im Zeitlupentempo hob er beschwörend die Hände und murmelte mit fester Stimme vor sich hin:

Vater unser, der du bist im Himmel,
geheiligt werde dein Name, dein Reich komme,
dein Wille geschehe wie im Himmel also auch auf Erden.

Als Luther dann noch drei Kreuze schlug und rief: „Heb dich hinweg Satan!", stieß der Teufel einen gellenden Schrei aus. Einen Schrei, der sich furchtbar anhörte und ihm einen kalten Schauer über den Rücken trieb. Ein hohles, ein tiefes Stöhnen, wie aus der Tiefe einer Gruft folgte.

Eine Aureole aus Licht umflimmerte mit ein mal den Teufel. In der jetzt schaurigen Visage funkelten wütend böse Augen. Begleitet von Blitz und Donner fuhr der Antichrist mit schrecklichem Getöse in die Hölle.

So plötzlich, wie die unheimliche Gestalt aus der Dunkelheit des Waldes auftauchte, war sie verschwunden.

Zurück blieb ein leichter beißender Schwefelgestank.

Waren die Schmerzen in seinem Unterleib durch das unheimliche Geschehen etwa verschwunden?

Nein!

Er war nur von diesen abgelenkt worden und jetzt schienen sie noch mehr von ihm Besitz ergreifen zu wollen. Luther krümmte sich vor Schmerzen. Gleichzeitig begann ihn auch noch ein quälender Durst zu plagen.

Der Kutscher auf dem Bock hatte den schaurigen Schrei gehört und blickte sich furchtsam um, wurde aber durch den grellen Blitz geblendet. Tausend helle Pünktchen tanzten vor seinen Augen. Er konnte für einen Moment nichts mehr sehen. Der folgende Donnerschlag machte ihn fast taub. Das, was den Kutscher in diesem Moment beschlich, war nicht die eigentliche Angst, es war das Grauen vor dem Unheimlichen. Sein Mund stand offen. Er begann am ganzen Leib zu zittern. Die Pferde scheuten und er konnte nur mit Mühe die aufgeschreckten Tiere bändigen.

Aus der Ferne scholl hungriges Heulen herüber. Schaurig, hasserfüllt auf alles Lebendige, raubgierig gegen alle Kreaturen und futterneidisch auf sich selbst. Plötzlich war es ganz nahe, gleich darauf wieder weiter weg.

Wölfe!

Ja, Wölfe!

Es heulte wieder!

Die Schleusen des Himmels schienen sich zu schließen, denn der peitschende Regen ließ nach. Er ging in feines Nieseln über und dann hörte auch dieses auf.

Der Wald lichtete sich.

Vor ihnen lag das freie Feld.

Nicht weit entfernt erblickte er im heraufdämmernden Morgen, eingebettet in die Landschaft, die Häuser einer kleinen Ortschaft.

Ringsum erhoben sich geschwungene Bergketten mit ausladenden Wäldern.

Farbloses, reines Licht überzog das Himmelsgewölbe.

Grauer Widerschein füllte das Tal zwischen den Berghöhen.

Hinter ihnen tauchte ein grauer Wolf aus dem Waldesdickicht auf. Ruckartig bewegte er den eckigen Kopf, seine Lefzen zähnefletschend zurückgezogen. Die Lichter leuchteten kalt und ohne Erbarmen. Er spürte mit der Nase in die Richtung der Kutsche, hob die spitze Schnauze gen Himmel. Ein langgezogenes Heulen erklang.

Der Weg der Kutsche führte an einem bewaldeten Hang vorbei, an dessen Fuße kristallklares Wasser aus der Erde sprudelte. Gerade noch rechtzeitig erblickte Luther die Quelle und er rief zum Kutschbock hinauf: „Kutscher halt sofort an!"

„Warum soll ich anhalten?"

„Weil ich einen erbärmlichen Durst habe. Und dort ist eine Quelle!"

Die Kutsche hielt und Luther wollte aus der Kutsche springen.

Von Wegen aus der Kutsche springen.

Von Schmerzen geplagt schleppte er sich mühsam zu der Quelle hin. Er beugte sich so durstig, wie er war über das kristallklare Wasser, um zu trinken. Mit der hohlen Hand fing er das kühle Nass auf, führte es zum Mund und schlürfte es gierig hinunter. Dies wiederholte er, bis sein Durst gestillt war.

Aber was war das?

Das konnte doch nicht sein?

Hatte etwa das *„Vater unser"* geholfen?

Erstaunt stellte er fest das die Schmerzen verschwunden waren.

Ja, nur so konnte es sein. Gott hatte ihm mit dem kristallklaren Wasser dieser Quelle, einer heiligen Quelle, gegen den Teufel geholfen und ihn von seinen Schmerzen befreit.

Vom kristallklaren Wasser getrunken, hatte Luther an diesem Ort,
oh wie ein Wunder, seine Schmerzen waren fort.
Befreit von des Teufels unsäglichen Qualen,
umhüllten ihn göttlichen Strahlen.

Vom heiligen Wunderwasser hier man spricht,
das Werk höhere Mächte, aus damaliger Sicht.
Luther glaubte jedenfalls felsenfest daran,
dass er mit Gotteshilfe sein Leben wieder gewann.

Noch heute die heilige Quelle hier sprudelnd entspringt
und den Glaubenden Heilung bringt.
Versuch doch, ob du, wirst gesund
nach einem Schluck aus der Quelle im Tammichgrund.

Feuertanz

Wie von einem orkanartigen Sturm mitgerissen wirbelt es durch die von der gewaltigen Feuersbrunst erhitzte Luft.

Ein schaurig schönes Inferno.

Gewaltig prasselnde, hell lodernde Flammenzungen zucken gen Himmel, der einem rotglühenden Feuermeer gleicht. Laut knisternd gehen Strauch und Baum in den Flammen auf. Ein feurigeres Ungeheuer rast alles verschlingend über das Land.

Doch der Schein trügt, denn das ist es nicht, was ich da sehe. Es ist nicht die Beklemmung vor der mächtigen zerstörerischen Gewalt des Feuers. Ein ganz anderes Gefühl ist da in meiner Brust.

Es ist ein wunderbares Gefühl, ein Gefühl von Freude und Glückseligkeit, das mich immer wieder ergreift, wenn ich an diesem Ort stehe.

Ja, als ich zum ersten Mal hier stand, war ich überwältigt vom Schauspiel der Natur. Ein Sonnenuntergang nach einem die Luft reinigenden Gewitterregen. Die Strahlen der untergehenden Sonne tanzten zwischen den letzten abziehenden dunklen Wolken, fantastisch und unwirklich zugleich zwischen den Bäumen. Für mich ein Ort mit Magie, zu dem es mich immer wieder hinzieht. In dem Bewusstsein, wie wunderbar, gewaltig und auch zerstörerisch die Natur doch sein kann, erkenne ich wieder einmal mehr deren Mächtigkeit.

Mächtiger als wir kleinen Erdenmenschen!

Doch leben wir im Einklang mit der Natur, fügen uns, ordnen uns unter, ja verschmelzen mit ihr, dann sind wir selbst Natur mit all ihrer Macht.

Der Pummpälz

Die Kur- und Kreisstadt Bad Salzungen, mit einem der ältesten Soleheilbäder Deutschlands, liegt eingebettet zwischen den Südwesthängen des Thüringer Waldes und der kuppenreichen Rhön im lieblichen Werratal. Umgeben ist dieser Ort nicht nur von zahlreichen Waldgebieten und herrlichen Tälern, sondern auch von sagenhaften Orten. In der Tiefe der hier schier endlosen Wälder des Thüringer Waldes gibt es noch heute Orte, der Ruhe wie vor Tausenden von Jahren. Diese Plätze, im finstern Tann umgibt einen Hauch von Stille im Angesicht des allgewaltigen Gleichklangs der Natur. Aus der Reflexion zu solchen Flecken entstanden in den Vorstellungen unserer Vorfahren zahlreiche Geschichten und Erzählungen über Naturgeister, so auch über die listigsten und pfiffigsten Kobolde in ihrer mannigfachsten Art.

Einer davon ist der Pummpälz, der bekannteste Thüringer Kobold.

Der Pummpälz, ein rauhaariger Geselle versteckte sich in der Tiefe des Thüringer Waldes. Seine Wurzeln liegen im Moorgrund, genauer gesagt im Ortsteil Gumpelstadt. Hier ganz in der Nähe gibt es ein Pom- oder Pummwasser über das ein Steg führt. Und dieser Pummsteg wie er genannt wird hatte es dem Pummpälz besonders angetan. An diesem Platz trieb der kleine, sehr agile Kobold, ähnlich dem Steinbacher Bieresel sein Unwesen.

Eigentlich war der Pummpälz nicht so recht böser Natur. Er versuchte nur auf seine Weise Menschen, die die Regeln des Zusammenlebens missachteten und Finsteres im Schilde führten wieder auf den rechten Weg zurück zu führen. Und dies machte er nicht gerade auf eine zärtliche Art.

Nacht für Nacht wartete der kleine Kobold versteckt im nahen Gestrüpp an der besagten Brücke auf seine Opfer.

Was heißt hier überhaupt Opfer?

Es waren immer solche Menschen, die seiner Hilfe bedurften. Egal ob sich diese auf Diebestour befanden oder nach dem Besuch des Wirtshauses den rechten Weg nicht mehr nach Hause fanden.

Näherte sich dann so ein Windhund der Brücke, war es um diesen auch schon geschehen. Ehe es sich dieser noch so recht bewusst wurde saß der kleine rauhaarige Kobold, wie feurige Kohlen glühten seine Augen, schon auf dem Nacken des Nachtwandlers.

Und dann hagelte es rechts und links Ohrfeigen.

Vergeblich versuchten die Überraschten, den kleinen Widerling abzuschütteln. Je mehr sie es versuchten, desto dichter hagelten die Schläge auf Kopf und Nacken.

Eine Backpfeife folgte der anderen.

Todesangst erfasste die Geschlagenen.

Den Geschundenen blieb nichts anderes übrig als die Flucht nach vorn anzutreten. Schnellen Schrittes versuchte dieser das Weite zu finden, obwohl die Last auf den Schultern schwerer und schwerer wurde.

Erst als der Pummpälz sicher war, dass sein Opfer sich auf dem rechten Wege befand, ließ der kleine agile Kobelt von diesem ab. Mit einem letzten Jaulen und Fauchen zu gleich sprang er von dessen Schultern und verschwand in der Dunkelheit der Nacht.

Zurück blieb ein todbleicher am ganzen Körper zitternder Mensch.

In seinem Reich dem Thüringer Wald war der Pummpälz oder heute auch liebevoll das *„Pummpälzche"* genannt nicht nur der gewiefteste und bekannteste Kobold er bekam auch seinen Weg - den Pummpälzweg. Entlang des etwa 28 Kilometer langen Weges zwischen der Wartburg und der Kunstruine Frankenstein findet man 22 sagenhafte wunderschöne Holzskulpturen sowie Informationstafeln, die den Wegrand säumen. Sie erzählen von den im 19. Jahrhundert entstandenen Sagen des Thüringer Schriftstellers Ludwig Bechsteins und des Salzunger Mundartendichters Christian Ludwig Wucke.

Lilly Gross und Klein

Lilly Groß und Klein,
hübsche Mädchen auch wie fein.
Obwohl sie sich noch nicht einmal kennen,
kann man sie ruhig beim Namen nennen.

Welch ein schöner Name Lilly doch ist,
einfach typisch für ein Mädchen, das ihr es wisst.
Modern und einzigartig passt der Name wie angegossen,
Auch wenn die Zeit der Hexen, Einhörner und Feen ist verflossen.

Lilly im Englischen, als eine wunderschöne Blume man kennt.
Die Schönheit der Lilie aber nicht nur den Namen benennt.
Supersüß und frech er für junge Mädchen klingt.
Flippig und Jung er den erwachsenen Frauen einbringt.

Die Kleine ein Wirbelwind, mit dem schwarz gelockten Haar.
Sicherlich wird sie einmal so sportlich wie die Große, das ist wahr.
Jedenfalls haben sie schon einiges gemeinsam heute,
sie verbreiten Wärme und Wohlgefühl, das merken die Leute.

Den Namen Lilly tragen beide zurecht.
Hexenmädchen, dann wieder Feenprinzessin das wäre nicht schlecht.
Nur gibt es diese Fabelwesen nicht mehr in der heutigen Zeit,
und doch beginnt in ihrer Nähe etwas zu schwingen und Eigenartiges macht sich breit.

Für beide Lillys ist dieses Gedicht gedacht,
die Verse wurden geschaffen in einer Nacht.
Mit der Absicht ihre Herzen zu erreichen,
das es auf dieser Welt noch Dinge gibt die Vergnügen bereiten.

Von Paulus, dem Räuber am Beyer
(Legendäre Sagengestalt, auch Robin Hood der Rhön genannt.)

Als im 18. Jahrhundert in Deutschland das Räuberwesen blühte, blieb die Rhön davon weitgehend verschont. Lichtscheue Elemente fühlten sich in den benachbarten Spessartwäldern wohler als im *Land der offenen Ferne*.

Im Feldatal um Dermbach, auch das Armenhaus Deutschlands wurde diese Region einst genannt, ein vergessener Winkel von herber Schönheit sollte einst ein schwarzbärtige Räuber gehaust haben.

Dieser war ein Rebell, der sich so einiges traute.

So hatte auch die Rhön, wie wohl viele deutsche Regionen ihren legendären Sagenhelden - den Rhönpaulus, der als *„edler Räuber"* oder auch *„Robin Hood der Rhön"* bekannt wurde.

In Vergessenheit ist er bis heute nicht geraten, davon zeugen die vielen Geschichten, die man sich von ihm erzählt, nicht nur an den kalten Winterabenden.

Und hier seine Geschichte.

In den Vorbergen des Rhöngebirges, zwischen Bayern, Hessen und Thüringen, hauste vor 200 Jahren der gefährliche Räuber. Die Leute hatten solche Angst vor ihm, dass sie seinem Namen nicht auszusprechen wagten. Und wenn einer seinen Namen aussprach, denn sollte, er auch, überall dort, wo man es gewagt hatte, seinen Namen auszusprechen auch erschienen sein.

Im Kirchenbuch von Weilar findet man den Eintrag, wonach am 5. Februar 1736 die Dienstmagd Hanna Regina Paulin Paul ein uneheliches Söhnchen geboren und auch hier getauft wurde. Die Mutter stammte aus Hildburghausen und diente dem Weilarer Gutsschäfer. Der Vater war ein Hildburghäuser Soldat, der sich nie um seinen Sohn kümmerte.

Die Mutter verstarb 1741 nach schwerer Krankheit, da war der Junge gerade mal 5 Jahre alt.

Johann Heinrich Valentin Paul wuchs bei seinem Onkel, dem Gutsschäfer von Weilar auf, hier musste der Junge bereits hart arbeiten. Später fand er in Kohlbachsdorf (Bergsiedlung bei Roßdorf) eine Beschäftigung, wo er auch als Schäferknecht sein Geld verdiente. Das war nicht gerade viel, was er hier als Schafhirte mit Schlapphut und schwarzen Umhang bekam.

Im Herbst 1759 ließ er sich als Soldat für die preußische Armee Friedrich des II. anwerben. So zog er aus Kummer mit 20 Jahren, weil ihm die Heirat zu einer reichen Glattbacher Bauerntochter verwehrt war, über die Schlachtfelder und durch die Lazarette des Siebenjährigen Krieges.

Im Frühjahr 1764 desertierte er und kehrte nach einer Verwundung in seine Heimat zurück. Als Unterschlupf, um nicht gefunden zu werden, wählte er eine Höhle im Neuberg, die sogenannte *„Paulushöhle"*, im Ibengarten in der Nähe von Glattbach.

Nach dem Krieg konnte er sich nicht mehr an ein normales Leben gewöhnen. Er verdingte sich als Gelegenheitsarbeiter und Handwerker. Da die wenigen Naturalien, die er als Vergütung für seine Arbeit erhielt, oft nicht zum Lebensunterhalt reichten, beging er kleinere Diebstähle, vorwiegend bei wohlhabenden Bauern.

Meist war es wohl Mundraub.

Er fristete ein Dasein als Schmuggler, Wegelagerer und Wilddieb hauptsächlich im Gebiet zwischen Wiesenthal, Kaltennordheim, Andenhausen und Tann. Dabei hatte er Gewalt immer vermieden und bedürftige nie bestohlen. Vielmehr half er die Not der Armen zu lindern, indem er diesen beistand und ihnen gern etwas zusteckte.

So dauerte es auch nicht lange das ihm der sagenhafte Ruf als edler Räuber vorauseilte, der den Reichen nahm und den Armen gab.

Gleichzeitig wurde er zum Schrecken der Behörden.

Der *Rhönpaulus* ein echter Thüringer voll Mutterwitz und Fantasie, der das Herz auf dem rechten Fleck hatte. So kam er denn auch mehr mit List denn roher Gewalt an seine Beute und hatte - auch weil er immer aus dem Gefängnis entfloh - meist die Lacher auf seiner Seite.

Da war es kein Wunder, das man ihm angebliche Zauberkräfte nachsagte. Auch solle er mit dem Teufel einen Pakt geschlossen haben und dadurch zu großer Macht gelangt sein. So konnte er Leute an den Ort bannen, die er mit seiner Bande berauben wollte. Ließ er sich einmal fangen und wurde eingesperrt, so konnte man sicher damit rechnen, dass Paulus am anderen Morgen wieder auf und davon war. Für ihn war keine Mauer zu dick und zu hoch und kein Schloss und Riegel zu fest. Hatte er aber keine Lust, sich den Häschern zu überliefern, dann machte er sich unsichtbar oder verwandelte sich in einen Hund oder auch in einen schwarzen Kückelhahn, krähte von dem ersten besten Dache auf die Häscher herab oder fixierte seine Häscher auf der Stelle und lachte sie dann aus.

Besonders verbreitet war der Schmuggel mit Salz. Auch Paulus machte sich des Schmuggels mit dem damals teuren Würzmittel schuldig und hatte wohl so manchen Sack über die Grenze nach Hessen geschleppt. Mehrmals wurde er gefasst und im April 1764 wegen Salzschmuggels und aufrührerischer Betätigung verhaftet und nach Kaltennordheim in den Turm eingekerkert. Nach zwei Wochen Haft gelang ihm die Flucht aus dem Kerker des Kaltennordheimer Schlosses. Danach hielt er sich mehrere Jahre im Fuldaer Amt und gelegentlich auch in den Höhlen am Neuberg und am Roßberg auf.

So waren einmal einige Leute seiner Bande bei einem Bauern in Mittelsdorf eingestiegen, um diesen, den großen Kessel aus der Küche zu stehlen. Sie konnten aber nicht ahnen, dass dieser auch mehr konnte, als Brot essen.

Der Bauer hatte ihr Vorhaben bemerkt, schlich sich in die Küche, bannte die Räuber am Ort, als sie eben den Kessel ausheben wollten, und rief dann die Häscher aus Kaltennordheim herbei.

Doch ehe die Täter festgenommen werden konnten, stand auch schon der Paulus mitten unter ihnen. Der aber vermochte mehr als der Bauer, löste dessen Bann, ließ ihn samt den Häschern auf der Stelle zu einer Säule erstarren und verschwand mit seinen Gesellen und dem Kessel.

Ein andermal verkaufte ein reicher Bauer zu Glattbach ein paar fette Ochsen an einen Metzger. Als er nun sein Geld abends bei Licht nochmals nachzählen wollte, saß sein Kind mit am Tisch und griff nach den blanken Laubtalern, um damit zu spielen.

„Lass die Finger von dem Geld! ... Hast du mich verstanden? ... Wenn nicht gebe ich das ganze Geld dem Paulus!" drohte er.

Das Kind aber gab keine Ruhe.

Da strich der Bauer ärgerlich die Taler in den Beutel, schob das Fenster auf und hielt ihn mit den Worten hinaus: „Da, Paulus, hast du das Gold!"

Und der ließ sich so etwas nicht zweimal heißen, griff zu und verschwand.

Eines Tages war der Räuber Paulus nach dem auf dem Hochrain über Dermbach gelegenen Gehöft Steinberg geritten, hatte sein Pferd in den Stall gebracht und ließ sich eben das Frühstück recht gut schmecken.

Zum selben Zeitpunkt traf auf demselben Gehöft ein Kommando fürstbischöflicher Husaren ein, die sich ebenfalls in der gleichen Stube zum Frühstück niederließen. Bald kam das Gespräch auch auf den Räuber, den sie nicht persönlich kannten.

Als Paulus mit seinem Frühstück fertig war, verließ er für einen Augenblick den Raum, betrat dann wieder das Zimmer und sagte zu den Reitern: „Wenn ihr Paulus fangen wollt, so kommt bald nach, meine Zeit ist hier vorbei", grüßte und verschwand.

Als die Husaren sich von ihrem Erstaunen erholt hatten, sprangen sie fluchend auf und zogen rasch ihre Pferde aus dem Stall, um dem frechen Gesellen nachzusetzen. Der aber war schlau genug gewesen und hatte den Pferden, ehe er sich zu erkennen gab, vorsichtig die Bauchgurte durchgeschnitten.

In Friedelshausen saß Paulus unerkannt zwischen Bauern, die ihren Abendschoppen tranken. Über das Wetter, die Ernte kam das Gespräch auch auf den allseits bekannten Rhönräuber. Man erzählte von seinen begangenen Taten, die sich Paulus ganz gemütlich anhörte.

Nach einer Weile zahlte er und ging. Im Dorf traf er den bewaffneten Gemeindediener und bat ihn, im Wirtshaus die Gäste von Paulus, dem *„Räuber der Rhön"* zu grüßen.

Der Gemeindediener dachte sich weiter nichts bei dieser freundlich vorgetragenen Bitte und richtete sie aus.

Schimpfend fielen die Gäste über den Gemeindediener her und wollten wissen, warum er diese Person nicht festgenommen habe, das sei nämlich höchstpersönlich Paulus selbst gewesen.

Auch der Gemeindediener merkte, welche Torheit er begangen hatte, aber Paulus war schon über alle Berge.

Hinter der Würzburger - Tanner - Grenze traf Paulus einmal einen Andenhäuser Schmuggler, der mühsam einen schweren Salzsack die Anhöhe hoch schleppte. Vom Mitleid erfasst, nahm Paulus dem erschöpften Mann den Sack ab und trug ihn ein Stück des Weges, damit dieser wieder etwas zu Kraft kommen konnte.

Kaum hatte Paulus den Sack wieder abgegeben, als zwei Grenzwächter erschienen.

Der Mann ließ den Sack fallen und nahm Reißaus.

Die Grenzwächter verfolgten den Schmuggler und kümmerten sich nicht um Paulus. Dieser hob seelenruhig den Sack wieder auf und trug ihn nach Klein-Fischbach, wo er ihn gegen zwei Taler verkaufte und auch noch

Abendbrot erhielt. Auf dem Rückweg schob Paulus dem armen Schmuggler das erlöste Geld durchs Fenster und ging, ohne ein Wort zu sagen, weiter.

Ein anderes mal hörte der Probst von Zelle, dass der Räuber in einem Hause des Dorfes Empfertshausen sich befinden würde. Er sammelte in aller Stille einen Trupp bewaffneter Leute zusammen, zog nach Empfertshausen und umstellte das Haus.

Paulus sah keinen Ausweg mehr, um zu verschwinden. So verwandelte er sich kurzerhand in einen prächtigen, schwarzen Gockelhahn. Flog auf den unteren Teil der Haustür und krähte dem Probst fröhlich entgegen

Verwundert und erfreut über das schöne, furchtlose Tier streichelte er dieses einige Male über Kopf und Rücken, um dann das Haus vom Giebel bis zum Keller nach dem Räuber durchsuchen zu lassen.

Jedoch vergebens.

Zu seinem nicht geringen Ärger erfuhr später der geistliche Herr, wen er so freundlich gestreichelt hatte.

Nur vor zwei Leuten in der dortigen Gegend hatte Paulus, wie er selbst sagte, Respekt. Der eine war der Hexenmeister Joseph, ein Schlosser in Wiesenthal, der andere der alte Papiermüller bei Weilar.

Wenn die Räuberbande, den Letzteren in der Nacht überfallen wollte, fand sie die Mühle rundum mit Wasser umgeben oder an Ketten hoch in der Luft schweben.

Paulus trieb sein Unwesen lange Zeit fort, bis er endlich von den Gerichten mithilfe eines Verräters festgenommen werden konnte. Der Schlosser Joseph führte die Amtsbüttel zu seinem Schlupfwinkel, einer Höhle im *„Ibegarte"* (Eibengarten) über dem Dorf Glattbach. Hier im *„Paulusloch"*, seine Höhle am Neuberg, erfolgte 1779 seine zweite Gefangennahme und er wurde im Kerker des Schlosses zu Kaltennordheim eingesperrt.

Der Verräter war ein vermeintlicher Freund und dann hatte dieser auch noch als Schlosser ein Schloß mit Zauberkraft angefertigt. Diese Zauberkraft machte es Paulus unmöglich es zu öffnen oder wie sonst einfach aufzublasen.

In dem Geheimprozess im Jahre 1780 wurde er des *Abschusses der schönsten Hirsche im herzoglichen Forst,* weiterer Wilddiebereien, Räubereien und der Rebellion für schuldig befunden.

Das Landgericht Jena verurteilte ihn zum Tode durch den Strang. Er sollte auf dem Neuberg bei Glattbach an den Galgen aufgeknüpft werden.

Da aber das Gericht immer noch fürchtete, dass er auf dem Wege dorthin entspringen könnte, ließ es eine besondere Kiste aus Eichenholz *(Pauluskasten)* zum Transport des Räubers herstellen. Der Kopf, die Hände und die Füße ragten so aus der Kiste heraus, dass sie von außen nochmals angeschlossen werden konnten.

Als denn Paulus endlich auf der Leiter stand, bat er um die Gnade, Gottes Erdboden noch einmal betreten zu dürfen.

Dies wurde ihm aber verweigert.

Nun gestand er, dass er die Bitte nur deswegen gestellt habe, um dem Verfertiger jenes Schlosses noch einen *„Tücks"* antun zu können.

Der Hexenmeister Joseph, der so etwas vermutete, soll sich deshalb den ganzen Tag in seinem Keller aufgehalten haben, weil er sich unter der Erde vor der Zauberei des Räubers sicher wusste.

Über die Hinrichtung des Rhön-Paulus ist keine Urkunde zu finden.

Der Mensch hinter dem Mythos *„Paulus, der Räuber der Rhön"* oder auch der *„Schwarze"* genannt entzieht sich jeder Nachforschung. Er war ein Räuber ohne Furcht und Tadel, der keinen Mord auf sein Gewissen geladen hatte. Seine Heimat war die thüringische Rhön sowie die Gegend um Fladungen, Hilders und Tann.

Von dieser Zeit noch übrig ist eine Vorderladerpistole aus der Zeit des Siebenjährigen Krieges (1756-1763), Reste eines Soldatenmantels, eine Abblendlaterne und ein kleiner Kupferkessel.

POSITIVES DENKEN

Ich liebe das Thema positives Denken und finde, dass eine positive Einstellung wichtig für alle Lebenslagen ist, ob es die Gesundheit ist, der Umgang mit dem Stress, die Einstellung zum anderen Menschen und den vielen anderen Dingen unseres täglichen Lebens.

Was ist positives Denken?

Unser Gehirn kann bei jedem Gedanken zwischen zwei Seiten wählen: der Positiven und der Negativen. Es ist, wie bei einer Münze die auch zwei Seiten hat: Wappen oder Zahl.

Das Entscheidende dabei ist, ob wir positiv oder negativ denken. So wirken wir mit unserem Denken auf der einen Seite positiv auf unser ganzes Leben ein, aber auf der anderen Seite kann es auch zu negativen Auswirkungen kommen. Wie positive oder negative Gefühlserfahrungen bewusst akzeptiert werden, hängt jedoch von jedem einzelnen Selbst ab, ob man sich für die eine oder andere Seite entscheidet. Gehe ich positiv und aufgeschlossen an eine Sache oder verfalle ich in Resignation und verkrieche mich. Das heißt, dass wir die Macht besitzen, bewusst und zielgerichtet zu denken und mit unserem Denken das Leben zu beeinflussen.

Der Mensch kann mit seinem freien Willen selbst wählen, seine Gedanken zu gebrauchen. Haben sich die Gedanken, mit denen sich unser Bewusstsein beschäftigt, erst einmal im Unterbewusstsein verankert, spiegeln sie sich artgetreu im Leben wider.

Es geht also darum sich hauptsächlich den positiven Gedanken zu verschreiben. Das soll aber noch lange nicht bedeuten, dass keine negativen Gedanken mehr erlaubt sind. Im Gegenteil: Es kann sogar krank und unglücklich machen, diese zu verdrängen. Wichtiger ist eher, den Blick auf das positive Endergebnis zu richten und dabei solche Fragen zu stellen:

- ❀ Wie kann ich das Problem lösen?
- ❀ Wie stelle ich mir meine Zukunft vor?

Dann fehlt nur noch eins: die Umsetzung.

Hat sich das Gehirn erst einmal daran gewöhnt, immer die positiven Gedanken in den Vordergrund zu stellen, fällt es immer leichter, optimistisch durch das Leben zu gehen.

Positives Denken lässt uns mit Problemen leichter und ergebnisorientierter umgehen.

Jeder Gedanke tendiert dazu sich zu verwirklichen, außer er wird durch einen intensiven Gegenspieler neutralisiert. Das soll nicht heißen, dass andere Gedanken lesen können, sondern es geht um Ereignisse und Gegebenheiten die den neutralisierenden Einfluss bewirken. Dies kann positive, aber auch negative Auswirkungen haben. Damit sind wir wieder beim positiven Denken. Positives und negatives Denken hat Einfluss auf das Bewusstsein, das Unterbewusstsein und hat damit Einfluss auf die Grundlage für alle Erfahrungen, die im Leben gemacht werden.

Die positive Sicht der Dinge und die inneren Einstellungen sind ein mächtiger Faktor zur erfolgversprechenden Bewältigung der Dinge im Leben. Eine elementare Wahrheit, die immer wieder vergessen wird. Was nützt es, verpassten Chancen oder Fehlern der Vergangenheit nachzutrauern oder sich auf Zukunftserwartungen zu konzentrieren, wenn man dadurch den Augenblick, jetzt genau diesen Moment nicht erlebt?

Grundsätzlich ist es jedem Menschen möglich, glücklich zu leben oder sein Leben glücklicher und positiver zu gestalten. Man wächst mit allem, was man serviert bekommt, man wächst mit den Herausforderungen, die gestellt werden, selbst bei der Bewältigung von Krankheiten und der seelischen Schmerzen beim Verlust eines lieben Menschen.

Man wächst nicht, wenn man den Kopf in den Sand steckt, sondern wenn man den Schmerz annimmt und ihn zu begreifen versucht. Diesen nicht als einen Fluch oder als eine Bestrafung betrachtet, sondern als ein Geschenk für sich, um damit einen ganz bestimmten Zweck zu erfüllen. Auf Papier geschrieben hört sich das recht gut an, wie das in der Praxis aussieht, hat sicherlich bereits jeder selbst am eigenen Leib erlebt und kann einschätzen, dass dies gar nicht so einfach ist.

Genug der theoretischen Abhandlungen, jetzt zu einigen Hinweisen, wie ich mich bzw. sie sich von negativen Gedanken lösen können, um sich ganz den positiven Gedanken hinzugeben.

<u>Positiver werden, indem man negativen Gedanken keine Aufmerksamkeit mehr schenkt.</u>

So wie eine Pflanze nicht mehr wachsen kann, ja sogar vergeht, wenn sie kein Wasser mehr bekommt, so können negative Gedanken nicht weiter bestehen, wenn sie ignoriert werden, obwohl sie da sind. Schon alleine sich mit positiven Gedanken zu beschäftigen, ist bereits ein positiver Zustand.

<u>Schreien oder mit der Faust mit voller Wucht in ein Kissen zu schlagen hilft, um Wut abzulassen, um wieder positiv zu denken.</u>

Negative Gefühle können besiegt werden, in dem man sie ignoriert oder in dem man sie herausexplodiert, wie bei einem Wutanfall. Wichtig ist es dabei solche Befreiungsversuche kontrolliert hervorzurufen. Es wirkt befreiend.

Negatives Denken in positives Denken wandeln, indem man etwas Neues kennenlernt.
Wenn man etwas tut, was man bisher niemals gemacht hat, wird die Aufmerksamkeit von selbst von der Negativität abfallen, da sie ständig am Neuen hängt.

Lesen von Büchern über positives Denken oder zum glücklich sein.
Ein Buch zum Thema Glücklichsein zu lesen, ist eine der mächtigsten Methoden, die eigenen Gedanken und Gefühle zu lenken. Je mehr man sich mit diesem Thema beschäftigt umso mehr nehmen sie Einfluss auf unser Denken und unsere Gefühle.

Bei negativen Gedanken trotzdem lächeln hilft wieder positiv zu werden.
Nicht nur das Lachen, sondern auch das Lächeln schüttet Glückshormone in unserem Körper aus. Es erinnert daran, wie schön es ist, glücklich zu sein und gibt uns zusätzliche Kraft. Nicht nur das Äußerliche lächeln, sondern auch das innerliche Lächeln ruft die gleiche Wirkung hervor.

Man muss nicht perfekt sein, aber man muss aus seinen Fehlern lernen.
Allein, die Erkenntnis einen Fehler gemacht zu heben, sollte ein Lächeln auf die Lippen zaubern. Man muss nicht perfekt sein, weder in der Vergangenheit noch in der Zukunft. Wichtig ist, dass es uns bewusst ist, dass wir in der Lage sind, Veränderungen herbeizuführen. Das ist positives Denken.

Sich mit Menschen umgeben, die einem ein positives Gefühl geben.
Sicherlich kennt ein jeder den Moment, wenn ein Treffen mit einem Freund oder einer Freundin ansteht und man eine pure Vorfreude spürt. Oder wenn man an einen Freund nur denken muss und schon huscht ein Lächeln über das Gesicht. Dies sind die Menschen, mit denen man sich umgeben soll. Egal ob diese in das eigene Leben passen oder vom Umfeld akzeptiert werden. Wichtig ist, wenn diese Menschen durch ihr positives denken dazu beitragen, selbst positiv zu denken, dann sind sie gut für uns.

<u>Verantwortung übernehmen und aus einer möglicherweise bestehenden Opferrolle herauskommen.</u>

„Ich habe immer Pech!" Wer hat diese Aussage nicht bereits selbst von sich gegeben? Nur hört man diese Aussage selten von Menschen, die positiv denken und zufrieden mit ihrem Leben sind. Weil diese sich nicht einreden keine Macht über die Dinge zu haben und einfach nur Opfer der Umstände sind. Es ist zwar schön, wenn man sich damit herausreden und begründen kann, warum etwas nicht geklappt hat oder man etwas erledigt hat. Nur wem hilft das? Die Schuld bei anderen Menschen dafür zu suchen hilft in keiner Form weiter. Sage nicht „Dann ist es eben so", sondern denke daran „Ich kann es ändern". Sage nicht „Ich, muss damit leben", sondern denke daran „Es liegt in meiner Hand". Es geht um unser Leben und davon haben wir nur eins.

<u>Bewusst machen, was im eigenen Leben gut ist.</u>

Positives Denken ist kein Hexenwerk, die einfachsten Tipps können uns ganz real voranbringen. Wie genau diese Tipps umgesetzt werden, bleibt jedem Selbst überlassen. Vielleicht reicht es, wenn man sich selbst jeden Morgen fünf Dinge sagt, über die man glücklich sein kann. Vielleicht legt man sich auch eine Liste an, mit einer strahlenden Sonne und einer lachenden Blume darauf und hängt sie an einem Ort auf, wo man sie immer im Blickfeld hat. Wichtig ist, Dinge zu wählen, die wirklich glücklich und zufrieden machen. In jedem Leben gibt es viele gute Dinge, man muss sich aber auch bewusst sein, dass man diese nur zur vollen Entfaltung bringen kann, wenn man intensiv daran arbeitet. Man kann nicht alle negativen Dinge ausmerzen, aber man kann immer mehr Positives schaffen und häufiger positiv denken, um insgesamt glücklicher zu werden.

Ich weiß sehr genau, dass man nicht einmal eben von negativ auf positiv umschalten kann, aber schon alleine der Gedanke daran positiv zu denken ist bereist der erste Schritt in die richtige Richtung.

Der Mensch ist selber seines Glückes Schmied.

EVA UND DER TEUFEL ALKOHOL

Petra schaute mit zusammengekniffenen Augen aus dem kleinen Wohnungsfenster hinaus ins Freie.

Es war ein grauer Regentag. Die düsteren Wolken hingen tief und der Regen peitschte gegen die Scheiben.

Das Mädchen hasste die Abende. Ja sie hasste jene Abende, an den ihre Mutter erst spät in der Nacht nach Hause kam.

Die 12jährige ließ sich in den Sessel fallen und murmelte vor sich hin: „Heute kommt die Mutter bestimmt wieder betrunken nach Hause."

Aber ein gutes hatte die Sache doch, denn Petra konnte noch Fernsehen schauen. Wenn die Mutter zu Hause war, durfte der Fernseher nicht eingeschaltet werden. Für das Mädchen war dann Hausarbeit angesagt.

Es war spät geworden als Petra ins Bett ging und sie musste auch gleich eingeschlafen sein.

Ein lautes Poltern ließ das Mädchen vor Schreck im Bett kerzengerade in die Höhe fahren.

Dann ein unterdrückter Fluch.

Knarrende Treppenstufen - laut und anhaltend.

Dieser Krach war bis in das Zimmer des 12jährigen Mädchens zu hören und sie bekam jede der knarrenden Treppenstufen mit, die die Frau schwankend empor taumelte.

Mutter kommt doch schon wieder besoffen nach Hause schoss es der Kleinen durch den Kopf. Und das vier Uhr morgens.

Plötzlich hörte das Knarren der Treppenstufen auf. Stattdessen gab es auf dem Flur in unregelmäßigen Abständen scharrende Geräusche.

Dann Stille.

Sicherlich schlich jetzt die Mutter wieder den Korridor entlang. In der einen Hand die Schuhe und mit der anderen Hand die Wand entlang tastend. Schlich Schritt für Schritt schwankend vorwärts, dabei versuchten die Augen die Dunkelheit zu durchdringen. Nur kein Geräusch verursachen, dabei Biss sie mit den Zähnen in höchster Konzentration auf die Unterlippe.

Aber nur deswegen, dass Oma Getrud nichts mit bekommen sollte, die gleich nebenan ihr Zimmer hatte.

Mit dumpfen Poltern fiel ein Stuhl um.

„Au!", ertönte der Schmerzensschrei Evas in der Dunkelheit.

Jeden Moment musste Eva an der Tür sein.

„Ah, das ist sie ja."

Petra hörte, wie sich die Mutter gegen die Tür lehnte und mit dem Schlüssel versuchte das Schlüsselloch zu finden. Es dauerte mindestens fünf Minuten, ehe der Schlüssel in das Schlüsselloch gesteckt und vorsichtig herumgedreht wurde. Dann bewegte sich der Türgriff - sehr, sehr langsam.

Das Mädchen konnte den stoßweisen Atem ihrer Mutter hören, als diese die Tür öffnete. Vorsichtig, zu vorsichtig wurde die Tür zugeschoben, denn sie fiel im letzten Moment doch noch mit lautem Klicken ins Schloß.

Eva taste mit der rechten Hand an der Wand entlang, auf der Suche nach dem Lichtschalter. Plötzlich stand sie ganz still und fluchte vor sich hin. Sie wusste scheinbar nicht, was sie tun sollte.

Stille.

Das Mädchen hatte die Bettdecke bis zur Nasenspitze gezogen und amtete mit offenem Mund gleichmäßig, tief und leise ein und aus.

Da ging das Licht an.

Nur nicht bewegen schoss es Petra durch den Kopf, so tun, als ob sie schlafen würde. Abwarten was passiert.

Der Alkohol zeigte seine Wirkung. Schwer waren die Glieder von Eva geworden und lähmten jede Bewegung. Mit trockenem Mund und schwankend auf den Beinen erreichte sie gerade noch rechtzeitig das Bad.

„Was soll ich bloß tun?", stöhnte sie. „Mir ist so übel - ooch!"

Eva übergab sich in das Waschbecken des Bades. Aus dem Würgen wurde ein trockenes, konvulsivisches Röcheln. Speichelfäden rannten ihr aus dem Mund.

„Ooooh", stöhnte sie. „Es ist furchtbar. Ich muss sterben. Oick, oick."

Und wieder wurde sie von einem Würgeanfall geschüttelt. Mit hervor quellenden Augen und verzerrtem Gesicht versuchte sie, aus dem inzwischen leeren Magen noch etwas auszustoßen. Ein Rinnsal grüner Gallenflüssigkeit sickerte aus ihrem gequälten, weit geöffneten Mund.

Am blinkenden Wasserhahn festhaltend betrachte sich Eva im Spiegel. Ein bleiches Gesicht mit zerwühlten Haaren, schweißbedeckter Stirn mit rotumränderten, glasigen Augen blickte ihr entgegen.

Ein neuer Brechanfall.

Endlich beruhigte sich der Magen. Eva fühlte sich leer, und in den Ohren brummte und dröhnte es.

Und hätte dies alles noch nicht gereicht, begann sich alles zu drehen. Es kribbelte und krabbelte über den Augen, den Beinen und über den Bauch. Zehntausende Ameisen schienen über ihren Körper zu laufen.

Ihr Gesicht im Spiegel verschwamm. Bilder aus vergangenen Tagen zogen wie in einem Film an ihren Augen vorbei.

Im weißen Kleid stand sie mit ihrem Manfred vor dem Traualtar. Ihre Augen leuchteten vor Glück, als sie sich das „Ja" Wort gaben.

Aber das Glück sollte nur zwei Jahre dauern.

Immer öfter kam er spät abends nach Hause oder blieb gar die ganze Nacht fort.

Ausreden, die er dann immer parat hatte, waren: „Ich habe Versammlung gehabt" oder „Ich musste länger arbeiten".

Eva konnte sich nicht des Gefühls erwehren, dass hier etwas nicht stimmte. Dieses sollte sich wenige Tage später bestätigen.

Zufällig wurde Eva unfreiwilliger Zeuge eines Gespräches der Nachbarinnen. Eva war auf halben Weg nach oben im Treppenhaus stehen geblieben, stellte die Tasche ab und lauschte der Unterhaltung der beiden.

„Haben sie schon gehört, der Mann von der Eva soll eine Geliebte haben?"

„Nein!"

„Doch, eine ehemalige Bekannte!"

Eva musste ein Geräusch verursacht haben, denn die Nachbarinnen brachen sofort ihr Gespräch ab.

Hellhörig geworden, beobachtete sie die nächsten Tage misstrauisch das Verhalten ihres Mannes.

Tatsächlich hatte Manfred auf dem Weg zur Arbeit eine alte Freundin wieder getroffen, mit der er einstmals eine engere Beziehung hatte.

Die Begegnung im Bus sah nach einem Zufall aus. Es war jedoch kein Zufall. Die Frau hatte sich in die Nähe Manfreds versetzen lassen. Sie konnte es nicht verwinden, dass Eva ihr Manfred ausgespannt hatte, und wollte den Mann unbedingt wieder haben.

So kam es, wie es kommen musste. Durch die tägliche Busfahrt zur Arbeit entwickelte sich aus den erst kollegialen Kontakten eine intime Beziehung.

So gab es kaum noch einen Abend, an dem Manfred pünktlich zu Hause war.

Eines Tages war es dann so weit und es kam zu krach.

„Du bist ein Schuft! Vielleicht musst du arbeiten! Fremd gehst du!" schrie Eva zornig und stampfte mit dem Fuß auf. „Du gemeiner Kerl!"

„Du spinnst! Ich gehe nicht fremd. Wer hat dir denn das erzählt?"

„Das geht dich nichts an. Ich weis es eben!"

„Eva du kannst mir glauben, ich gehe nicht fremd", bestritt Manfred energisch die Vorwürfe.

Trotz seiner Unschuldsbeteuerungen konnte es Manfred nicht lassen und er traf sich weiter mit der Frau. Er blieb nicht nur ganze Nächte weg, sondern auch Sonntags.

Kam er dann einmal nach Hause, bettelte Eva unter Tränen. „Ich hab dich doch so lieb. Sag mir bitte warum machst du das?"

Das rührte Manfred überhaupt nicht. Im Gegenteil höhnisch lachend beschimpfte er seine Ehefrau und gab zu: „Du hast recht, ich habe eine andere."

In den nächsten Tagen und Wochen kam es immer wieder zu unfreundlichen Auseinandersetzungen. Eva beschimpfte Manfred sogar als einen „Hurenbock!" und schrie ihn an „Nimm deine Sachen, kannst lieber heute als morgen gehen!"

Sie lebten sich immer mehr auseinander und ein jeder ging seine eigenen Wege.

Eva fühlte sich so allein gelassen, in die Ecke gestellt. Sie hielt es einfach nicht mehr zu Hause aus.

Ablenkung suchte sie in dieser Situation. So ging sie mit Arbeitskolleginnen des Öfteren bis weit nach Mitternacht aus. Lernte in Bars und Kneipen andere Männer kennen und begann zu trinken. Je mehr sie jedoch trank, desto größer waren ihre Schuldgefühle, wenn sie wieder nüchtern war. Also trank sie die Ängste und Schulgefühle einfach weg.

Nach reichlich zwei weiteren Jahren war die Ehe endgültig gescheitert und sie wurde geschieden.

Ein erneuter Brechreiß rief Eva in die Gegenwart zurück. Bittere Galle stieg aus dem Magen hoch, stand in Blasen auf den Lippen, während ihr Atem stockte.

Das wollte und konnte Petra sich beim besten Willen nicht mit ansehen. Sie zog die Bettdecke über den Kopf und konnte die angesammelten Tränen nicht mehr zurückhalten. Sie rannte ihr still über die Wangen. Dem Mädchen war hundeelend und sie zitterte am ganzen Körper. In diesen Minuten war solch ein Hass in ihr, dass sie ihrer Mutter manchmal das Schlimmste an den Hals wünschte. Petra konnte einfach nicht mehr.

„Großer Gott", stöhnte Eva und presste ihre Hand gegen die Stirn, um den dumpfen, hämmernden Schmerz zu mindern. Am Waschbecken festhaltend zog sie sich hoch, bis sie stand, um dann schwankend zum Frisierschrank zu schlurfen. Ein Fläschchen Kölnisch Wasser nahm sie aus dem Schrank, schütte von dem Inhalt etwas auf ein Tuch um es dann gegen die pochenden Schläfen zu drücken.

„Das tut gut" kam es über ihre Lippen. Die prickelnde Kälte bewirkte etwas Linderung.

Noch einmal blickte Eva in den Spiegel. Ein aufgedunsenes Gesicht schaute ihr entgegen. Ihre Hände begannen zu zittern.

Suchend irrten ihre blutunterlaufenen Augen im Bad umher. Sprach dann „Auf geht's", zu sich selber um sich Mut zu machen. Unsicher und schwankend, bemüht Schritt für Schritt das Gleichgewicht zu wahren machte sie sich auf den Weg zu ihren Schlafzimmer.

Obwohl Petra, die Bettdecke bis über den Kopf gezogen hatte, bekam sie mit, was sich da in der Wohnung abspielte. Mitleid ergriff das Mädchen, es war ja ihre Mutter. Sie stand auf, barfuß und im Nachthemd wollte sie ihrer Mutter helfen.

„Laß mich in Ruhe", fuhr die Mutter das Mädchen im barschen Ton an und versuchte sich auszuziehen. Vergeblich war ihr bemühen, denn sie wollte das Kleid mit der Unterwäsche über den Kopf ziehen.

Wieder wollte Petra ihrer Mutter helfen.

„Hör auf, geh weg du Göre!" wurde sie angefahren.

Petra wusste, in diesem Zustand fruchtete bei ihrer Mutter kein Zureden. Trotz allem widerreden half sie ihrer Mutter beim Ausziehen, bemüht sie so wenig wie möglich zu berühren.

Und dann der Atem, der nur so nach Alkohol stank, dass er Petra fast vor Abscheu erstickten ließ. In diesem Moment war ihr die Mutter so fremd.

Kaum lag Eva im Bett, da rollte sie sich zu einem Knäul zusammen. Griff hinter das Bett und holte eine Flasche hervor. Es war ein weißes Gesöff, das die im Bergbau beschäftigten erhielten. Mit den Zähnen riss sie an dem blechernen Verschluss, bog ihn in die Höhe und zerrte ihn mit der Hand ab. Ohne Scham setzte sie die Flasche an den Mund und nahm einen langen Schluck.

Blaue Flämmchen schienen auf einmal um Eva herum zu tanzen. Irgendwie wollte sie nach diesen greifen, doch sie wichen immer wieder zurück. Die schwachen Versuche, den dichten Nebel mit den blauen Flämmchen zu durchdringen führten zu keinem Erfolg. Immer mehr umgab sie die Benommenheit wie eine Austernschale und schien ihr schlechtes Gewissen beschwichtigen zu wollen. Aber im Unterbewusstsein lauerte eine Erinnerung, ein beunruhigendes formloses Gespenst, das sich nicht greifen ließ.

Ihr Kopf sank in das Kissen. Eine Welle von Müdigkeit überschwemmte Evas Körper. Sie schloß die Augen. Jenseits der geschlossenen Lider verfolgten sie Alpträume bis in den Schlaf.

Nachdem Petra angewidert die Kleidungsstücke ihrer Mutter weggeräumt hatte, legte sie sich wieder ins Bett. Kaum hatte sie den Kopf in das Kissen gekuschelt, fiel sie völlig erschöpft in einen tiefen, traumlosen Schlaf.

Am frühen Morgen, kitzelnden die vorwitzigen Sonnenstrahlen, die durch das Fenster auf das Bett fielen, in dem Petra schlief, diese wach. Ein einzelner Vogel zwitscherte vor dem nur angelehnten Fenster.

Da die Mutter noch schlief, blieb Petra noch einen Moment mit offenen Augen liegen. Es waren nur wenige Minuten in der sie sich Gedanken machte. Die Welt stand für das Mädchen auf dem Kopf. Sie konnte es einfach nicht Verstehenden, dass ihre Mutter immer soviel trinken musste. Alles kam ihr so unnatürlich vor. Und dann die immer neuen Männer, die ihre Mutter kennenlernte. Dies mochte sie schon gleich gar nicht. Bereits ihre bloße Anwesenheit quälte das Mädchen.

Petra stand auf, lief barfuß über den Korridor und wusch sich gleich über den Ausguss des Waschbeckens Hände und Gesicht mit kaltem Wasser. Hastig trocknete sie sich ab, streifte das Kleid über, stellte Kaffeewasser auf, und dann erst berührte sie die Schulter der Mutter.

„Steh auf Mama! Es ist schon spät!"

Eva erwachte in einer miserablen Wirklichkeit. Ihr war so als arbeiteten tausend kleine Männchen mit Presslufthammern in ihrem Kopf. Es schmerzte, pochte und dröhnte.

„Steh schon auf, Mama!"

Die Mutter drehte sich vom Licht weg und zog die Decke über den Kopf.

„Hör schon auf mit dem Quatsch, Mama, das Kaffeewasser kocht schon!"

Sobald Eva den Kopf drehte, schien er zerplatzen zu wollen. Bereist das graue Dämmerlicht, das unter dem Rolle in das Zimmer hereinsickerte, tat den Augen weh. Ihr Hals war trocken, und im Mund spürte sie einen bitteren Geschmack. Die Zunge war geschwollen und taub. Aber am schlimmsten war der Magen, er zog sich schmerzhaft zusammen.

Eva richtete sich auf und starrte in die Leere, kniff dabei immer wieder die Augen zusammen und riss sie dann immer wieder auf. So als würde es ihr schwerfallen, wach zu bleiben. Ihre Halsschlagadern zuckten nervös.

„Aufwachen. Ist es abends oder morgens", murmelte Eva vor sich hin. „Klar doch heute ist Sonntag. Sonntag? Wieso Sonntag? Sonntag oder Freitag? Wie bin ich heimgekommen? Und wann?"

Dann war es ganz still im Zimmer.

Petra betrachtete ihre Mutter mit einem seltsamen Blick.

Es war Sonntag.

In den folgenden Monaten häuften sich Evas Männerbekanntschaften. Es waren Männer aus den Bars und Kneipen in denen sie verkehrte - flüchtige Bekanntschaften für eine Nacht.

Evas Leben wurde eine Rutschbahn, auf der es immer schneller nach unten in den Schlamassel ging.

Nur gut das Petra Halt und Geborgenheit bei der Großmutter fand. Nicht auszudenken, was aus dem kleinen Mädchen geworden wäre.

ALLES IST KLANG

Das leise Flüstern des Windes.
Das Lachen beim Spielen des Kindes.
Der Orkan tost mit Gebrüll.
Die Windsbraut über das Land fegt, in riesige Staubwolken gehüllt.

Des Schmiedes auf dem Amboss laut klingender Hammerschlag.
Das Quietschen der Reifen, beim Autofahren, was so mancher mag.
Lautes Geschrei macht nicht nur aggressiv einen jeden Mann.
Auch ständiger Lärm uns krankmachen kann.

Wir brauchen in der Stimme eines Menschen nicht zu lesen.
Wer mit dem Herzen hinhört, dem offenbart der Klang sein Wesen.
Der Klang in seiner Stimme etwas über den Menschen aussagt
Ärger, Frust oder Freude seine Stimme besagt.

Das ständige Gebell der Hunde, das auf den Geist gehen kann.
Das Heulen der Sirenen, das man hört auch dann und wann.
Das Trillern der Vögel am Morgen, klingt von des Baumes höhn.
Das Zirpen der Grillen am Abend wie wunder schön

Das Weinen einer gequälten Seele, das traurig machen kann.
Das gemeinsame Lied das uns wieder froh macht dann.
Das erste laute Lachen eines Kindes macht uns so glücklich.
Jubeln über die schönen Dinge des Lebens, das ist schicklich.

Der Klang ein Schallsignal mit harmonisch verteilten Teilfrequenzen.
Ein Hörerlebnis, das diese Schwingungen begrenzen.
Alles pulsiert und vibriert, ist lebendig, kann das sein?
Ja! Die Welt ist Klang! Mein Ursprung! Mein sein!

Eine andere Welt

Ein hell schimmernder Punkt schoss mit hoher Geschwindigkeit durch den Weltraum, einer Dunkelheit, die übersät war mit den Silberpunkten unruhig flimmernder Sterne. Da, das schwache Nebelband der Milchstraße - geheimnisvolle uralte Namen: Wega, Deneb, Atair. Dunkle Staubwolken teilten die Milchstraße vom Sternenbild Schwan bis zum leuchtenden Schützen, wo das Zentrum der Galaxis lag, ihr Kern, der noch viele Rätsel aufgab.

In der scheinbar völligen Leere des Alls zog ein Weltraumkreuzer unbeirrt seinen festgelegten Kurs.

Im gedämpften Licht der Kommandozentrale flimmerten zurzeit nur die blauen, grünen und gelben Signale der Instrumententafeln. Genau im Zentrum des großen Bildschirmes funkelte rotgelb ein Himmelsgestirn. Das Raumschiff raste, nein fiel regelrecht durch den Raum einer Sonne entgegen, die langsam heller und größer wurde. Man konnte bereits die neun Planeten erkennen, die diese Sonne umkreisen. Es war ein Anblick, den der Mann, der in der Kommandozentrale saß niemals vergessen würde.

Ich war dieser Mann, unter dem die Sonne und die sie umkreisenden Himmelskörper jetzt wie ein Modell lag.

Die Sekunden wuchsen zu Minuten.

Die Minuten zu Stunden

Stunden zu Tagen.

Immer größer strahlte die Sonne.

Es wurde Zeit den Weltraumkreuzer in seinem Flug abzubremsen.

Leises Summen, ein kaum spürbares Vibrieren, das durch den Leib des Flugkörpers ging, war das sichere Anzeichen dafür, dass das Raumschiff auf jedes Steuerkommando reagierte.

Das Bremsmanöver setzte ein. Rapide nahm die Geschwindigkeit ab und betrug bereits nach kurzer Zeit kaum noch fünftausend Sekundenkilometer.

Mit bloßem Auge betrachtet, war die Sonne zwar immer noch ein großer Stern, aber auf dem Bildschirm stand sie bereits als flammender Feuerball.

Der Weltraumkreuzer bog in einen Spiralflug um die Sonne ein.

Der Saturn, eine gewaltige, milchig schimmernde Kugel, von der blass grünliches Licht auszugehen schien, kreuzte die Flugbahn. Ein Lichtkreisel in der ewigen Nacht des Weltalls. Deutlich waren die halbliegenden, gleißend hellen, grünen und roten Ringe wie die erleuchteten Rillen einer Schallplatte zu erkennen. Grün wie Patina schimmerte der A-Ring. Die inneren Bahnen aus lockerem All-Staub leuchteten rot, die äußeren Bahnen aus dichten Eiskristallen schimmerten türkisgrün.

Am Rand des Bildschirms tauchte ein weißer von schattenfarbigen Streifen überzogener Ball auf, der sich vor der Masse hellstrahlender Sterne im Hintergrund und silbernen Spiralnebeln, die in unendlicher Entfernung im schwarzen Raum standen, deutlich abhob. Den Berechnungen nach musste es der Jupiter mit seinen Monden sein. Der Jupiter, der König der Planeten benannt nach dem höchsten Gott der Antike. Er war groß genug um die Erde 1.300-mal zu verschlucken, aber hatte keine feste Oberfläche. In seiner Atmosphäre herrschte ein ständiger Wirbelsturm, während ihn mehr als 60 Monde umkreisten.

Unterdessen wurde die Sonnenscheibe größer und größer und alle Versuche mit der Erde eine Funkverbindung herzustellen schlugen fehl.

Niemand schien sich um die Ankunft des Flugkörpers zu kümmern, der in das Sonnensystem eindrang. Das war mehr als ungewöhnlich, bei den Überwachungsstationen, die es auf der Erde gab und den Satelliten, die im erdnahen Raum ihre Bahn zogen.

Irgendetwas schien da unten nicht mit rechten Dingen zu zugehen.

Nur was?

Vor dem Raumschiff lag der glühende Ball aus Wasserstoff und Helium, die Sonne kraftvoll und wild. Einst als Gott verehrt, umkreist von neun Planeten und zahllosen Monden, lieferte die Sonne Wärme und das Licht, ohne die das Leben auf der Erde nicht existieren konnte.

Ich konnte das merkwürdige Gefühl einer steigenden Unsicherheit nicht mehr verdrängen.

Der Planetoiden Gürtel. Milliardenfache Trümmerreste rasten auf einer elliptischen Bahn zwischen Jupiter und Mars durch den Weltraum.

Plötzlich sank unter mir einfach der Boden unter den Füßen weg, und sekundenlang setzte mein Herzschlag aus, wie beim Hinunterfahren im Schnelllift. Nur gut das die Neutralisatoren einwandfrei arbeiteten, sodass dieser Moment wirklich nur einen Moment lang dauerte.

Das ultrakurzwellige Ortungsgerät hatte beim ständigen Abtasten des Raumes in Flugrichtung einen kleinen Meteoriten erfasst. Blitzschnell berechnete der Bordcomputer die Bahn und Geschwindigkeit des Meteoriten und verglich sie mit der des Schiffes. Sogleich kam die automatische Kurskorrektur.

Der Meteorit flog rechts am Weltraumkreuzer vorbei. Deutlich war die zerklüftete Oberfläche des Gesteinsbrockens zu erkennen. Spitze Felszacken ragten drohend in das All.

Ich atmete erleichtert auf.

Die rötliche Scheibe des Mars tauche rechts auf. Aus der Scheibe wurde eine Kugel, die von Stunde zu Stunde größer wurde. Deutlich konnte man jetzt die abgeplatteten Pole und zwischen den dahinziehenden Wolkenfetzen die schnurgeraden Kanäle erkennen.

Die Geschwindigkeit des Weltraumkreuzers lag schon merklich unter der des Lichtes.

Da, die Erde!

Welche Gedanken und welche Wünsche wurden da in mir wach?

Es waren zu viele.

Die Erde!

Die Erde! Dieses Wort bedeutete in der Nacht des Weltraumes soviel wie vor Jahrhunderten der Ruf: *„Land in Sicht"* - in den blaugrünen Wüsten der Ozeane.

Der messinggelbe Mond, eine mit kreisrunden Pockennarben, Hufabdrücken und Weltraumspuren übersäte Welt schwoll an.

Wie ein Magnet schien der blassblaue Planet den Weltraumkreuzer magisch anzuziehen und dieser schwenkte jetzt die Umlaufbahn um die Erde ein.

Bei 25.000 Kilometer Entfernung vom Blauen Planeten weiteten sich erstaunt meine Augen und über meine Lippen kamen überraschend die Worte: „Das gibt es doch nicht. Die Erde da unten hat nur einen Kontinent."

Auf dem erleuchteten Schirm hob sich eine plastische, wolkenumhüllte Kugel ab.

Aber was war das für eine Kugel?

Das konnte auf keinen Fall die Erde sein. Wo waren die fünf gelbbraunen Kontinente und das Königsblau des Ozeans geblieben?

In der Tat zeigte sich eine riesige zusammenhängende Landmasse - ein Superkontinent.

In 20.000 Meter Höhe umkreiste jetzt das Raumschiff die Erdkugel, wobei es langsam, aber ständig, tiefer und tiefer sank.

Wieder glitt der riesige Kontinent unter ihm dahin. Deutlich waren die ausgedehnten Vereisungen der Südhalbkugel zu sehen. In der Äquatornähe schien ein wüstenartiges Klima zu herrschen. Ein beträchtlicher Teil der Oberfläche wurde von einem einzigen Kontinent eingenommen, der Rest bestand aus Wasser.

Bei einer Höhe von 18.000 Meter über Bodenhöhe waren unübersehbare Gebirgszüge, Urwälder, Steppen, Wüsten und Flüsse zu erkennen.

Es gab Pflanzenwuchs.

Soeben überflog das Raumschiff eine vegetationslose Hochgebirgskette. Hier schien ein Vulkan seine Lavamassen in die Atmosphäre zu schleudern.

Dahinter begann eine dünenbedeckte Sandwüste.

Und doch zeigten die Messwerte eine verblüffende Übereinstimmung mit den Daten der Erde an.

Wie konnte das nur sein?

Hing es etwa damit zusammen, das ich mit dem Weltraumkreuzer einst mit Überlichtgeschwindigkeit die Erde verlassen hatte und in die Weite des Weltraums hinausgerast war?

Strafte jetzt mein Flug gar dem physikalischen Grundgesetz, die höchste jemals zu erreichende Geschwindigkeit habe das Licht, der Lüge?

Wenn ja, dann stimmte die Theorie mit der Reise in die Vergangenheit also doch. Je schneller die Geschwindigkeit wurde, je langsamer verging die Zeit. Beim Erreichen der Lichtgeschwindigkeit blieb sie stehen. Es gab einfach keine Zeit mehr. Und dann geschah das, worüber bisher in der Wissenschaft heftig gestritten wurde. Die Zeit begann beim Überschreiten der Lichtgeschwindigkeit wieder zu wandern, erst langsam und kaum merklich, aber zurück.

Deswegen schien ich jetzt in der Vergangenheit der Erde einzutauchen, in eine Zeit, wo sich zum ersten und einzigen Mal alle Kontinente der Erde zu einem einzigen riesigen Kontinent vereinigt hatten - genannt Pangäa!

Ja, so musste es sein. Eine andere Erklärung konnte ich nicht finden. Es musste ein Jenseits der Lichtmauer geben, wo die Zeit wirklich zurücklief.

Geheimnisvoll leuchtend glitt die Erde dahin. Durch die sie umgebende Atmosphäre erschien sie wie eine Kugel unter Glas. Ein pastellfarbener hauchdünner Schleier umgab sie. Dieser wurde allmählich dunkler, kräftiger in der Farbe, wechselte ins zyanblau, indigo, violett und verlor sich schließlich in der Schwärze des Weltalls.

Immer mehr Einzelheiten der Erdoberfläche waren zu erkennen, deutlich unterschieden sich die einzelnen Gebilde.

Mit einer Restgeschwindigkeit von 10 km/sec traf das Raumschiff auf die ersten Gasmoleküle der Erdatmosphäre. Der polierte Hohlspiegel des Raumkreuzers glühte in grünlichem Feuer auf, als die abgestrahlten Tachyonen auf die obere Luftschicht trafen.

In zwölf Kilometer Höhe umkreiste das Raumschiff die Erde.

Auf dem mittleren Bildschirm waren die Konturen der riesigen Landmassen des einzigen Kontinents zu erkennen.

5.000 Meter ...

Mit dem Heck voran raste der Weltraumkreuzer in steiler werdenden Fallwinkel in die Erdatmosphäre hinein.

Unten glitt eine bewachsene Tiefebene, von unzähligen Flüssen und Flussarmen durchzogen, dahin.

Erste Spuren der Atmosphäre.

4.000 Meter ..., 3.000 Meter ..., 2.000 Meter ...

In der Ferne tauchten weitere Gebirgszüge auf, die flacher wurden. Langgestreckte grabenartige Senken, teilweise gefüllt mit roten Abtragungen.

Festes Land.

Verschwunden war die Wolkendecke.

Sattes natürliches Grün, wie es den Augen lange Jahre gefehlt hatte, flog jetzt in tausend Schattierungen und verschwenderischer Vielfalt entgegen. Dieses Bild, von silbernen Bächen und Fäden der Wasserläufe gezeichnet, hätte das Herz eines Dichters mit Begeisterung erfüllt.

1.000 Meter ...

Mit mäßiger, gleichbleibender Geschwindigkeit sank der Flugkörper nach unten.

Schon waren die tieferen Schichten der Atmosphäre erreicht.

Der Himmel zeigte nicht mehr die düstere Färbung der höchsten Stratosphäre, sondern erstrahlte im lichten Blau.

Noch 500 Meter ..., 400 Meter ...

Immer langsamer sank das Raumschiff der Erdoberfläche entgegen.

Stärker wurde das Geräusch der abgestrahlten Tachyonen die, aus dem polierten Hohlspiegel des Raumkreuzers schossen. Der Hohlspiegel glühte jetzt in einem giftgrünlichen Feuer.

Mit dem Bug senkrecht in das Weltall weisend, sank der Raumkreuzer tiefer und tiefer. Nach einigen Minuten schwebte er nur noch hundert Meter über dem Boden.

Immer langsamer sank der riesige Flugkörper der Erde entgegen.

80 Meter, 75 ..., 50 ..., 30 ..., 20 ..., 10 ..., 9 ...!

Einige Meter über der Erdoberfläche schien der gewaltige Metallkoloss stillzustehen, das Heck von glühenden, zurückschlagenden Partikeln um loht. Die Feuerflut der abgestrahlten Tachyonen peitsche mit größter Wucht auf den Boden nieder und stieg wie eine Fontäne wieder empor.

Langsam sank die Rakete tiefer. Meter für Meter, gehalten von den starken Schubkräften, die von dem Triebwerk erzeugt wurden.

Ein Vibrieren durchlief den Raketenkörper, dann der Aufprall.

Wie abgeschnitten verstummte das ohrenbetäubende Heulen und Donnern. Das glühende Leuchten des polierten Hohlspiegels war erloschen.

Hart, aber sicher hatte der Weltraumkreuzer auf dem Erdboden aufgesetzt, und allmählich vermochten meine gequälten Ohren wieder andere Geräusche wahrzunehmen.

Senkrecht, gen Himmel gereckt hatte das Raumschiff auf einer welligen Ebene niedergesunken. Kniehohes, teilweise mannshohes Gras bedeckte den Boden, unterbrochen von Buschgruppen mit lanzenartigen Blättern. In der Ferne zogen sich die Höhenzüge eines Gebirges hin.

Durch eine der Buschgruppen schimmerte die Wasseroberfläche eines kleinen Tümpels. Dort am Uferrand, im seichten Wasser, hatten die da wachsenden Schachtelhalme eine beträchtliche Höhe erreicht.

Über dem brackigem Wasser tanzten seltsame Libellen im hellen Sonnenlicht.

In unmittelbarer Nähe des Landeplatzes reckten Pflanzen unterschiedlicher Größe ihr Haupt der Sonne entgegen. Es waren Baumfarne von unterschiedlicher Größe, von einem Meter bis zu einer Größe von zehn bis 15 Metern. Sie bestanden aus unverzweigten farntypischen Wedeln. Von den etwa 80 Zentimetern langen Wedeln standen seitliche Triebe ab, die mit zungenförmigen Fiederblättchen besetzt waren.

Zwischen ihnen war ein flüchtiges, schwereloses Auffunkeln von einem spinnengewebeartigen Etwas zu erkennen.

Dort wo der Boden feucht war, wuchsen Bärlapp, Moos und niedrige Farnbüsche.

Hin und wieder erhob sich einer der schönen orangeroten Vögel mit dem dunkelpurpurroten Scheitelkamm und den schwarzbraunen, weiß geränderten und gefleckten Flügel- und Schwanzfedern aus dem dürren Gras. Auffällig bunt waren die Männchen gegenüber den bescheidenen einfarbigen braunen Weibchen.

Unweit des Landeplatzes erhob sich der steil ansteigende Hang eines Hügels, bedeckt mit borstigem Gras, zwischen dem an verschiedenen Stellen nackter rotbrauner Felsen hervor schaute. Stellenweise davor tiefe Mulden, gefüllt mit feinem kupferfarbenen Staub.

Auf dem Hügel, auf dem eine Reihe kleine und größere Felsbrocken lagen, sonnten sich zahlreiche bis zu drei Meter lange Echsen. Diese hatten einen gedrungen Körperbau und kurze, kräftige Beine. Den massiven Kopf hin und herdrehend riss die eine und andere Echse mit ihren kurzen stiftförmigen Zähnen hin und wieder Pflanzenteile aus dem Boden.

Am Fuße des Hanges, zwischen der rot aussehenden Erde wuchsen vereinzelt Nadelbäume. Die Zweige an den schlanken Stämmen trugen dicke nadelartige Blätter. Die Zweigenden sahen aus wie Getreideähren. Ovale, fleischige Zapfen bildeten die Fruchtkörper.

Zwischen den Nadelbäumen rankten niedrige Sträucher mit graublauen winzigen Blättern platt über dem Boden dahin. Eine zehn Meter große freie Fläche war mit weichem rotem Moos bedeckt. An einzelnen Stellen ragten merkwürdige stachlige Stöcke heraus, deren Stacheln ebenfalls violett leuchteten.

Hier und dort lagen alte entwurzelte Stämme mit ihrem dürren Gezweig zwischen den Nadelbäumen.

Auf der etwa zehn Meter großen Fläche, in unmittelbarer Nähe des Hügels tummelte sich eine Anzahl von Echsen. Tiere die kleiner waren als ein ausgewachsener Mensch.

Die etwa 60 Zentimeter langen Echsen hatten relativ, lange kräftige Gliedmaßen. Die Vorderbeine waren kürzer als die Hinterbeine und sie besaßen fünf Zehen an jedem Fuß.

Zwei der Tiere begannen umherzutollen. Es sah bald so aus als wollten zwei übermütige Kinder haschen spielen. Dabei führten die Tiere mit den Hinterbeinen, aber auch mit allen vier Beinen ungeschickte Sprünge aus.

Aufrecht stehend rissen die Größeren von ihnen Palmenblätter, Schachtelhalm- und Farntriebe ab, andere ausschließlich junge Tiere, fraßen Gras und sahen dabei recht komisch aus.

Ich schaute mich suchend nach den beiden Echsen um, die wie zwei kleine Kinder umhergetollt waren.

Wo waren die nur?

Endlich hatte ich sie gefunden und es war kaum zu glauben sie lagen beiden dicht nebeneinander, als würden sie miteinander kuscheln, in der Nähe des Hanges unter einem Busch, der unweit einer der Tannen stand.

Sinnend betrachtete ich die Beiden, die sich bei den wärmenden Strahlen der Sonne recht wohlzufühlen schienen.

Ich weiß nicht, woher mir plötzlich der Gedanke kam, dass die beiden wie ein Liebespaar aussahen. Den Gedanken schob ich gleich wieder beiseite und sagte in meinem Inneren zu mir. „So ein Blödsinn, Echsen und dann ein Liebespaar, das gibt es doch nur bei uns Menschen."

Bild 14: Tambacher Liebespaar.

„Hallo junger Mann!", hörte ich plötzlich eine laute Stimme hinter mir rufen.

Ich fuhr zusammen und im ersten Moment wusste ich nicht, was los war.

Und wieder ertönte die Stimme hinter mir die sagte: „Junger Mann, wir schließen gleich!"

Der Schreck saß mir immer noch in den Gliedern, als ich mich umdrehte. Ich erblickte neben mir einen Angestellten des Museums, der mit spitzbübischem Lächeln auf den Lippen sagte: „Na junger Mann, waren wohl mit ihren Gedanken in einer anderen Welt?"

Nur langsam fand ich in die reale Wirklichkeit zurück.

In meinen Gedanken musste ich wohl in eine andere Welt eingetaucht sein. In eine Welt aus der grauen Vorzeit unserer Erde. Ich konnte es einfach nicht glauben, denn die Bilder standen mir immer noch so plastisch vor den Augen, als hätte ich das alles erst vor wenigen Minuten erlebt.

Das kann doch nicht sein?

Aber die reale Wirklichkeit belehrte mich eines bessern, denn vor mir in einer der Vitrinen lagen nicht, die sich in der Sonne kuschelnden Echsen. Sie hatten sich in eine Gesteinsplatte verwandelt auf der zwei fest aneinandergeschmiegten Ursaurierskeletten zu erkennen waren. Ich befand mich auch nicht in der Zeit des unteren Perm, sondern im Museum der Natur in Gotha und vor mir in der Vitrine lagen:

Das Tambacher Liebespaar - Zwei im Tode vereinte Ursaurier.

DER URSCHMERL

Märchen, Mythen und Sagen sind im Harz allgegenwärtig zu spüren. Zwerge, Geister und Elfen haben ihre Heimat in dieser rauen Gebirgswelt. In dem klaren dahin plätschernden Wasser der Bäche, die durch das dichte Tann der Wälder und über die grünen Wiesen dahin sprudeln, tummelten sich große und kleine Fische. Silbern und quicklebendig stoben zwischen ihnen hier und dort der zarte und schmale Schmerle durch das Wasser. In den Schmelzteichen, in der Uffe und in den wild dahinschießenden Harzbächen konnte man diesen quirligen Fisch finden.

Über diese Schmerle, und zwar über den *Urschmerl* erzählt man sich folgende Sage, deren märchenhaften Wurzeln in der wild romantischen Welt des Harzes zu finden sind.

Die Schmerle waren der Sage nach Fische, die sich überall einmischten und durch ihr vorlautes Wesen ständig für Unfrieden sorgten. Sie hielten sich für die wichtigsten Fische in den Harzbächen.

Wie so oft tanzten die Elfen und die Zwerge, bei sternenklarer Nacht im diffusen Schein des Vollmondes ausgelassen auf der Wiese des Schmelzteiches.

Da plätscherte es mit einmal im klaren Wasser des vorbeifließenden Baches. Und es waren keine anderen wie die Schmerle, die sich laut und störend bemerkbar machten.

Vorbei war es mit dem Frieden.

Dies gefiel natürlich einer der anwesenden Hexe überhaupt nicht. Auf ihrem großen Besen sauste sie heran. Ergriff kurzerhand den kräftigsten und lautesten Schmerl und schlug diesen mit aller Wucht auf den Kopf.

Der Schlag war so kräftig, dass vor den Augen des Schmerls lauter Sterne kreisten.

Ja, auch Fischen kann so etwas passieren.

Und wenn dies noch nicht gereicht hätte, rief die Hexe erbost:

> *"Verzaubert seist du lange Zeit, bis dickes Moos dir ward zum Kleid. Fest soll dich eine Kette halten, da sollst du deines Amtes walten. Und allen Schmerlen Groß und Klein, sollst du ein treuer Hüter sein. Wenn manches Jahr dann ist, verronnen, wird auch der Bann von dir genommen. Vollbringe eine gute Tat, dann alle Pein ein Ende hat."*

Das hatte er nun davon.

Ab sofort musste der verhexte Schmerl in der Schleusenkammer unter dem *Mönch* des Schmelzteiches leben. Er konnte diesen Ort einfach nicht mehr verlassen, denn angeschmiedet an eine Kette tief unten im Wasser zwischen Geröll und Gestein fristete er sein Dasein.

Er wurde älter und älter.

Grünes Moos begann auf seinem Kopf zu wachsen, das dichter und dichter wurde. Und so dauerte es gar nicht mehr lange, das der kleine Schmerl nur noch der *alte Schmerl* genannt wurde.

Und wie es nun mal kleinen Kindern eigen ist, ging es dem kleinen Schmerl nicht anders. Sie hörten einfach nicht auf den *alten Schmerl* zu ärgern, so wie es die kleinen Kinder oft mit ihren Eltern machen. In ihrem Übermut schossen sie lustig herum und schwammen oft viel zu weit fort, das der *alte Schmerl* nicht mehr auf sie aufpassen konnte.

So vergingen die Jahre.

Wie überall auf der Welt gab es auch im Harzstädtchen Sachsa viele frohe und kecke Buben, die wild herumtobten, mit manchem ihren Schabernack trieben und gern am Wasser spielten. Und gerade das Verbotene machte erst so richtig Spaß.

Dazu gehörte auch, das es nicht erlaubt war Fische aus dem Schmelzteich zu fangen.

Und trotzdem versuchten die Buben, die hier am Wasser spielten mit viel Geschick Schmerle zu fangen. Es macht doch so viel Freude im Wasser herum zu Plantschen und den quirligen Fischen hinterher zu jagen.

Diese glitzernden, flinken Fische übten eine gewisse Anziehungskraft auf die herumtobenden Kinder aus.

Mit mitgebrachten kleinen Eimern versuchten sie die Schmerle einzufangen und wer die größte Schmerle gefangen hatte, der war der Wildfischkönig.

Ein lustiges Spiel war das!

Eines Tages passierte es dann!

Ein Junge, der wieder einmal wie schon zuvor verbotenerweise am Schmelzteich Fische fangen wollte, hob am Mönch einen Stein auf und konnte in die Schleusenkammer hinein sehen.

Den Schreck könnt ihr euch nicht vorstellen, der sich seiner bemächtigte. Laut und jämmerlich schrie der Junge auf.

Aber was war das nun, das ihm solch einen Schrecken eingejagt hatte?

Es war der alte, riesengroße Schmerl an der Kette, der den Buben aus bösartig glitzernden Augen ansah. Mit seinem hin und her zuckenden Schwanz peitschte er wütenden das Wasser auf.

Schlammwolken wirbelten empor.

Plötzlich schoss aus dem Mund des alten mit moosbewachsenen *Urschmerls* ein dünner scharfer Wasserstrahl direkt in das Gesicht des Knaben.

Als wenn der erste Schreck noch nicht gereicht hätte. Jetzt wäre er fast umgefallen. Beide Arme gen Himmel streckend starrte er den großen Fisch an. In seinen Augen, mit denen er den Fisch anblickte, spiegelte sich Wahres entsetzen wieder.

Und dann hob der Schmerl auch noch anzusprechen: „Weißt du nicht, dass die Fische so gern froh durchs Wasser schwimmen und sich freuen, dass sie leben? Lass sie zufrieden, denn dir würde es auch nicht gefallen!"

DER KAMPF UM DIE BURG AUF DEM FRANKENSTEIN

„Heinrich von Frankenstein floh mit seinen 40 Rittern nach der Niederlage Hersfelds auf seine Burg bei Salzungen und verschanzte sich dort. Der Abt Bertheus folgte ihm, nahm die Burg ein und zerstörte sie später mit herbeigebrachten Mauerbrechern."

Quelle: Salzungen-Historischer Streifzug durch das Salzunger Land, Frankensteingemeine-Verein für Salzunger Geschichte e. V., 1992 Seite 34.

Der Mond tauchte mit seinem fahlen Schein die feuchten Werrawiesen in sein silbernes Licht. Hier und dort ein Rascheln im saftig grünen Gras. Sicherlich wieselflinke Mäuse, die sich am Ufer der Werra tummelten. Von fern drang der Ruf einer Eule herüber.

In der am Ufer liegenden Stadt hatte sich der Lärm der Betriebsamkeit des Tages gelegt. Nur hier und dort zeugte gelblicher Schein, dass hinter den Fenstern noch Licht brannte.

Plötzlich hallten immer lauter werdende dumpfe Hufschläge zahlreicher Reiter durch die Nacht. Abgekämpft hockten die Männer auf ihren Pferden und galoppierten wie gehetzt Richtung Frankenstein.

Glitschig waren die Uferwiesen und die Reiter hatten Mühe, die Tiere auf dem rutschigen Weg im Zaum zu halten.

Hier und da kam ein grober Fluch über die Lippen der vom Kampf gezeichneten Gesichter der Ritter.

Bäume und dichtes Gebüsch, als verzerrtes undeutliches Gebilde, tauchte vor ihnen auf und hinter dem Gesträuch die dunkle Erhebung eines Berges.

Der Frankenstein, auf ihm eine der ersten Steinburgen im Werratal.

Die 40 Ritter, die sich auf der Flucht vor den Truppen des Abtes Bertheus befanden, jagten durch den Ort Kloster, galoppierten auf ihren Pferden den Feldweg, der sich im weiten Bogen den flach ansteigenden Hang emporschlängelte, hinauf. Von Osten her erreichten die abgehetzten Reiter die mehrstufig gestaffelte Toranlage der Burg.

Die Hufe der Pferde klapperten auf dem steinigen Weg als die Schar durch die Tore in das Innere der Burg galoppierten.

Hinter ihnen schlossen sich knarrend in ihren verrosteten Angeln drehend die mächtigen Flügel der Tore mit einem dumpfen Knall.

Die Schlacht war geschlagen, die Hersfelder hatten verloren und der Frankensteiner, der dem Abt von Hersfeld Treue geschworen hatte, befand sich mit den 40 Rittern, die ihn begleiteten auf der Seite der Verlierer. Gerade noch rechtzeitig konnten sie sich absetzen und Richtung der Burg Frankenstein flüchten, in der Hoffnung hinter den Mauern in Sicherheit zu sein.

Eine trügerische Hoffnung.

Wie trügerisch die Hoffnung war, sollte sich bald zeigen. Der Fuldaer Abt Bertheus rückte mit seinen Truppen an um die Burg im Sturm zu nehmen.

Einem Lindwurm gleich kroch aus der Niederung der Werra Aue die Heerschar des Fuldas Abt heran. Im Licht der aufgehenden Sonne glänzten Helme und Brustschilde, die langen geschliffenen Spitzen der Piken, der Hellebarden. Vorweg die Berittenen, gerüstet und bewaffnet mit Lanzen und Spieße, danach geschlossen, Haufen auf Haufen des Fußvolkes und zwischendrin das Ungetüm eines Mauerbrechers.

Fast zum Greifen nahe lag vor der Truppe des Abtes hoch oben auf dem Hügel die Burg Frankenstein. Die grauen Mauern wurden durch die Strahlen der Morgensonne in ein ganz besonderes Licht getaucht.

Hier und da schwebten noch über den Werrawiesen Nebelbänke.

Trompetengeschmetter erfüllte die Luft.

Der Boden dröhnte.

Wie toll gewordene Zentauren jagten die Truppen des Abtes über die Wiesen und Äcker den steilen Berg hinan.

Angehaltenen Atems lehnte sich der Frankensteiner über die Brüstung der Burgmauer.

Was würde geschehen?

Das Dröhnen der fuldischen Trommeln klang bis auf den Berg hinauf, als wollten sie die Mauern der Burg im Sturm erobern.

Der Abt von Fulda gab ungeduldig Zeichen. „Zum Teufel greift an, wofür bezahle ich Euch!", schienen die Gesten zu sagen.

Der Klang der Trommeln, der Schall der Hörner und die Schreie der Angreifer vereinigten sich zu einem höllischen Lärm.

Eiserne Bolzen schossen auf die Angreifer herab.

Der Angriff stockte, aber nicht für lange.

Von Osten näherte sich den flach ansteigenden Hang empor das seltsame Gerät eines Mauerbrechers. Ein Gefährt, mit einen etwa 30 Meter langen an einer Kette hängenden Balken. Die Spitze des Balkens mit Eisen verstärkt. Gezogen von sechs Pferden rumpelte die Kriegsmaschine auf dem Feldweg heran. Beim Näherkommen konnte man deutlich die Überdachung erkennen, welche die am Mauerbrecher arbeitende Mannschaft gegen Geschosse, schwere Steine und Feuer schützen sollten.

Gemächlich pendelte der lange, an der Kette hängende Balken in der beweglichen Schere hin und her.

Etwa 100 Meter von der Burgmauer entfernt hielt der Mauerbrecher. Die Pferde wurden ausgespannt. Gleichzeitig verschwanden unter dem Schirmdach, auch Katze genannt, 20 und mehr Männer um den Mauerbrecher mit Muskelkraft bis an die Burgmauer heranzuschieben.

Da plötzlich schmetterte die Trompete, die Harsthörner gellten, und himmelan schallte das Schlachtgeschrei des anstürmenden Feindes.

Langsam rollte die schwere Maschine auf hölzernen Rollen vorwärts. Die unter der Katze befindliche Mannschaft schob sie näher und näher an das steinerne Hindernis, die Burgmauer heran. Und dann begann der Balken immer kräftiger hin und her zu schwingen und krachte mit Gewalt gegen das Mauerwerk.

Die Festungsmauer erzitterte.

Erste Steine brachen aus der Mauer heraus.

Die Verteidiger der Burg warfen Gesteine, riesige Quader auf das Ungetüm hinunter, das es knirschte und stöhnte.

Es war jedoch alles Vergebens, der Kriegsmaschine war nicht beizukommen.

Wieder und wieder krachte der Balken mit seiner Eisenspitze gegen die Mauer, in der sich bereits ein Riss nach dem anderen zu bilden begann.

Ohne Unterlass krachten Steine, selbst mit Steinen gefüllte Fässer von der Mauer herab. Auch Feuer wollte nicht gegen die Kriegsmaschine helfen.

Mächtig schwang unter der Katze der Sturmbock an der Kette hängend hin und her krachend gegen die Mauer, dass sie erbebte.

Mit Takt des Sturmliedes und unter wildem Kriegsgeschrei wurde der wuchtige Balken in Schwung gehalten.

Und da geschah es.

Bild 15: Mann gegen Mann wurde der Kampf um die Eroberung der Burg geführt.

Die Lücke in der Mauer wurde immer größer, Steine wurden zermalmt oder fielen herunter. Ein ganzer Mauerabschnitt stürzte ein und gab den

Weg in das Innere der Burg frei. Der Mauerbrecher hatte sein Werk vollendet und die Mauer zerrissen.

Ehe die im Staub fast erstickende Burgbesatzung dieses gewahr wurde, drangen die Männer des Abtes in die Burg ein. Jetzt ging es Mann gegen Mann. Schwerter kreuzten sich im klingenden Ton. Mit Hellebarden und Piken wurde aufeinander eingestochen.

Männer krümmten sich in ihrem eigenen Blut.

Dort schwankte ein Ritter, geschwächt vom Blutverlust durch einen Schwertschlag über den Kopf. Trotz der herausgeschrienen Verzweiflung gab er nicht auf, holte mit dem Schwert in seiner Rechten zum fürchterlichen Hieb gegen den auf ihn eindringenden Gegner aus.

Mit zerschmettertem Schädel, blutüberströmt stürzte dieser von dem Mauerrest, auf dem er stand in den Burghof.

Hin und her wogte das Kampfgetümmel, bis sich das Kriegsglück auf die Seite der Fuldaer schlug.

Die Frankensteiner Ritter standen mit dem Rücken zur Wand und es blieb ihnen nichts anderes übrig als sich nach kurzem Gemetzel dem Abt von Fulda auf Gedeih und Verderb zu ergeben.

Übrig blieb eine zerstörte Burg, die Mauern zerfallen, Überreste einer an verrosteten Ketten hängenden Brücke und schief in den Angeln schwebenden Türen und Tore. Im Laufe der Zeit überwucherten im östlichen und nördlichen Bereich der Burganlage samtweiches Moss, grünes Gras, dichtes Gestrüpp und dürres Gehölz die vorhandenen Wälle und Gräben.

WUNDERSCHÖNE AUGEN

Wunderschöne Augen, man glaubt es kaum
oder ist es vielleicht nur ein Traum.
Ihre Blicke können nicht nur das Herz erquicken,
sondern auch bis tief in die Seele blicken.

Die Augen sie funkeln wie Diamanten so klar.
Sie stellen für die Mitmenschen eine starke Anziehungskraft dar.
Mehr sollte man sich tief in die Augen sehen,
dann kann man viel besser sein Gegenüber verstehen.

Ein Augen-Blick erzählt mehr als tausend Worte können es sagen,
deswegen sollte man einen tiefen Blick in die Augen wagen.
Augen-Blicke voller Ehrlichkeit,
die man tief bis in die Seele spürt, dafür ist man dann bereit.

Seelenverwandt und sich verstehen mit einem Blick,
das ist für die Liebe wahrlich der schönste Kick.
Eines weiß man dann genau,
dass ich sicherlich nur in diese Augen schau.

Blau, grün oder schwarz die Augenfarbe, nur eine Laune der Natur.
Das Geheimnis dahinter, die Welt sehen zu können, zählt hier nur.
Warum ist der Blick so traurig oft wir fragen,
dann wieder fühlen wir das Glück in den Augen, das sie uns sagen.

Glück in den Augen zu sehen, als wäre es gerade gewesen,
selbst unterdrückte Tränen ließen sich dann ablesen.
Alles fängt aber an erst dann,
sieht ein wunderschönes Augenpaar dich an.

Augen der Spiegel der Seele, geheimnisvoll und doch offen.
Sie lassen auf Liebe, Güte, Verständnis, Wärme und Geduld hoffen.
Schau tief in die Seele eines anderen hinein,
dann erkennst du seine Seele, ob sie ist auch rein.

Ein sinnloser Tod

Gnadenlos heult der alles durchdringende Wind von Nordwest jetzt über die Steppe heran und türmt den Schnee auf. Alles wird mit Frostreif bedeckt, Telegraphenleitungen, verkrüppelte Bäume, der Schutt des Krieges.

Die Temperaturen sinken auf minus 18 Grad und tiefer.

Der Boden friert so stark, dass die Schritte bald so klingen, als gehe man auf Metall.

Als die Nacht, nach einem lebhaften roten Sonnenuntergang hereinbricht, liegt die weiße Landschaft für kurze Zeit in ein arktisches Blau getaucht da.

Der Hunger wird mit jedem Tag größer, obwohl es Pferdefleisch gibt.

Auch das Ungeziefer macht uns schwer zu schaffen.

Mit all diesen Strapazen haben wir uns abgefunden.

Wir sind in einem muffigen, stinkenden Kellerloch untergezogen. Eine zerrissene Zeltplane vor dem Eingang soll uns vor der grimmigen Kälte wenigstens etwas schützen. Ständige Erschütterungen, Rieseln des Kalkes von der Decke und den Wänden, ein ätzender Kellergeruch gehört zur Tagesordnung.

Uns ist schon alles egal.

Es ist der 19. Dezember.

Das eintönige Klagen und Stöhnen des Windes nimmt zu. Ich beschließe eine Mütze voll Schlaf zu nehmen. In diesem Augenblick rollt ein Schuss vom anderen Ufer der Wolga durch die Stille der Nacht und weckt ein hundertfaches Echo. Und wieder steigen Lichtraketen empor. Auf der ganzen Front entfaltet sich ein Feuerzauber, wie ich ihn selten zuvor erlebt habe. Vier Stunden lang belegt uns der Russe mit seiner Artillerie, Panzer-, Pak-, Salvengeschützen und Granatwerfern. Eine feurige Faust kracht auf einen riesigen Halbkreis, die gefrorene Erde hebt sich, der Schnee schmilzt, vereister Boden wird in der Glut der Detonationen zu Schlamm.

Sss-rumm, sss-rumm fauchen die Granaten vorn und hinten in die Deckung. Rote Feuerkreise von über uns platzenden Granaten blenden für einen Moment meine Augen.

Beißender Pulverdampf zieht träge durch die Gräben und Unterstände. Er legt sich beklemmend auf die Lunge.

Der Boden schwankt und erdröhnt unter den pfeifenden Einschlägen der Granaten.

Geduckt hocken wir hinter der Schulterwehr, von Zeit zu Zeit einen kurzen Blick über die Deckung nach vorn werfend. Manche glauben, ihr letztes Stündlein hat geschlagen, denn einen Feuerüberfall von solcher Heftigkeit hatten wir bisher noch nicht erlebt.

Granate auf Granate detoniert.

Die Ohren schmerzen. Man kann kaum sein eigenes Wort verstehen. Leuchtspurgeschosse zischen aus den Stellungen des Feindes herüber.

Querschläger und Splitter schwirren durch die Luft.

In diesem Feuerhagel werden wir, hungernd, frierend, ausgemergelt und müde in den Boden gedrückt.

Katjuschas eröffnen das Feuer. Die gelben Pfeile jaulen über unsere Köpfe hinweg und schlagen krachend hinter uns ein. Immer dichter wird die schwarze Wand der Detonationen. Die Luft ist erfüllt vom Donnern der Flak und Artillerie. Verwundete schreien, aus der Ferne schallt das Rattern von MPs herüber, und ab und zu verspürt man den Gluthauch der an allen Ecken und Enden brennenden Stadt.

Und diese Hölle wird noch schlimmer, denn der Russe greift mit seinen Panzer- und Infanteriekräften auf breiter Front an.

Ich liege, eng an den Boden gepresst, hinter meinem schweren MG. Neben mir der Obergefreite Kunze als Schütze 2. Unsere Gesichter, dreckverschmiert und rußgeschwärzt, zucken jedes Mal, wenn in der Nähe schwere Brocken einschlagen.

Die Hölle tobt. Alles ringsum dröhnt unter den immer näher kommenden Einschlägen.

Die russischen Batterien kämpfen, sie feuern heraus, was sie können.

Brauner Rauch treibt über die Erdwälle der Schützengräben, Stellungen und Schützenlöcher.

Die Feuerwand wandert weiter, seitlich an uns vorbei. Das konzentrierte Feuer der russischen Artillerie liegt eine Minute lang auf Minina, einer Vorstadt Stalingrads. Immer wenn ein hohes Gebäude getroffen wird, regnen Geschosssplitter und Gestein von oben herab, bis schließlich der Rest der dort noch stehenden Ruinen einstürzt, die letzten Formen von Häusern verliert.

Dampfende, staubende Stein- und Mörtelberge.

Ich ziehe den Kolben des MG fester an die Schulter. Und genau in diesem Moment bricht das russische Artilleriefeuer ab. Schlagartig, als hätte jemand auf einen Knopf gedrückt.

„Rudi! Aufpassen, sie kommen!" brüllt Obergefreite Kunz.

Sie kommen tatsächlich, die Russen greifen an in unheimlichen Massen. Aus den allmählich verwehenden, auseinandertreibenden Dreckwolken und Rauchschwaden tauchen sie auf: weißgestrichene Panzer mit langen Rohren und dazwischen und dahinter dichte Reihen russischer Soldaten in gesteppter Winterbekleidung, Pelzmützen auf den Köpfen, bewaffnet mit Maschinenpistolen, Schnellfeuergewehren und leichten Maschinengewehren.

Sie kommen Mann an Mann in drei Wellen. Zu Hunderten überschwemmen sie das Gefechtsfeld. Ihnen voran wird eine rote Fahne getragen.

Selbst der Letzte in seinem Loch weiß jetzt, dass eine Entscheidungsschlacht bevorsteht. Schlagartig beginnen mehrere deutsche Maschinengewehre auf die russischen Angreifer zu schießen.

Halbverwehtes „Urrä"-Gebrüll ist zu hören, dazwischen unser immer stärker werdendes Abwehrfeuer.

Die Russen kommen in Rudeln. Immer 20 bis 30 Mann. Sie stürmen nicht wie sonst einfach stur drauf los, sondern greifen sehr geschickt an. Nach einigen Metern Zickzacklauf werfen sie sich zu Boden, springen wieder auf und rennen weiter.

„Urrä! Urrä!" - Ein Höllenspektakel.

Die Leuchtspurgarben fetzen aus allen Richtungen in die angreifenden Russen. Reihenweise werden die Schützen, die mit langen, aufgepflanzten Bajonetten über das Schneefeld vorstoßen, niedergemäht. Aber immer neue Scharen kommen nach.

Starkes MG-Feuer aus der linken Flanke.

Noch 80 Meter Distanz zum angreifenden Gegner. Eine mörderische Entfernung, wenn ein halbes Dutzend MGs dazwischen halten.

Ich habe bereits den vierten Gurtinhalt aus dem Lauf gejagt und mit meinen langen Feuergarben die Reihen des Gegners ununterbrochen gelichtet.

„Urrä! Urrä!"

Im Vorwärtsstürmen stützen die Russen ihre MPs gegen ihr Koppel und ihren Bauch, dabei die Magazine leer schießend.

Huuuiiii - Schschschssssttt!

Mit rasantem Zischen fegt es über mich hinweg.

Ein Feuerstoß erfasst einen Kameraden, der stumm in die Knie sinkt und vornüber auf die nasse, kalte mit Schnee bedeckte Erde kippt. An seinem Hals klafft eine faustgroße Wunde, aus der sein Blut den Boden tränkt.

Einem anderen trifft ein Explosionsgeschoss ins Gesicht. Er dreht sich auf der Stelle, sodass sein Stahlhelm vor ihm auf den schneebedeckten Boden trudelt.

Dem nächsten rast der Feuerstoß eines MGs durch die Brust. Er wirft wie entsetzt die Arme hoch und stürzt nach hinten.

Vier weitere Männer werden genauso getroffen. Ein Knäuel von zuckenden Leibern krümmt sich im Graben, liegt für wenige Sekunden in einer gemeinsamen Blutlache, wirft sich noch einmal aufbäumend hoch, als wollte es den Tod abwehren. Es gelingt nicht mehr.

In der Sekundenschnelle zwischen zwei Arie-Einschlägen höre ich irgendjemand rufen: „Flammenwerfer!"

Tatsächlich setzen die Russen jetzt auch noch Flammenwerfer ein. Eine schwarze Ölwolke, die eine grelle Flamme vor sich herschiebt, zischt uns entgegen.

Ein grausiger Schrei klingt auf. Ist es die Hitze, oder ist es der Schreck, der diese Reaktion heraufbeschworen hat?

Es ist keines von beiden.

Brennende Menschen wälzen sich am Boden. Wie viele mögen es sein? Zehn, fünfzehn - oder noch mehr?

Ein grausiges Bild, das mir die Kehle zuschnürt. Der Graben brennt. Das Öl auf der Grabenwand und auf dem Boden hat sich entzündet. Der Schnee auf der Grabensohle kocht. Das Schreien wird unerträglich. Dann ist nur noch ein Wimmern zu hören, das schnell verstummt. Lediglich das Knistern und Prasseln des Feuers hält an.

Das „Urrä! Urrä!" ruft mich wieder in die raue Wirklichkeit zurück. Langsam geht die Munition zu Ende. Ich habe bereits zwei weitere Gurtinhalte herausgejagt.

Angriff auf Angriff von allen Seiten. Granaten, Panzer, Maschinengewehre, die furchtbare Stalinorgel, Bomben und wir mit dem Gegner Auge in Auge.

Die schwarzen Flecken auf der weißen Schneefläche haben zusehends zugenommen. Die Flecken sind die zu einer blutenden und besinnungslosen Masse zusammengeschossenen Russen. Es sind Tote.

Der Strom der Angreifer verebbt langsam.

Geben sie auf?

Nein. Zahlenmäßig kleine Gruppen stürmen noch weiter und fallen im Feuerhagel unserer Abwehr.

Die Russen lassen uns an diesem Tag keine Ruhe. Sie greifen erneut an. Aus der Nebelbrühe walzen wieder T 34 heran, donnern die Motoren und rasseln die Panzerketten. Einige von ihnen tragen Infanteristen auf dem Rücken wie Elefanten ihre Treiber.

Das erneute vielhundertstimmige „Urrä!"-Geschrei der russischen Sturminfanterie bildet eine schauerliche Ummalung dieses Angriffs.

Die kettenrasselnden Stahlungeheuer überrollen den ersten Graben. Schnee und losbröckelnder Lehm fallen herunter.

Es muss schon ein größeres Loch sein, wo ein Panzer verweilt, sich um die eigene Achse dreht und Loch, Mann, Schnee unter sich verquirlt.

Die Panzer sind durch und die ersten Russen in Schneeanzügen sind nur noch 40 Meter entfernt.

Da kommt auch schon der Befehl zur Feuereröffnung und den angreifenden russischen Infanteristen schlägt aus leichten Maschinengewehren sowie aus Gewehren und Maschinenpistolen ein immer stärker werdendes Feuer entgegen.

Ich jage mit meinem MG Feuerstoß auf Feuerstoß den angreifenden Russen entgegen, unter denen der Sensenmann eine reiche Ernte hält. Die erste Welle der Russen wird gestoppt. Viele der Angreifer sind tot oder bleiben liegen. Ebenso ergeht es der Zweiten, und auch die Dritte kommt nicht durch. Vor unserer Stellung stapeln sich die sowjetischen Gefallenen und dienen als Schutzwall für uns.

Gerade als Kunze mir den letzten Patronengurt reicht, höre ich es in der Luft gefährlich nahe jaulen und rauschen.

Ein greller Lichtblitz, eine schlagartige Detonation folgt.

Ich verspüre einen heftigen Schlag, glühende Stiche jagen durch meinen Körper. Die Welt wird plötzlich federleicht ..., ich fühle mich hinfallen ..., das MG entgleitet meinen Händen. Überdeutlich höre ich das Dröhnen der Panzermotoren. Bei alledem empfinde ich keinen Schmerz, nur eine wundervolle Leichtigkeit und das Hereinbrechen einer sich immer mehr verstärkenden Dämmerung.

Soll das alles gewesen sein? Und davor habe ich Angst gehabt, zuckt es durch mein Gehirn. Es sind meine letzten Gedanken, ehe mich eine wohltuende Finsternis einhüllt.

Die Gestalt fällt auf die Knie, dann nach vorn auf das Gesicht, die Beine zucken noch unter dem Leib. Sie strecken sich ..., der Kopf fällt zur Seite ..., dann liegt sie still.

Die schwarzen Flecke auf der weißen Schneefläche haben sichtbar zugenommen. Die Flecke sind die, zu einer blutenden und besinnungslosen Masse zusammengeschossenen, deutschen und russischen Soldaten, in einem sinnlosen Tod vereint.

Plauen, 25.8.43

Verehrte Frau ...,

Ihren werten Brief vom 20.4.43, den Sie an meine Heimatanschrift richteten, ist mir heute durch meine Mutter, die mich hier im Lazarett besuchte, übergeben worden. Entschuldigen Sie bitte vielmals, wenn ich Ihnen durch mein Schweigen noch Hoffnung gab. Ich war aber der Annahme, daß Ihnen der Truppenteil, zu dem ich mit Ihrem geliebten Mann im Dezember kommandiert wurde, neben der Gefallenenanzeige auch später über den Heldentod berichtet hat. Ich versichere Ihnen, liebe Frau H..., daß ich seit dem Verlust Ihres geliebten Mannes, der mir doch, wie Sie auch selbst wissen, viele Jahre hindurch ein guter Kamerad war, nicht nur einmal Ihrer mit aufrichtigen Mitgefühl gedacht habe, zudem ich um Ihre damalige, für eine Frau doch so unglücklichen Lage wusste. Allein durch den Anstand, Ihnen dies schwer zu ertragende Leid durch meinen Brief nicht noch aufzurütteln, unterließ es ich, Ihnen zu schreiben. Da ich Sie noch dazu im Besitz meiner Anschrift wusste, würden Sie sich schon an mich wenden, wenn ich Ihnen einen Dienst erweisen kann. Dies haben Sie nun getan. Wenn ich Ihnen nun eine Schilderung gebe, tue ich es wenigstens in dem Bewusstsein, Ihnen damit recht zu tun und in der Zuversicht, Ihr Leid lindern zu helfen.

Anfang des Sommerfeldzuges im Juli 1942 ging unsere Abteilung, die einer Flak-Div. zugeteilt war, von Charkow aus vor in Richtung Stalingrad. Wir kamen bis an den Don etwa 50 km nördlich Kalasch und ca. 100 km westlich Stalingrad. Bis Mitte November hatten wir geringe Ausfälle. Ihr Mann gehörte der 1.Kompanie, ich der 2.Kompanie an. Beide Kompanien lagen aber nahe beieinander in einer Ortschaft. Teile der Kompanien und unseres Stabes waren zu dieser Zeit bereits zurückgegangen und entgingen so dem Zugriff der Bolschewisten, die uns am 19./20. November überraschend mit starken Infanterie- und Panzerkräften einkesselten. Uns blieb als einziger Ausweg, uns ostwärts in Richtung Stalingrad zurückzuziehen, da nach dem Westen zu keine Möglichkeit mehr vorhanden war. Wir verteidigten anfangs einen Flugplatz, um uns dann schließlich in die neugeschaffene Verteidigungslinie einzureihen. Wenn unsere beiden Kompanien bis zu diesem Zeitpunkt eine geschlossene Kampfgruppe bildeten, so wurden wir jetzt aufgeteilt. Rudi, ich und noch 5 Kameraden wurden Anfang Dezember einer Panzer-Grenadier-Abteilung zugeteilt. Hier erhielt Rudi die erste, ich die zweite Gruppe. Wie verheerend es aber an diesem Frontabschnitt schon bei unserem Eintreffen ausgesehen hat, wird Ihnen Rudi noch mitgeteilt haben, denn ich kann mich noch gut erinnern, daß er einmal, es war wenige Tage vor seinem Tode, ich hatte laufend Spähtrupps zu laufen, fast die ganze Nacht hindurch geschrieben hat. In dieser Nacht tauschten wir auch die letzten kargen Worte zusammen. Wir waren uns wohl des Ernstes der Lage bewusst. Ob wir auch schon ahnten, was uns bevor stand? Ich weiß nicht, ob Sie sich in unsere damalige Lage versetzen können. Tag und Nacht, immer stärker wurden die feindlichen Angriffe! Späh- und Stoßtrupp Unternehmungen wechselten sich ab! Wir haben dem Feind empfindlich zugesetzt; aber was ist erklärlicher als das, daß sich dabei auch unsere schwachen Kräfte verbluteten. Hinzu kamen die Kälte und der Hunger. Auch das Ungeziefer machte uns zu schaffen. Mit all diesen Strapazen aber hatten wir uns abgefunden und auf baldige Befreiung von außen sehr gehofft. Wohl um den 20.Dezember herum leitete der Russe einen Großangriff ein. 4 Stunden lang belegte er uns mit seiner Artillerie, wie Panzer-, Pak-, Salvengeschützen und Granatwerfern, daß keiner mehr glaubte dieser Hölle zu entrinnen, um schließlich mit seinen Infanteriemassen anzugreifen. Es entstand ein unerhörter Nahkampf. Wir vereitelten auch diesen Angriff. Unsere Verluste waren beträchtlich. Leider war auch unser lieber Rudi mit unter den Toten.

Mit einem Obergefreiten Kunze aus unserer Komp. bediente er während des geschilderten feindlichen Angriffs ein schweres MG. Seine Garben lichteten wiederholt die Reihen des Sowjets. Er stand eisern und war maßgeblich daran beteiligt, zu verhindern, daß uns der Feind überrumpelte. Durch sein pausenloses Feuer zog er die Aufmerksamkeit des Feindes auf sich, ein Geschoßvolltreffer einer feindlichen Pak traf ihn und seinen Kameraden Kunze sofort tödlich.

Ihr Mann liebe Frau ... starb in höchster soldatischer Pflichterfüllung. Er stand bis zuletzt als braver tapferer Soldat auf seinem Posten. In der folgenden Nacht konnten schließlich alle Gefallenen zum Abteilungsgefechtsstand zurückgebracht werden. Dort wurden sie auch beigesetzt. Der Ort heißt Marinowka und ist jetzt in russischer Hand. Alles, was die Gefallenen bei sich trugen, wurde im Abt.-Gefechtsstand aufbewahrt, weil es unmöglich war, sie herauszubringen. Die noch ein- und ausfliegenden Flugzeuge konnten sich ausschließlich der Verwundeten annehmen. Das Schicksal der übrigen Stalingradkämpfer kennen Sie! Sie konnten sich nur noch dem Kampf widmen. So ist es auch nur zu verstehen, daß Sie von Ihrem Mann nichts weiter erhalten konnten.

Ich erhielt am 11.12. eine leichte und am 28.12. eine schwere Verwundung, die seit einiger Zeit ausgeheilt ist und meine Rettung bedeutete. Denn nur Verwundete durften mit dem Flugzeug heraustransportiert werden. Am 2.7. bin ich in Deutschland an Blinddarm operiert worden. Jetzt liege ich mit einer Fiebererkrankung, die ich mir auch im Osten geholte habe im Reserve-Lazarett Plauen.

Liebe Frau ..., schreiben Sie mir wieder, wenn Ihnen an meinen Ausführungen noch etwas unklar ist, ich gebe Ihnen von Herzen gern weitere Auskunft. Dies bin ich allein schon meinem unvergesslichen Rudi schuldig.

Sie und einst auch Ihr lieber kleiner Junge dürfen mit Stolz auf Ihren lieben Mann und Vati schauen.

Im aufrichtigen Mitgefühl!
Ihr Ewald ...

Abkürzungen / Erläuterungen

BoD	Books on Demand, Bücher und E-Books verlegen & veröffentlichen, lukrativer Vertrieb, Deutschland und International
BRD	Bundesrepublik Deutschland
C-Rohre	Feuerwehrschlauch, wesentlicher Ausrüstungsgegenstand der Feuerwehr und hat die Aufgabe, das Löschmittel über Wegstrecken zu fördern.
DDR	Deutsche Demokratische Republik
DLR	Deutsches Zentrum für Luft- und Raumfahrt
ESA	European Space Agency - Europäische Weltraumorganisation
FDJ	Freie Deutsche Jugend - kommunistischer Jugendverband der DDR
ISBN	Internationale Standerdbuchnummer ist eine Nummer zur eindeutigen Kennzeichnung von Büchern
Jak-18	ist ein sowjetisches zweisitziges Schulflugzeug
Katjuschas	Salbengeschütze
Kapo	Bezeichnung der Position eines Funktionshäftlings in einem Konzentrationslager
km	Kilometer
MG	Maschinengewehr
MiG-15	Der erste in Großserie gebaute Düsenjet der UdSSR. Wurde als Kampfeinsatztrainer für die MiG-Unterschalljäger gebaut
MPi's	Maschinenpistolen
NSDAP	Nationalsozialistische Deutsche Arbeiterpartei war eine politische Partei unter der Führung Adolf Hitlers
NVA	Nationale Volksarmee, von 1956 bis 1990 die Streitkraft der Deutschen Demokratischen Republik

PKW	Personen Kraftwagen
SA	Sturmabteilung, paramilitärische Kampforganisation der NSDAP während der Weimarer Republik und spielte als Ordnertruppe eine entscheidende Rolle beim Aufstieg der Nationalsozialisten
SBZ	Sowjetische Besatzungszone, Sowjetzone oder Ostzone war eine der vier Besatzungszonen in Deutschland
sec.	Sekunden
SS	Schutzstaffel, die Adolf Hitler als Herrschafts- und Unterdrückungsinstrument diente
UdSSR	Union der Sozialistischen Sowjetrepubliken war ein zentralistisch regierter, föderativer Einparteienstaat
VP	Volkspolizei war in der SBZ und der DDR die zentralistisch organisierte Polizei.

Quellennachweis der Bilder

Bild 1 — Ernst-Ulrich Hahmann

Bild 2 — Rudolf Hahmann

Bild 3 — Ernst-Ulrich Hahmann

Bild 4 — Edelweiß Knabe

Bild 5 — Ernst-Ulrich Hahmann

Bild 6 — Max Frenzel, Wilhelm Thiele, Artur Mannbar
„*Gesprengte Fesseln*"
Militärverlag der DDR, Berlin 1975

Bild 7 — Ernst-Ulrich Hahmann

Bild 8 — Armeerundschau Jugend und Technik
Sonderheft „*Interkosmos 78*"
Seite 71

Bild 9 — Armeerundschau Jugend und Technik
Sonderheft „*Interkosmos 78*"
Seite 78

Bild 10 — Militärverlag der DDR

Bild 11 — Armeerundschau Jugend und Technik
Sonderheft „*Interkosmos 78*"
Rückseite des Heftes

Bild 12 — „*Interkosmos 78*", Sonderheft, Gemeinschaftsausgabe der Armeerundschau und der Zeitschrift Jugend und Technik, Militärverlag der DDR und Verlag Junge Welt, Berlin 1978

Bild 13 — Deutsche Raumfahrtausstellung Morgenröthe – Rautenkranz e.V.

Bild 14   Stiftung Schloß Friedenstein Gotha - Museum der Natur

Bild 15   Ausschnitt aus dem Frankensteinfresko im Gasthaus „Zum Klostergarten" gemalt im Bräustübel von C. Räppel
Kloster / Bad Salzungen 1938)

Genutzte und weiterführende Literatur

Autorenkollektiv	„Gemeinsam im Kosmos" *Katalog Armeemuseum der DDR Armeemuseum der DDR Dresden 1983*
Dwenger, Rolf	„Die Dohle" *A. Ziemens Verlag Wittenberg 1989*
Friedrich, Klaus Meyer, Günter	„Astronomie und Raumfahrt" *Volk und Wissen Volkseigener Verlag Berlin 1988*
Jäger, Horst	„Wenn gestreiffet würde, säßen die Diebe bei ihren Herbergsleuten sicher …" *Henneberger Heimatblätter, Monatszeitschrift für hennebergische Geschichte, Heimat- u. Volkskunde, Sprache u. Literatur Nr.47, 6. Band, 1996, Seite 189/190 (Beilage zur Tageszeitung Freies Wort)*
Kühn, Bodo	„Der Rhön-Paulus" *Knabes Jugendbücherei Gebr. Knabe Verlag Weimar*
Lindner, Helmut	„Physik im Kosmos" *VEB Fachbuchverlag Leipzig 1964*
Lingen, Helmuth	„Großes Lexikon der Tiere" *Lingen Verlag Köln und Druckhaus Kaufmann Lahr 1989*
Löns, Herman	„Aus Forst und Flur" *R. Voigtländers Verlag Leipzig 1919*

Melde, Manfred	„Raben- und Nebelkrähen" *A. Ziemens Verlag Wittenberg 1984*
Niese, Dr. Gerhard	„Sensation im Weltall" *Verlag Neues Leben Berlin 1962*
Opfermann, Erich	„Paulus, der Räuber von der Rhön" *Neuauflage 2004*
Schidlowsky, Christian	„Paulus – Rächer der Rhön" *Ein Räuberspektakel, Fränkisches Theater, Schloss Maßbach 2008*
Ullrich, Heinz	„Gemeinsam auf der Erde und im All" *Militärverlag der DDR Berlin 1979*
Wucke, Chr. Ludwig	„Sagen der mittleren Werra, der angrenzenden Abhänge des Thüringer Waldes, der Vorder- und der hohen Rhön, sowie der fränkischen Saale" *Herausgegeben von Prof. Dr. Hermann Ullrich Druck und Verlag Hofbuchdruckerei Eisenach 3. Auflage 1921*

„Interkosmos 78", *Sonderheft, Gemeinschaftsausgabe der Armeerundschau und der Zeitschrift Jugend und Technik Militärverlag der DDR und Verlag Junge Welt Berlin 1978*

Mayers Universal-Lexikon in vier Teilen, VFB Bibliographisches Institut Leipzig 1979

RT DEUTSCH Newsletter 26.08.2018

Ernst-Ulrich Hahmann
Oberstleutnant a.D.

geb. 1943 in Ellrich am Südharz, lebt in Bad Salzungen, Ausbildung als Dreher, danach Laufbahn eines Artillerieoffiziers (1963 - 1988). Während der Wendezeit Einsatz als Kreisgeschäftsführer beim DRK (1988 - 1991). Anschließend in verschiedenen Wachfirmen in unterschiedlichen Funktionen tätig. Jetzt Rentner. Während der Armeezeit Artikel für militär-technische und militär-wissenschaftliche Zeitschriften geschrieben sowie eine Dokumentation über das Leben und Wirken des Arbeiterführers *Franz Jacob* angefertigt. Nach der Wende Fernstudium *Schule des Großen Schreibens* an der Axel Andersson Akademie in Hamburg (1992 - 1995). Mitglied des Literaturkreises Bad Salzungen.

Weitere erschienene Bücher:
„Das alte Salzungen - Sagen einer Stadt im Werratal"
„Das alte Ellrich - Sagen einer Südharzstadt"
„Die wilde Horde"
„Die Schnepfenburg - Bad Salzungen"
„Der Weg in die Hölle - Stalingrad"
„Die Ritter vom Frankenstein"
„Reiki - Heilende Hände" (Co-Autorin Edelweiß Knabe)
„Jörg Seedow - Ein Journalist auf Spurensuche - Der Leichenschänder"
„Jörg Seedow - Ein Journalist auf Spurensuche - Der Flüchtling"
„Welt der Heimatsagen - Sagen und Geschichten aus dem Werratal"
„Welt der Heimatsagen - Sagen und Geschichten aus dem Südharz-Vorland"
„Mit neunzehn im Kessel von Stalingrad"
„Bad Salzungen und seine Gotteshäuser"
„Es gibt eine wunderbare Kraft ..." (Co-Autorin Edelweiß Knabe)
„Die Ritterburgen im Salzunger Land"

„Unter der Knute Stalins"
„Welf Wesley - Der Weltraumkadett - Die Feuertaufe"
„Lausbuben - Geschichten und Erzählungen aus der Kinderzeit"
„Welf Wesley - Der Weltraumkadett - Auf den Spuren der Außerirdischen"
„Welf Wesley - Der Weltraumkadett - Im Weltall verschollen"

Im gleichen Verlag erschienen:

ISBN 978 3 7386 010 0
19,95 Euro

ISBN 9 783743 16205
7,95 Euro

ISBN 9 783744 887663
6,95 Euro

ISBN 9 783744 855822
7,95 Euro

ISBN 9 783746 082585
7,95 Euro

ISBN 9 783752 887877
7,95 Euro